Les désobéissantes

EMMANUELLE FAGUER

Les désobéissantes

Harper Collins
NOIR

HARPERCOLLINS FRANCE
83-85, boulevard Vincent-Auriol, 75646 PARIS CEDEX 13
Tél. : 01 42 16 63 63

www.harpercollins.fr

ISBN 979-1-0339-1283-5 — ISSN 2551-0096

Prologue

Le concert s'acheva sur le *Nocturne* posthume *n° 20* de Frédéric Chopin. Les applaudissements résonnèrent dans la salle de spectacle du Metropolitan Opera de New York. Le pianiste se leva et salua la foule qui l'acclamait. D'un regard attentif, il chercha en vain quelqu'un au premier rang. Son tour d'horizon terminé, il s'éloigna vers les coulisses. Les applaudissements continuèrent pendant plusieurs minutes. Comme il était de coutume, les spectateurs attendirent qu'il se présente au rappel. Mais, pour la première fois de sa carrière, le pianiste ne remonta pas sur scène.

Quelques jours plus tard, au début du mois d'octobre 1994, une annonce ébranla le monde de la musique : ce concert new-yorkais était son dernier. Pendant vingt-six ans plus personne n'entendit parler de Marcus Solar.

PARTIE I

Diane

1

Belleville, octobre 2020

Gabrielle Jansen avait voulu partir tôt, avant le rush matinal et les embouteillages sur l'autoroute. Un seul arrêt pour un café express à la machine de la station-service. Des hommes d'affaires pressés côtoyaient des routiers qui roulaient leur cigarette entre leurs doigts épais. Une faune du petit jour qui ne se recroisait qu'à la tombée de la nuit. Gabrielle aimait quand la quiétude du matin s'installait pour chasser l'obscurité. Elle dépassait la vitesse moyenne. La nature s'évanouissait sur son passage, les arbres défilaient en accéléré. Elle n'entendait ni les klaxons ni les insultes. Les autres cessaient d'exister. Un état de grâce éphémère qui précédait l'effervescence de la journée à venir.

Il faisait encore nuit quand elle s'engagea dans une allée peuplée de cèdres. Un mur de plusieurs mètres longeait la route. Elle coupa le moteur et descendit de sa voiture. Le vent automnal sifflait entre les branches. Quelques oiseaux s'éveillaient dans des cris. La vie était suspendue à un fil imaginaire, entre le silence de la nuit et les premières heures du jour.

Au loin, les contours d'une toiture mansardée se fondaient dans la brume. Gabrielle s'arrêta devant un portail en fer rouillé. Derrière, une construction pittoresque se dessinait. Un manoir imposant entouré d'un vaste parc mal entretenu. Elle poussa la grille dans un désagréable crissement de gravier et leva les yeux. Aucune lumière n'était allumée.

Gabrielle jeta un regard autour d'elle. Le parc était dans l'état d'abandon habituel. Les fleurs mouraient dans leurs pots ; les feuilles s'amoncelaient sur l'herbe sèche. Les jardiniers n'étaient pas venus.

Elle sortit son double de clés et ouvrit la porte d'entrée. Le manoir était plongé dans l'obscurité. Seul son pas sur le parquet brisait la quiétude du lieu.

C'est là qu'elle l'aperçut. Là, face à elle, au pied de l'escalier en bois menant au premier étage. Elle sentit le souffle lui manquer à mesure que son regard se concentrait sur cette masse noire, étalée sous ses yeux.

Une femme gisait sur le sol. Son sang formait une auréole mortuaire autour de sa tête. Gabrielle courut vers elle et prit son pouls. Elle recula de quelques mètres en comprenant qu'elle était morte. Son champ de vision se rétrécit. Tout devint flou autour d'elle. Le corps inerte semblait se fondre dans l'ombre pour s'y engouffrer.

Gabrielle monta l'escalier jusqu'au premier étage et ouvrit une porte à toute vitesse. L'odeur putride qui se dégagea de la pièce lui souleva l'estomac. Elle alluma l'interrupteur en tremblant. Face à elle, un homme reposait dans un grand lit aux draps soyeux. Immobile, il semblait dormir, mais sa poitrine ne s'agitait d'aucune respiration. Toute vie s'était échappée de son visage. Il était mort. Elle cria si fort que les murs du manoir s'ébranlèrent et les oiseaux quittèrent leurs branches. Au loin, le jour se levait.

2

Leïla Cherfa reçut un appel de son supérieur vers 8 h 40. Deux corps avaient été retrouvés sans vie dans un manoir à quinze minutes du centre. Elle devait se rendre tout de suite à la propriété pour constater la situation à ses côtés.

Elle enfila un jean, un col roulé et sa veste en cuir. Elle chaussa ses Nike Air Force et, sans même manger ni boire un café, claqua la porte de son appartement.

Elle traversa les rues calmes de Belleville. Petite ville de quinze mille habitants à une heure et demie d'Amiens, celle-ci comptait quatre restaurants convenables, un bar où la pression était bonne et deux supermarchés. Aucune histoire sordide n'enflammait les colonnes du journal local. La vie y était paisible. Les familles étaient résolument attachées au sol picard. Belleville ne connaissait pas d'éclat estival ni de tourisme saisonnier. L'oisiveté étudiante s'épanouissait dans la piscine municipale où les jeunes dégustaient des bières tièdes en fin de journée. Leïla avait vu au fil des années ses camarades de classe quitter Belleville pour Amiens ou Paris. La nouvelle génération cherchait l'effervescence des grandes villes. De ses amis d'enfance, peu étaient restés. Elle, elle ne connaissait que Belleville. Et cette vie tranquille la rendait heureuse.

Elle arriva rapidement à l'adresse. En vingt-huit ans d'existence, elle n'avait jamais emprunté cette route peuplée de cèdres. Plusieurs voitures de police stationnaient devant une grille ouverte.

Ronan Weber, le nouveau capitaine de police du commissariat, était en pleine discussion avec un officier en uniforme. Il la salua pendant qu'elle se garait.

Leïla attendit un instant avant de sortir de la voiture. Elle n'avait jamais vu de cadavre de sa vie, et Ronan ne le savait probablement pas. Elle n'était lieutenante que depuis trois mois.

Ses seules enquêtes consistaient en vols à l'arraché et agressions entre mineurs. Elle retira ses mains tremblantes du volant et sortit de sa voiture d'un pas lourd.

La première chose qui frappa Leïla fut l'architecture du lieu. Belleville était une ancienne ville ouvrière, et toutes les maisons se ressemblaient. Des pavillons exigus, sans charme ni attrait particulier. Ce manoir détonnait complètement. Il avait dû appartenir à un ancien grand bourgeois du début du siècle dernier. Mais, avec ses fenêtres étroites, son toit pointu et ses tours octogonales, il rappelait les maisons victoriennes. Les travaux des propriétaires successifs en avaient fait une construction hybride, au charme évident mais un peu suranné.

— Salut, Leïla. T'as pas eu trop de mal à trouver ?

— J'ai grandi ici, je te rappelle !

Leïla sourit à Ronan Weber. La petite quarantaine, il portait une coupe rasée de très près depuis qu'il avait commencé à perdre ses cheveux dix ans plus tôt. Il faisait beaucoup de sport, sûrement pour contrebalancer sa petite taille. Par conséquent, il se tenait extrêmement droit, si droit qu'on en oubliait qu'il ne mesurait même pas un mètre soixante-dix. Il était arrivé d'Amiens six mois plus tôt et il s'était tout de suite entendu avec Leïla. Mais Ronan s'adaptait assez mal. La vie était trop calme pour lui ici. L'agitation de la ville lui manquait.

— Par contre, je ne savais pas qu'il y avait une baraque comme ça dans le coin. C'est canon.

— Et encore, t'as pas vu le parc ! Il s'étend sur plusieurs hectares.

— Hectares ? Mais ça appartient à qui, un endroit pareil ?

— Appartenait. Comme je te disais au téléphone, on a deux cadavres.

Leïla frémit. Le *small talk* était terminé.

— Que s'est-il passé ?

— Tenyier vient d'arriver, il nous dira dès qu'il aura examiné les corps. Mais, à première vue, une chute dans l'escalier et une mort dans son sommeil. C'étaient des personnes âgées.

Elle sentit l'étau dans sa poitrine se desserrer à l'idée qu'il ne s'agisse pas d'une enquête criminelle. Des petits vieux morts chez eux, il y en avait tous les jours en France. Ça faisait partie de leur métier de flics de les trouver et de les emmener pour leur dernier voyage.

— Qui nous a appelés ?

— Une certaine Gabrielle Jansen qui venait leur rendre visite. Elle est en route pour le commissariat.

Il marqua une pause avant de reprendre :

— On y va ?

Leïla acquiesça et, ensemble, ils marchèrent dans l'allée. Elle jetait des regards dans toutes les directions, comme si l'endroit était un cabinet de curiosités. En découvrant le parc, elle s'interrogea sur ce mur vertigineux, aveugle. Cela donnait à la demeure des aspects de prison – et aux invités qui s'y promenaient l'impression d'y être enfermés. Un peu plus loin trônait une sculpture de femme recouverte de mousse. Elle était en marbre, visiblement. On aurait dit une œuvre d'art arrachée à un musée et posée là un peu au hasard. Une robe épousait ses formes. Elle souriait à un enfant assis à ses pieds, une partition de musique entre les mains.

Le lierre dévorait la pierre de la bâtisse, et une mousse fluorescente recouvrait la toiture. Les rideaux fermés sur des fenêtres aux petits carreaux ne laissaient rien deviner de l'intérieur.

— Je te conseille de mettre ça, fit Ronan en lui tendant un masque de protection. Et des gants aussi.

Elle emboîta le pas au capitaine et pénétra dans le vestibule. On n'aurait su dire si l'endroit était sublime ou kitsch. Des dizaines de peintures étaient accrochées aux murs menant au salon. Du plafond pendaient des lustres en verre de style Art déco. La taille imposante des pièces voûtées rappelait une construction religieuse. Une cathédrale miniature. Une demeure digne d'un roi, écrasée par une décoration hétéroclite et tape-à-l'œil.

— Cet endroit est…

La lieutenante ne termina pas sa phrase tant l'odeur qui lui parvint était forte. Un mélange de soufre et de sang séché, que seuls les habitués des morgues et des scènes de crime connaissent.

Ronan lui fit signe de le suivre. Leïla longea le vestibule et s'arrêta devant l'escalier menant à l'étage. Elle baissa la tête. À ses pieds, le corps de la femme reposait sur une bâche en plastique. Ses cheveux blancs retenus dans un chignon à moitié défait. Ses traits figés pour l'éternité. Le sang avait maintenant séché autour d'elle.

— La témoin l'a trouvée là, lâcha Ronan Weber.

Lui-même n'avait pas vu de cadavre depuis son arrivée à Belleville. Le dernier en date était un accidenté de la route. Un motard sans casque, un virage et une mort si stupide. Il avait déconseillé à la famille de voir la dépouille de leur enfant.

Il y avait des moments qu'on aurait préféré éviter dans ce métier, comme récupérer le téléphone d'un cadavre encore chaud, et chercher *papa* et *maman* dans le répertoire. Des matins de chien où rien n'allait, où des vies s'écroulaient après un mot, un regard. Et puis des matins comme celui-ci, où l'odeur de la mort s'invitait avant même le petit déjeuner.

La lieutenante retint un haut-le-cœur, mais ne détourna pas la tête.

— Elle a chuté dans l'escalier, expliqua-t-il en se baissant et en montrant des marques de frottements sur ses avant-bras. Elle s'est cogné la tête en arrivant en bas des marches, ce qui a provoqué un traumatisme crânien et une hémorragie.

Leïla suivit du regard les traces qui parsemaient le corps de la femme. Des hématomes se dessinaient sur sa peau diaphane.

— On sait comment elle s'appelle ?

— On a trouvé des lettres dans un tiroir, adressées à une certaine Elizabeth Storm. On suppose que c'est elle.

— Elizabeth Storm, murmura Leïla comme pour donner une réalité à celle qui venait de perdre la sienne.

La lieutenante monta quelques marches, comme pour prendre de la hauteur face à cette scène. Du haut de l'escalier, il y avait quelque chose de tellement solitaire et pathétique dans cette mort accidentelle.

— Et l'autre ? demanda-t-elle.

Au premier étage, plusieurs officiers de la police scientifique pratiquaient un relevé d'empreintes sur la rampe et les poignées de porte. Leïla et Ronan avancèrent jusqu'au fond du couloir et découvrirent une grande pièce. Le soleil s'était enfin levé. La chambre offrait une vue panoramique sur un vaste parc baigné d'une lumière timide, automnale. À gauche, une imposante bibliothèque de livres anciens couvrait un mur entier. Le mobilier avait certainement été chiné chez des antiquaires spécialisés. La tapisserie rappelait un Relais & Château un peu démodé mais encore chic. Leïla marcha lentement en analysant la pièce et s'arrêta devant le corps inerte étendu dans un lit.

La maigreur de l'homme creusait les joues. Le contour de ses yeux était rougi. Il était si pâle que des veines violettes traçaient une route sinueuse de ses bras à son cou et s'étiraient jusqu'à son front plissé. La lieutenante resta un instant à le contempler, immobile, comme pour s'imprégner de ce spectacle.

— Il a été retrouvé là. On n'a touché à rien. Il s'appelait Marcus Solar, c'était le propriétaire de la maison.

Leïla déglutit avant de s'exprimer.

— … Il est mort de quoi ?

— D'une overdose, entendirent-ils dans leur dos.

Vêtu d'une combinaison intégrale, le médecin légiste de Belleville, André Tenyier, venait à leur rencontre. C'était un homme proche de la soixantaine, au crâne dégarni, dont de petites lunettes rondes surmontaient un nez aquilin.

— Bonjour à tous les deux.

— Overdose, vous dites ? demanda Ronan.

— Oui. Il a avalé une dose fatale de morphine mêlée d'une autre substance, peut-être de la benzodiazépine. On a trouvé une plaquette de gélules vides dans son tiroir.

Il sortit la pièce à conviction d'un sac en plastique et la montra aux deux policiers.

— Il avait un traitement, vous pensez ?

— C'est fort probable, mais on n'a pas encore mis la main sur l'ordonnance.

— Il s'est trompé dans les dosages ou son corps n'a pas supporté ?

— Possible. Même si je pencherais plutôt pour un suicide au vu de la quantité de comprimés ingurgités. L'analyse toxicologique nous en dira davantage.

Pendant qu'ils parlaient, la lieutenante s'avança près de l'homme. Un choc avait tétanisé l'ensemble de son corps et affaissé ses traits. Alors qu'elle scrutait le visage amaigri et blafard de l'homme, quelque chose l'alerta. Elle renifla.

— C'est quoi, cette odeur ? Ça pue le rat crevé.

Le médecin et le capitaine se mirent à humer l'air à leur tour.

— C'est vrai, ça ne sent pas très bon…, nota Tenyier.

Ronan marcha vers le mur recouvert de livres.

— C'est marrant, l'odeur s'intensifie ici.

En sortant du manoir, Leïla retira son masque et inspira l'air glacé. Tout pour effacer cette odeur putride de la chambre. Elle jeta un regard autour d'elle. À ce jardin brumeux, à ces plantes mourantes, à tout ce silence qui ne faisait que reculer la réalité sous leurs yeux.

— J'appelle la procureure. Je pense qu'elle va ouvrir une enquête décès afin de pratiquer une autopsie sur l'homme, histoire de confirmer la piste du suicide. L'affaire de quelques jours, à tout casser.

Leïla hocha la tête sans quitter des yeux le manoir.

Ronan se demanda si c'était sa façon à elle de se protéger face à la découverte des deux cadavres. Fixer un point pour rester concentrée.

— Ça va ?

— Ça va, répondit-elle seulement.

— Je sais que t'es pas habituée à ce genre d'affaires mais, tu verras, les accidents domestiques, c'est assez fréquent et toujours un peu triste à constater…

Elle acquiesça, et ils longèrent de nouveau l'allée principale menant à la grille. Des officiers de police fumaient des cigarettes, adossés à leur voiture. L'ambiance était pesante. Le ciel couvert. Les mines maussades. Personne n'avait envie d'être là.

— On va au poste interroger la témoin. Vous, dit-il en se tournant vers les officiers, bouclez la zone et…

Leïla ouvrit la portière de la voiture et ne bougea pas avant que son supérieur la rejoigne. Elle sortit ensuite quelque chose et le lui tendit. C'était un exemplaire de *M, le magazine du Monde*.

— Ce n'est pas notre type mort dans son lit ?

Sur la couverture, un homme posait dans un costume trois-pièces, assis devant un piano à queue. Ses cheveux blancs étaient ramenés en arrière, comme un dandy du siècle passé. La main posée nonchalamment sur l'instrument. Quelque chose d'à la fois démodé et infiniment classe se dégageait de ce cliché. En grosses lettres noires, on pouvait lire « Le grand retour de Marcus Solar ».

— On dirait, si… Enfin, il a meilleure mine ici.

Leïla ouvrit le magazine à la page de l'interview et se mit à lire à voix haute les premières lignes.

— « Après vingt-six ans d'absence, le légendaire pianiste Marcus Solar fait son grand retour sur scène pour une tournée de concerts dans le monde entier. Elle démarre le 20 octobre avec un récital intimiste dans son manoir et se terminera par un grand concert au Metropolitan Opera de New York, en présence de l'orchestre philharmonique de…

— Attends, la coupa le capitaine. Un concert ici ? Dans son manoir ?

— Oui. Le 20 octobre.

— Ça aurait dû avoir lieu demain soir !

3

Gabrielle Jansen n'avait pas dit un mot depuis son arrivée au commissariat. On lui avait tendu une couverture et servi un thé brûlant. Comme si la chaleur pouvait atténuer la douleur. Les visions cauchemardesques s'invitaient dès qu'elle fermait les paupières. La tête d'Elizabeth maculée de sang. Marcus, inerte dans son lit. Deux images figées dans un espace-temps indéfini, sans point de chute. Sans échappatoire.

Le sachet de thé colorait l'eau chaude. L'odeur de la menthe chimique lui chatouillait les narines. Elle ne se souvenait même plus des réponses qu'elle avait données à l'avalanche de questions. Ni du moment où les agents lui avaient dit de les suivre, de décliner son identité, de raconter ce qui venait de se passer. Elle était devenue une masse docile, dépossédée d'elle-même.

La porte s'ouvrit. Elle leva les yeux et vit deux autres policiers entrer dans la salle. Ils venaient eux aussi l'interroger, lui demander de dérouler cette matinée horrifique. Cette pensée assécha sa gorge. Elle ne voulait plus parler.

— Madame Jansen ? Pouvons-nous discuter ? demanda l'un d'eux avec la retenue nécessaire compte tenu de la situation.

Muette, elle acquiesça par réflexe, sans détacher les mains du gobelet brûlant. Les deux policiers prirent place face à elle.

— Je me doute bien que c'est un moment difficile, mais nous avons besoin que vous nous racontiez ce qui s'est passé… dans les moindres détails. Voici la lieutenante Leïla Cherfa, je suis le capitaine Ronan Weber, et nous allons prendre votre déposition.

Gabrielle vit la femme ouvrir un ordinateur portable et pianoter dessus. Le bruit frénétique des touches était insupportable. Elle allait tout noter consciencieusement comme une petite fonctionnaire. Cette pensée l'irrita.

— Où est-il ? parvint seulement à murmurer Gabrielle.

— Les corps sont toujours au manoir, madame. Mais ils vont être emmenés pour l'autopsie.

Le visage de Gabrielle se crispa. Elle eut un sursaut qui agita seulement ses bras. Elle ferma brièvement les yeux et s'empourpra. Elle attrapa son sac à deux mains, le fouilla pour sortir une petite boîte de médicaments avant de s'arrêter brutalement de bouger. Puis elle releva la tête. Son visage retrouva peu à peu une couleur normale. Mais sa bouche tremblait encore.

— Madame ?

Elle tenait toujours son sac serré contre elle.

— Excusez-moi, on peut commencer.

Les deux policiers opinèrent du chef. Leïla alluma le dictaphone et se remit à pianoter sur son clavier.

— Pouvez-vous nous donner votre nom et votre lieu de naissance ?

— Je m'appelle Gabrielle Jansen et je suis née à Harlingen, aux Pays-Bas.

— Vous êtes néerlandaise ?

— Franco-néerlandaise. Mon père est néerlandais, ma mère, française. J'ai quitté les Pays-Bas pour la France à l'âge de cinq ans.

— Votre date de naissance et votre lieu de résidence ?

— Je suis née le 12 septembre 1992. J'habite à Paris, dans le 11e arrondissement.

Elles avaient presque le même âge, nota Leïla. Pourtant, le fossé qui les séparait était évident. Rien ne les reliait. Ni leur façon de parler ni leur milieu. Un léger snobisme se dégageait de Gabrielle Jansen. De l'élégance de ses mouvements à son phrasé rapide, presque péremptoire. Malgré le trouble de la situation, elle était dans le contrôle. Sur le qui-vive. Leïla devina qu'elle avait essuyé ses yeux juste avant qu'ils entrent. Ils étaient encore gonflés de larmes.

— Comment connaissiez-vous Elizabeth Storm et Marcus Solar ?

— J'étais l'agente artistique de Marcus.

— Pouvez-vous nous expliquer en quoi consiste votre métier ?

— Je travaille pour l'agence parisienne Antoine Petit. Nous nous occupons d'artistes musicaux, principalement des chanteurs et compositeurs de renommée, dont nous gérons les contrats, les relations avec les labels, les tournées…

— C'est ce que vous faisiez pour M. Solar ?

— Oui, dit-elle dans un souffle.

— Et depuis combien de temps travailliez-vous pour lui ?

— Un an et demi.

— Vous aimez votre emploi ?

— Beaucoup, surtout quand il s'agit d'artistes tels que Marcus Solar.

— Que faisiez-vous là-bas à 8 heures du matin ?

— Son concert était prévu demain soir à 20 heures, je devais être sur place pour tout superviser.

— Tout superviser ? C'est-à-dire ?

— Dans la journée, ils devaient livrer le Steinway, les chaises, et le traiteur était attendu en fin d'après-midi…

Elle jeta un regard à son téléphone, et ses pupilles vacillèrent. Elle se leva précipitamment, comme si elle s'éveillait de sa léthargie. Sa chaise se renversa.

— Il faut que je… que j'appelle tout le monde pour tout annuler… j'ai éteint mon téléphone, il faut que je le rallume, que je…

— Madame Jansen, le périmètre est sécurisé, personne ne pourra pénétrer dans la propriété. Il est encore tôt. Vous pourrez prendre des dispositions dès que nous aurons terminé nos questions. Il n'y en a pas pour longtemps.

Elle resta debout un instant, puis se rassit.

— Pouvez-vous dérouler votre matinée, jusqu'à votre arrivée au manoir ?

— Je suis partie tôt de Paris, vers 6 h 30, pour éviter les embouteillages. J'ai essayé d'appeler Marcus en chemin pour lui dire que je serais en avance, on avait tellement de choses à voir ensemble… Mais il n'a pas répondu.

— Ça vous a étonnée ?

— Pas vraiment. Son téléphone fixe marche une fois sur deux. Je ne me suis pas inquiétée.

— Et quand vous êtes arrivée sur place ?

— Pour le coup, j'ai tout de suite compris que quelque chose n'allait pas, avant même d'entrer.

— Pourquoi ?

— Le parc n'avait pas été nettoyé alors que deux jardiniers devaient passer hier, pour le remettre en état pour le concert. Ils ne sont clairement jamais venus. Et il n'y avait aucune lumière non plus, alors qu'Elizabeth se levait toujours très tôt.

— À part ça, vous n'avez rien remarqué d'anormal ?

— Non.

— La porte d'entrée était fermée à clé ?

— Oui, les deux verrous, comme d'habitude. Marcus m'avait donné un double. J'ai trouvé la maison plongée dans le noir, et Elizabeth en bas de l'escalier…

— Vous dites être arrivée un peu avant 8 heures, pourtant vous n'avez prévenu la police qu'à 8 h 10..., lança le capitaine.

— Je n'avais pas de réseau, on capte mal dans le manoir. Et le téléphone fixe ne marchait pas. Je suis ressortie pour vous appeler.

La lieutenante nota cette information.

— On aurait dit qu'il dormait..., murmura-t-elle, perdue dans la vision horrifique de Marcus. Il semblait presque... heureux.

— Parlez-nous d'Elizabeth Storm. Qui était-elle ? Sa compagne ? demanda doucement Leïla.

— Oh non ! Elle s'occupait de Marcus.

— Une sorte de gouvernante ?

— Si on veut, oui.

— Et ils avaient de bonnes relations ?

— Je crois, oui.

— Vous croyez ?

Gabrielle poussa un soupir exaspéré.

— Elizabeth était une femme très secrète, on n'a jamais échangé plus de trois phrases.

— Était-elle dans une bonne condition physique pour son âge ? Elle n'avait pas de difficulté pour se déplacer ?

— C'était elle qui gérait la maison, faisait les courses, conduisait Marcus... Elle se portait très bien.

— Je vois.

— Elle a fait une chute dans l'escalier ? C'est comme cela qu'elle est morte ?

— À première vue, oui. Vous n'avez pas touché son corps quand vous l'avez découvert ?

— Non. J'ai pris son pouls, puis je suis montée à l'étage en courant et j'ai trouvé Marcus...

À cette réponse, Leïla vit Gabrielle serrer les poings pour cacher le tremblement qui agitait ses mains.

— Et Marcus Solar ? Il était en bonne santé ?

— Marcus avait une santé fragile.
— C'est-à-dire ?
— Il était fatigué.
— Pourtant il comptait faire une tournée mondiale. Ça ne vous inquiétait pas ?
— Bien sûr que si. Nous avions adapté la tournée pour lui. Plusieurs jours de repos entre chaque déplacement, un médecin avec lui tout le temps, peu de dates et jamais tard le soir…
— Le médecin l'avait jugé apte à jouer ?
Gabrielle ne répondit pas tout de suite. Elle desserra les poings.
— Madame ? reprit le capitaine. Vous voulez que je répète ma question ?
— Le médecin l'avait jugé inapte. Il souffrait de troubles musculaires et il était très fatigué, comme je viens de vous le dire.
Au ton qu'elle venait d'employer, on devinait que cette réponse s'avérait tout aussi pénible pour elle que la mort du pianiste.
— Marcus a demandé à son docteur d'apaiser ses douleurs, continua Gabrielle. Le médecin lui a prescrit un traitement à base de morphine, léger et très contrôlé, pour qu'il puisse mener à bien la tournée. Il m'en a parlé, je m'y suis opposée. J'ai tout de suite voulu annuler la tournée. Mais Marcus a insisté, et c'était son droit…
— Morphine, vous dites ? demanda Ronan en se rappelant les paroles du médecin légiste plus tôt dans la journée.
— Oui, un comprimé matin et soir. Et des interdoses, je crois.
— Il prenait autre chose ?
— Du paracétamol avec la morphine. Et du lorazépam, un anxiolytique, mais je ne sais pas à quelle fréquence.
— À partir de quand a-t-il commencé ce traitement ?
— Il y a plusieurs mois, je dirais. Combien exactement, je ne sais plus. Son médecin pourra vous confirmer tout ça mieux que moi.

Cette discussion la mettait très mal à l'aise. Gabrielle avait les yeux baissés et arrachait ses cuticules frénétiquement. Son souffle et son phrasé s'accéléraient par moments.

— Qui savait pour ce traitement ? En dehors du médecin ?

— Elizabeth et moi, c'est tout. C'était la condition.

— Pourquoi ?

— Si on avait appris que la santé de Marcus était instable, la tournée n'aurait pas eu lieu. Un vieux pianiste, c'était déjà difficile à vendre aux assurances. Alors un pianiste malade... Mais Marcus voulait absolument jouer.

— Il comptait reprendre sa carrière après cette tournée ?

— Il ne parlait pas de l'après, il ne parlait que de cette tournée.

Gabrielle, qui se rendit compte de ce qu'elle venait d'énoncer, rebondit aussitôt.

— Vous pensez que c'est ce qui l'a tué ? La morphine ?

— C'est une possibilité, oui.

— Il se serait donc... suicidé ?

— C'est trop tôt pour le dire.

Elle retrouva son air triste et touilla son thé sans grand entrain. Leïla fronça les sourcils. Quelque chose l'interpellait depuis le début de leur échange.

— Madame, pourquoi tenait-il tant à cette tournée ? Surtout s'il ne parlait pas de refaire carrière.

— Il voulait rejouer après toutes ces années d'absence. La scène lui manquait terriblement.

— Pourquoi avait-il arrêté de jouer ?

— Je ne sais pas vraiment. C'était un sujet un peu... délicat, comme vous vous en doutez. J'évitais de lui en parler.

La lieutenante ne sut si cette réponse était sincère.

— Et il pouvait encore jouer ? Je veux dire, on ne perd pas un peu la main après des années de manque de pratique... ?

— Je vous assure qu'il n'avait rien perdu de son talent, rétorqua Gabrielle d'un ton cassant. Et il s'entraînait très dur pour être à la hauteur des attentes de ses fidèles. D'où les douleurs. D'où la morphine…

— Et les gens l'étaient, fidèles ?

— La tournée était complète, répondit-elle froidement.

Leïla ne dit plus rien, étonnée que Gabrielle alterne autant entre la mélancolie et la colère. Ses changements d'humeur étaient aussi imprévisibles que surprenants.

— J'ai lu qu'il avait disparu de la vie publique depuis un moment…, reprit Ronan.

— Vingt-six ans, exactement.

— Qu'a-t-il fait pendant tout ce temps ?

Gabrielle ne répondit pas tout de suite à cette question. Et Leïla supposa qu'elle n'en avait pas la moindre idée.

— Quel rapport avec sa mort ?

Pour la première fois depuis le début, Gabrielle se montra sur la défensive.

— Comment était-il, Marcus Solar ? intervint Leïla pour qu'ils gardent l'ascendant.

— C'était un grand monsieur, et un immense artiste.

De fines larmes s'accumulèrent au coin des yeux de Gabrielle, rapidement chassées d'un battement de cils.

— Vous le connaissiez bien ? enchaîna Ronan.

— Oh ! je pense que personne ne pouvait se vanter de connaître Marcus. Mais je le respectais. Il était mon idole avant d'être un client…

— Votre idole ? fit Ronan d'une voix surprise.

— Je suis une passionnée de musique classique, capitaine. Et cela depuis toujours. Marcus était un très grand concertiste. L'un des plus doués de sa génération. Pour beaucoup, une légende. Son retour en a ravi plus d'un.

— Quand l'avez-vous vu pour la dernière fois ? la coupa la lieutenante, agacée par ses grandes litanies sur Marcus Solar.

Face au capitaine, Gabrielle pivota pour planter les yeux dans ceux de la lieutenante.

— Vendredi dernier, à l'agence.

— Pourquoi n'avez-vous pas dormi à Belleville hier soir ?

— J'avais des détails à régler à Paris. Et mon patron sur le dos. Venir la veille suffisait.

Les deux policiers se lancèrent un regard entendu qui n'échappa pas à Gabrielle.

— Et où étiez-vous, hier dans la soirée ?

— Dans un bar à cocktails à Bastille avec un mec pathétique, répondit-elle sèchement. J'ai accepté ce *date* pour me changer les idées. La tournée me stressait. Très mauvaise idée. Le type était minable. Je peux vous donner son numéro si vous voulez vérifier. Je suis restée deux heures, puis je suis rentrée en Uber chez moi.

La façon dont Gabrielle avait prononcé les mots « bar à cocktails » recelait le même dédain qu'au début. Belleville ne comptait qu'un vrai bar. Leïla y avait connu ses premières cuites d'adolescente. Après son service, elle préférait désormais boire des coups au PMU de la place principale. Elle y échangeait les derniers ragots contre une pinte. C'était un lieu à l'ambiance décontractée, sans prétention aucune. Elle faisait régulièrement la fermeture avec le patron, un ami de longue date.

Leïla sortit de ses divagations et remarqua que Gabrielle plissait les yeux frénétiquement, comme si la lumière du néon au-dessus d'elle la dérangeait.

— Elle grésille, non ? fit-elle, les paupières baissées.

Les deux policiers levèrent la tête vers le néon blanc. Il projetait sa lumière sur la pièce sans la moindre interférence.

— Je ne crois pas…, répondit Ronan, interdit.

Leïla lui donna un coup de coude. Les paupières de Gabrielle tremblaient.

— Je crois qu'on va s'arrêter là pour le moment, madame Jansen, suggéra Ronan. Merci pour votre coopération. Nous vous tiendrons au courant dès que nous en saurons davantage.

Sur cette phrase, Gabrielle quitta la pièce sans saluer les policiers. Ronan leva les yeux vers la lumière.

— Bizarre, cette nana. Elle grésille pas du tout, cette lampe.

4

Inès Adler aimait tant Paris. L'agitation dès le matin, l'euphorie dès la nuit tombée. Son odeur également. Là où tous pestaient contre la pollution et la profusion des cancers, elle voyait la vie. Des demi-vies peut-être, étriquées dans de minuscules appartements, ruinées à chaque milieu de mois, mais c'était pourtant tellement mieux que ce qu'elle avait vécu à l'hôpital. Ouvrir son propre cabinet de psychiatrie restait la meilleure décision de sa carrière.

Elle s'alluma une cigarette. Ses poumons se remplirent, et elle expira une épaisse fumée entre ses lèvres. Inès ne fumait que des Vogue. Non parce que c'était distingué, mais parce que cette impression de légèreté la confortait dans l'idée qu'à terme elle arrêterait de fumer. Quand ? Elle l'ignorait.

Un train l'attendait dans quelques heures. Elle sentit une excitation grandir en elle en pensant à sa destination. Elle prenait si peu de congés, et son travail l'accaparait tant. Une femme passa devant elle en l'évitant délibérément. Inès la dévisagea. Moulée dans un jean taille haute d'une marque parisienne hors de prix. Ses talons claquaient contre le pavé. Tout pour plaire, et si sûre de son charme. Voilà une autre chose qu'elle aimait particulièrement à Paris : les Parisiennes.

Sa cigarette écrasée contre le mur en pierre, elle entra dans le bâtiment le mégot à la main. Arrivée au bout du couloir, elle s'arrêta devant sa secrétaire. Celle-ci portait des lunettes rondes, un appareil dentaire presque invisible et une couette de chaque côté du visage. Un look d'éternelle adolescente pour une fille ayant dépassé l'âge fatidique des vingt-cinq ans. Elle en voyait de plus en plus passer dans son cabinet, des filles plus vraiment filles, bien décidées à suspendre leur vie de femme.

— Vous voyez, je fais des efforts ! fit la psychiatre en écrasant le mégot dans le cendrier.

— C'est bien, docteure, mais c'est pour la planète que vous le faites, pas pour moi !

— La planète, elle est déjà foutue…, grommela Inès.

— Vous savez qu'un mégot peut mettre plus de dix ans à se décomposer…

— … Oui, je sais, Amélie ! Vous me le répétez tous les jours !

Inès entra dans son cabinet, une pièce spacieuse recouverte d'œuvres d'art au mur. Les dernières notes du *Nessun Dorma* de Puccini accompagnèrent son entrée. Inès s'arrêta un instant pour savourer la voix de Pavarotti. Elle ne s'installa derrière son ordinateur qu'une fois le morceau terminé et consulta son agenda.

— Amélie, vous pouvez venir un instant ?

Elle entendit un grincement de chaise suivi de petits pas. Sa secrétaire arriva en trottinant.

— J'ai encore des rendez-vous prévus pour les prochains jours, je vous avais pourtant dit de tous me les annuler, constata-t-elle sans quitter des yeux l'écran.

— Oui, j'ai juste oublié de les effacer, je m'en occupe tout de suite. Mais j'ai prévenu tous vos patients.

— Dans ce cas-là, ne vous embêtez pas. Je vais y aller, de toute façon. Vous pouvez me commander un taxi pour 16 heures ?

— Bien sûr ! répondit Amélie en pianotant fébrilement sur son smartphone. Si vous avez le moindre problème en arrivant, n'hésitez pas à m'appeler, évidemment…

Inès sourit et posa la main sur l'épaule de sa secrétaire.

— Profitez-en pour vous reposer, Amélie. Je sais que les horaires sont dingues en ce moment, alors amusez-vous, sortez un peu !

La jeune femme acquiesça. Inès se leva et jeta un regard à une photographie accrochée au-dessus de son bureau. Marcus Solar au piano, le dos rond et les yeux rivés sur le clavier. Elle sourit.

— À votre avis, pourquoi est-ce qu'il remonte sur scène ?

— Lui seul le sait… Plus jeune, je n'avais pas les moyens de me payer une place à un de ses concerts, puis il a subitement arrêté sa carrière…

— Vous pensez qu'il est ruiné ? Qu'il va nous faire un coup à la Johnny, tous les ans une dernière tournée pour renflouer son compte ?

La psychiatre rit.

— Vous me posez une colle, là.

— Dans tous les cas, cela ne peut que vous faire du bien, quelques jours en dehors de Paris !

Inès acquiesça en jetant un regard à la photographie en noir et blanc. Elle l'avait payée une fortune dans une galerie new-yorkaise. C'était l'œuvre d'un photographe en vogue. Depuis plusieurs jours, cette photo l'obsédait. Les doigts du concertiste glissant sur les touches, son dos courbé, ses yeux concentrés. Elle avait été prise en septembre 1994, lors du dernier concert donné par Marcus Solar. Ce soir-là quelque chose s'était passé dans l'esprit du concertiste, et il avait disparu pendant plus de vingt ans. Cette photographie capturait l'instant avant la fuite et le retenait encore un peu à son piano, juste pour elle.

5

De la fenêtre de son bureau, la rue s'étirait. Il était 13 heures. Des promeneurs sortaient leur chien. Des enfants couraient pour déjeuner chez leurs parents, leur sac volant dans leur dos. Aucun des habitants ne soupçonnait l'effervescence qui agitait le commissariat depuis le matin et qui, bientôt, embraserait la ville.

Annie Winkler vit les deux policiers prendre place face à elle. Il n'y avait rien de plus intimidant que ses silences. Elle cultivait l'art de l'intimidation sans prononcer la moindre parole. Et cela depuis qu'elle avait obtenu le poste de commissaire de Belleville dix ans plus tôt.

Depuis trois mois, elle assistait aux efforts acharnés de Leïla pour survivre au sein du commissariat, de stagiaire à plus jeune recrue, seule femme entourée d'hommes plus âgés. Des gars virils par la force des choses et l'habitude du métier. Lourds sans vraiment le vouloir ni s'en rendre compte. Annie n'accordait plus aucune attention à leurs remarques. C'était peut-être le privilège de l'expérience. Ne pas prendre en considération leur besoin de prouver à chaque instant qu'ils étaient de vrais bonshommes.

Elle se demandait parfois si Leïla avait voulu rejoindre les forces de l'ordre à cause d'elle. Une femme commissaire, c'était encore assez rare, surtout dans les petites villes reculées. Une divorcée, qui plus est. La jeune policière n'avait pas fait le moindre écart.

Elle accomplissait son boulot, efficace et discrète. Presque scolaire. Quelque chose l'irritait dans son besoin de *bien faire*.

— J'espère que vous prenez cette affaire au sérieux. Avez-vous la moindre idée de l'importance de ce récital pour Belleville ? Le ministre de la Culture devait arriver tout à l'heure !

— Vous étiez au courant pour le concert de Marcus Solar ?

— Évidemment, que j'étais au courant ! Des mois que c'est prévu !

Elle s'assit en soupirant.

— Je viens de raccrocher avec le maire. Il est au bout du rouleau. Ce concert, c'était son plan pour se faire réélire.

— Je… je n'en avais aucune idée…, balbutia Ronan, faute d'arguments.

— Mais vous vivez dans une grotte ou quoi ?

— Je ne connaissais pas Marcus Solar non plus avant ce matin, commissaire…

— C'est normal, ça. Il a arrêté de jouer que vous n'étiez pas née ! Mais quand même, vous n'avez pas vu les hôtels se remplir ces derniers jours ?

— Je pensais que c'était à cause des vacances scolaires…

Au visage crispé de la commissaire, Ronan comprit que l'humour n'était pas au menu.

— On a quoi pour le moment ?

— On attend le résultat de l'autopsie et des relevés d'empreintes, mais à première vue le pianiste est mort d'une overdose de morphine. On a trouvé une plaquette de gélules dans sa table de nuit. Et il était sous traitement en prévision du concert, son agente vient de nous le confirmer. Il souffrait de douleurs musculaires.

— Reste à savoir si c'est un suicide ou un accident de surdosage… On va appeler son médecin pour confirmation.

— Et la femme ?

— Probablement une mauvaise chute dans l'escalier. Traumatisme crânien, nuque brisée et hémorragie.

— Elle est morte après lui ?

— Oui. Elle a voulu courir appeler les secours et, dans sa précipitation, elle a chuté dans l'escalier.

— Je vois. Pas de signe d'effraction ?

— Non. La maison était fermée à clé. Et seule son agente avait un double.

— Celle qui a trouvé les corps ?

— Oui.

— Et elle a un alibi ?

— Oui. Elle était à Paris dans un bar à cocktails, elle nous a donné le nom. On va appeler pour vérifier.

La commissaire prit son menton entre ses mains, signe qu'elle se déridait un peu.

— Bon. Dès que vous avez appelé le médecin et reçu le compte rendu de l'autopsie, appelez-moi. Je prépare un communiqué de presse pour demain matin. Le ministre de la Culture peut rester tranquille chez lui... Il faut que cette affaire aille vite. Vous m'entendez ?

— Bien sûr, commissaire. Il n'y a aucune raison que ce soit le contraire.

Elle hocha la tête et lança un regard vers la porte pour leur faire comprendre que leur échange était terminé.

— Vous n'avez pas du boulot ?

— Si, si... On y va, dit Ronan en se levant.

— Vous comptiez y aller, au concert, commissaire ? demanda Leïla avec curiosité.

— Bien sûr que non. Les places coûtaient une fortune.

Gabrielle Jansen entra dans sa chambre d'hôtel. S'enfermer seule, loin du bruit et de la réalité. Elle s'assit sur le lit et ralluma son téléphone. Elle vit défiler une quantité impressionnante de messages et d'appels manqués. Le smartphone ne cessa de vibrer pendant plusieurs minutes. Son patron avait cherché à la contacter une bonne dizaine de fois. Elle inspira et le rappela immédiatement. Il décrocha dès la première sonnerie.

— Gabrielle ? Pourquoi vous ne répondez pas depuis ce matin ?! J'ai essayé de vous joindre toute la matinée !

La voix de son patron la fit frissonner. Antoine Petit était le directeur et fondateur de l'agence qui portait son nom. Il quittait rarement son bureau avant 1 heure du matin et parlait excessivement vite quand il était de mauvaise humeur, ce qui était le cas six jours sur sept.

— Je suis désolée, mais j'ai eu quelques complications en arrivant…

— J'ai eu le ministre de la Culture en personne, la coupa-t-il aussitôt. Il aimerait rencontrer M. Solar dès ce soir autour d'un dîner. Quelques photos et même un petit récital privé, moyennant une somme tout à fait sympathique…

Gabrielle ne répondit pas.

— Gabrielle ? Vous m'entendez ?! Je suis en train de vous parler !

— Monsieur Petit, Marcus est mort.

Dans son téléphone, le silence se fit. Elle perçut un souffle cassé.

— Pardon ?

Gabrielle tenta de rassembler suffisamment de courage pour raconter à son patron la découverte des deux corps. Elle entendit une sorte de « pouf » et comprit qu'Antoine venait de s'enfoncer dans son canapé.

— C'est une catastrophe, finit-il par lâcher. Une catastrophe ! On a engagé des frais énormes pour cette tournée ! Vous vous rendez compte, Gabrielle ?

— Je me rends compte, monsieur.

— Dire que je vous ai suivie dans cette folie ! Ça va couler notre agence !

Son patron souffla de rage dans le combiné. Le sol se mit à tanguer sous ses pieds. Elle se rassit sur le lit.

— Je suis désolée, monsieur Petit… Je ne sais pas quoi vous dire de plus…

— Oh ! n'ajoutez rien, vous en avez déjà fait suffisamment. Je dois tout de suite appeler le ministre, qu'il ne se déplace pas pour rien… Quant à vous, nous allons avoir une discussion sur votre avenir dans cette agence.

Il lui raccrocha au nez sans lui laisser la possibilité de répondre.

6

L'après-midi touchait à sa fin. Ronan était penché sur son bureau, en pleine rédaction d'un procès-verbal, quand Leïla s'approcha de lui, deux livres dans une main, une liasse de feuilles dans l'autre.

— T'as réussi à avoir le médecin de Marcus ? lui demanda-t-il sans lever les yeux.

— Toujours pas. Il est encore en consultation. Sa secrétaire m'a dit qu'il me rappellerait dès qu'il aurait terminé. Du coup, j'en ai profité pour faire un petit tour à la bibliothèque municipale…

— Si j'avais su que t'avais du temps à tuer, je t'aurais occupée !

Elle sourit, amusée, et déposa devant lui les deux livres.

— Je suis allée m'intéresser un peu à notre pianiste. J'ai trouvé ça. Deux biographies sur lui.

— Eh ben !

— Il était *vraiment* connu.

— Merci de souligner mon inculture.

— Arrête. J'ai aussi fait un petit tour sur Internet.

— Et donc ?

Elle sortit plusieurs clichés fraîchement imprimés sur des feuilles A4, au papier encore chaud.

— Si on en croit ce qui est écrit, le type a connu mille vies. Une enfance misérable dans un pensionnat qui a fermé depuis. Mais il obtient tout de même une bourse pour ses études et gagne tous les concours prestigieux. C'est le succès fulgurant. Il parcourt le monde entier. Et soudain, au pic de sa carrière, il disparaît et s'enferme à Belleville avec Elizabeth Storm. Une femme qu'il ne présente ni comme sa compagne ni comme son amie. Une domestique, si on veut.

— Il n'était pas marié ?

— Il s'est fiancé à une certaine Rose Ravensberg dans les années 1990. Une riche Américaine. Mais ils ont rompu les fiançailles quelque temps après sa retraite artistique. Leur histoire a duré six mois à peine.

Elle lui montra le cliché du couple. Dans un costume trop grand, Marcus Solar tenait par la main une femme blonde et très élégante, Rose Ravensberg, sa fiancée de l'époque, dont la fortune était estimée à plusieurs centaines de millions de dollars.

Ronan feuilleta les deux livres. Le premier s'intitulait très sobrement *Marcus Solar*. Le second *Marcus Solar, le mythe*, un titre racoleur pour un best-seller de quatre cents pages. La couverture représentait le pianiste, regard perçant dirigé vers le lecteur. Sans surprise, la première biographie donnait une vision acide de l'homme. Un être égoïste et sans scrupule qui avait tout fait pour réussir, en écrasant ses semblables en chemin. Un homme qui avait su bâtir sa propre légende et dont la vie entière ne reposait que sur un tissu de mensonges. L'autre livre se voulait plus élogieux et insistait sur son parcours hors norme.

— Comme par hasard, le premier est quasiment introuvable, sa commercialisation a été stoppée faute de ventes. Et l'autre est un best-seller.

Le capitaine était maintenant captivé par les trouvailles de Leïla.

— Pourquoi il a arrêté sa carrière ? Il était malade ? Has been ?

— Il n'a pas donné d'explication. Il a juste… disparu.

— Jusqu'à ce qu'il réapparaisse il y a quelques mois.

— Oui. Il a annoncé son grand retour pour une nouvelle tournée. Personne ne l'avait oublié, et les places se sont envolées en quelques heures.

— Donc il n'était pas has been.

Ronan parcourut un article de journal assez récent qui s'interrogeait sur le retour sur scène du pianiste : « La résurrection du mythe : flop ou top ? Le pianiste est-il encore en état de jouer ? »

— Gabrielle Jansen a dit que toutes les dates étaient complètes, c'est vrai ?

— Je suis allée voir. En effet, il aurait fait salle comble tous les soirs.

Le capitaine s'enfonça dans son siège, séché.

— Mais c'est dingue ! Alors qu'il n'a pas joué depuis vingt-six ans ?

— Il faut croire que sa *fan base* était solide…

— Et Elizabeth Storm ? T'as trouvé quelque chose sur elle ?

— Pas grand-chose. Elle est née en 1940 à Paris. Elle n'a ni frère ni sœur, et pas de mari, pas d'enfants. Pas d'autre métier en dehors de s'occuper de Marcus.

— Elle n'avait que lui, quoi.

— Oui. Et je sais que c'est un détail, mais elle n'a pas de compte bancaire…

— Pardon ? C'est possible ça ?

— Ce n'est pas obligatoire. Il devait la payer en liquide.

Le capitaine jeta un regard par la fenêtre. Le ballet des voitures de police devant le bâtiment, les policiers adossés pour la dernière pause clope de la journée. Et il ressentit une décharge d'électricité. Il resterait un fumeur, même après quinze ans d'abstinence. La clope de fin de journée qui détendait tout le corps, c'était celle qui lui manquait le plus.

— Pourquoi tu t'y intéresses autant ? C'étaient deux vieux isolés. Dès qu'on aura le détail de l'autopsie, l'affaire va être classée. Que ce soit une erreur de dosage ou un suicide, il est mort. C'est triste, mais c'est comme ça.

— Parce que tout le monde semble le connaître, sauf nous. Et parce que je voulais voir si Gabrielle Jansen disait vrai.

— Sur ?

— Sur la célébrité de Marcus Solar.

Le téléphone de Leïla sonna.

— C'est le médecin !

Les deux policiers s'isolèrent dans une pièce au calme pour le mettre sur haut-parleur. Ils lui firent un rapide état de la situation et des déclarations de Gabrielle Jansen. L'homme sembla très peiné. Il prit un moment avant de s'exprimer.

— Excusez-moi, je… je suis attristé, pour être honnête. Ce n'est peut-être pas très éthique, mais bon. Je m'étais attaché à M. Solar et je devais le suivre des semaines durant pour sa tournée.

— Je vous en prie. C'est compréhensible.

— Je savais à quel point M. Solar avait hâte de rejouer. Il m'en parlait dès que nous nous voyions. Il s'entraînait beaucoup pour ça.

— Docteur, pouvez-vous nous expliquer le détail de son traitement ? s'enquit Ronan.

— Au fur et à mesure de son entraînement pour la tournée, les douleurs dans ses articulations ont commencé à être de plus en plus pénibles. Il y a trois mois de cela, M. Solar m'a donc demandé de l'aide. Il m'a presque supplié, à vrai dire. Je lui avais prescrit du lorazépam à prendre trois fois par jour à hauteur de 3 mg par dose. C'était un anxiolytique assez puissant qui permettait de le calmer et de le détendre avant chaque répétition.

— Et combien de temps duraient ces répétitions ?

— Oh ! il pouvait jouer sept heures d'affilée. C'était très fatigant, surtout pour un homme de son âge qui ne s'était pas produit depuis des années.

— Pourquoi lui avoir prescrit du lorazépam ?

— C'est lui qui me l'a demandé. Il était assez anxieux à l'idée de remonter sur scène devant autant de personnes. Il a donc pensé que des médicaments allaient l'aider. Le lorazépam est très efficace pour contrer les états anxieux avancés. Mais c'est un traitement qui a des effets secondaires non négligeables. Somnolence, parfois même perte de mémoire.

— Il ne les craignait pas ?

— Non, il voulait absolument jouer. Vaincre sa peur de la scène, de la foule. Peu importe le prix à payer.

— Et la morphine ?

— Je lui ai d'abord prescrit de la codéine, cela n'a eu aucun effet. On est donc passé à la morphine. De l'Actiskenan, pour être précis. C'est un antalgique puissant à base de sulfate de morphine. On a commencé à 5 mg, deux fois par jour, avec plusieurs interdoses, à prendre avec du paracétamol. Sauf que M. Solar a vite voulu augmenter.

— En a-t-il expliqué la raison ?

— Il s'entraînait de plus en plus, et le traitement ne soulageait pas ses douleurs. Il avait réellement l'air de souffrir.

— Vous êtes donc passé à des gélules de 10 mg ?

— Oui. Deux fois par jour. Avec cinq interdoses. Il était donc à 50 mg par jour.

— Cela ne vous a pas surpris ?

— Il faut trouver le dosage qui convient au patient. Et M. Solar était un homme âgé, qui n'avait pas joué depuis de nombreuses années. À vrai dire, je n'ai pas été étonné que 5 mg ne le soulagent pas.

— 50 mg, c'est un traitement élevé ?

— Pas particulièrement, non.

Un silence s'installa. Leïla prenait à peine un Doliprane quand elle avait une migraine. Elle avait vu sa mère se bourrer de médicaments toute son enfance. Elle se souvenait des tiroirs remplis de sa salle de bains. D'une relation mère-fille entachée par une consommation excessive de somnifères. Alors prendre de la morphine au quotidien, c'était tout simplement impensable pour elle.

— Vous étiez son médecin traitant, quand l'avez-vous vu en consultation pour la dernière fois ? continua Ronan.

— La semaine dernière, je lui ai rendu visite au manoir.

— Et comment allait-il ?

— Bien. Il avait hâte de jouer. Hâte d'être au premier récital.

Leïla et Ronan se lancèrent un regard entendu.

— Donc, pour vous, il n'était pas du tout dépressif ?

— Si vous me demandez si je pense qu'il était déprimé au point de se donner la mort, je vais vous dire non. Mais on ne sait jamais ce qui peut passer par la tête de quelqu'un, surtout la veille d'un événement aussi important.

Le médecin marqua un temps d'arrêt avant de reprendre. Leïla n'aurait su dire si c'était pour contrôler son émotion ou parce qu'il s'apprêtait à leur annoncer une nouvelle importante.

— Pour qu'il en meure, il aurait fallu un surdosage, c'est-à-dire quatre à cinq fois sa dose habituelle. Car la morphine entraîne un phénomène d'habituation. Il y a une raison pour laquelle on ne donne ce traitement que pour vingt-huit jours maximum…

L'enfant

L'enfant arriva une nuit de janvier 1951. Le directeur ne le découvrit que le lendemain. Comme tous les matins, il se levait à 6 heures, brossait les trois cheveux roux qu'il lui restait sur le crâne et saluait son reflet. Il claquait la porte de sa chambre à 7 heures précises. À cette heure-là, le pensionnat s'éveillait à peine. Aussi longtemps qu'il s'en souvienne, il s'était toujours levé tôt. Les grasses matinées, il n'en voyait pas l'intérêt. Perdre la moitié de sa journée semblait une idée saugrenue, une idée de bons à rien. Depuis qu'il avait repris la direction du pensionnat, les règles étaient strictes. Un lever à 7 h 15 tous les jours de l'année, même le dimanche.

Il entra dans la partie la plus ancienne du bâtiment. Les murs boisés suintaient d'humidité. Une forte odeur de moisissure emplissait l'air. S'ils ne faisaient rien, cette aile du pensionnat deviendrait bientôt inutilisable. Mais il n'avait pas les moyens d'effectuer des réparations. Des voix brisèrent le calme, provenant d'une porte fermée sur sa droite. Il s'éclaircit la voix et frappa pour signaler sa présence. Le visage fatigué d'une femme âgée apparut dans l'embrasure.

— Bonjour, monsieur le directeur.

— Bonjour, ma sœur. Vous n'avez pas sonné pour le petit déjeuner. Pourtant, il est bientôt l'heure.

— J'ai eu un léger contretemps. La mère supérieure va s'en occuper.

Le directeur fronça les sourcils en attendant la suite.

— Nous… nous avons reçu une visite dans la nuit. Un nouveau pensionnaire vient de nous rejoindre.

La porte s'ouvrit en grand, révélant une femme si courbée par l'âge qu'elle était maintenant entièrement bossue. Ses yeux disparaissaient sous ses paupières. Son visage était englouti sous les rides.

— Et personne ne m'a prévenu ?

— Il était 3 heures du matin. J'ai préféré attendre votre réveil et ne pas vous déranger.

La femme tendit une enveloppe qu'elle tenait serrée contre elle.

— Tout est expliqué dans cette lettre. Ses parents viennent de mourir. Il est orphelin, le juge des enfants l'a envoyé ici.

— On ne peut plus accueillir de nouveaux. Nous n'avons plus de place dans le dortoir. Ils le savent très bien !

Elle hésita, marque de son embarras.

— C'est un cas… à part. Vous comprendrez.

Le directeur fronça de nouveau les sourcils et entra dans la pièce. Un garçon d'à peine cinq ans, d'une minceur affolante, était assis sur un lit. Il tenait entre ses mains un bol de lait chaud qu'il lapait comme un chaton. Il portait une tunique large, déchirée par endroits. Il était pieds nus, la crasse et la terre recouvraient le bout de ses orteils. L'enfant leva les yeux vers l'homme. Son regard respirait la souffrance. L'innocence des premiers âges lui avait été dérobée bien trop tôt. Il avait une conscience aiguë de son existence misérable. Déstabilisé, le directeur referma la porte.

7

Après une heure de correspondance à Amiens, Inès descendit du train vers 19 heures. En sortant de la gare déserte, elle constata très rapidement qu'aucun taxi ne l'attendait. Ses bottes à talons résonnèrent contre le sol. Elle en portait tous les jours de l'année. Même quand elle était cheffe de service à l'hôpital et qu'elle passait des heures entières à courir partout. L'élégance relevait d'un plaisir purement personnel. Un vent glacé la força à rajuster la ceinture de son trench-coat.

De longues minutes s'écoulèrent sans le moindre taxi à l'horizon. Elle se résigna à se rendre à l'hôtel à pied. Sur le chemin, les premiers abords de la ville lui parurent sinistres. Des maisons étroites aux fenêtres éclairées. Une place où quelques adolescents zonaient. Un bar-tabac qui s'apprêtait à fermer. Des passants qui promenaient des chiens minuscules à la langue pendante.

Ce décor lui rappela un bref instant la commune rurale de son enfance, quittée dès sa majorité. Les jeunes devraient tous fuir le plus vite possible les petits patelins pour les grandes villes.

Elle entra dans un hôtel aux rideaux rouges. L'employé à l'accueil passait un très mauvais moment. Il se faisait hurler dessus par une cliente. Et dire qu'elle pensait s'éloigner de la brutalité de la capitale pour quelques jours…

— J'ai réservé une chambre double, c'est quoi cette merde que j'ai à la place ? Ce n'est même pas un vrai *king size* ! Et le wi-fi ne marche pas ! J'ai besoin du wi-fi, vous m'entendez ?!

— Je suis désolé, madame, mais l'hôtel est complet, je ne peux pas vous changer de chambre…

Inès jeta un regard à la cliente. Ses doigts pianotaient sur le comptoir et abîmaient sa manucure. Elle se passa la main sur le front, puis se frotta les yeux, ce qui fit légèrement baver son mascara. Dans sa main, son téléphone n'arrêtait pas de vibrer.

— Bon, tant pis pour la chambre, mais débrouillez-vous pour réparer ce problème de wi-fi, c'est clair ?

— Oui, madame Jansen… On va faire au mieux…

Elle s'éloigna sans écouter le reste de sa phrase et bouscula Inès sans s'excuser. Le jeune homme se tourna vers la psychiatre.

— Bonsoir, madame, comment puis-je vous aider ? fit-il en se redressant.

Elle vit de fines gouttes de sueur perler sur son front.

— Bonsoir, j'ai réservé une chambre au nom d'Inès Adler. Et, ne vous inquiétez pas, l'absence de wi-fi n'est pas un problème pour moi.

L'homme sourit à la remarque et baissa la tête vers son ordinateur. La psychiatre remarqua tout à coup que, autour d'eux, des journalistes passaient dans tous les sens, caméra sous le coude, micro en main.

Alors que Gabrielle remontait dans sa chambre, un homme d'à peine vingt-cinq ans l'interpella.

— Excusez-moi…

— Oui ?

— Vous êtes Gabrielle Jansen, l'agente artistique de Marcus Solar ?

— Que voulez-vous ? demanda-t-elle, méfiante.

— Je suis désolé de vous déranger, mais j'essaie d'obtenir une interview avec vous depuis des mois… Je suis journaliste culture et je couvre le récital de demain soir…

Le visage de Gabrielle se ferma à la mention du concert.

— Je n'ai pas le temps.

Elle commença à se retourner, mais le journaliste la suivit.

— Tout le monde s'enthousiasme du retour sur scène du pianiste, pourtant personne ne l'a vu depuis plus de vingt ans. Est-il vraiment en état de jouer ?

— Qu'insinuez-vous ? lança-t-elle en faisant volte-face.

— Je ne sais pas, comment se porte M. Solar ?

L'image de Marcus mort dans son lit ne la quittait pas depuis ce matin. Elle aurait voulu crier qu'il n'était plus de ce monde. Que toute cette mise en scène était une mascarade. Mais les policiers lui avaient demandé de ne surtout pas parler à la presse. Sa mâchoire se mit à trembler.

— Il va très bien, maintenant si vous voulez bien m'excuser…

— Mais ce n'est pas vrai, n'est-ce pas ? Qu'est-ce que vous ne dites pas, madame Jansen ? insista-t-il.

Gabrielle leva les yeux vers l'effervescence tout autour d'elle. S'attarda sur le rouge cramoisi des rideaux. Sur les néons des lampes qui semblaient grésiller comme au commissariat. Et au milieu de toute cette agitation son corps fut soudainement parcouru de convulsions. Elle agrippa son sac pour en sortir ses médicaments, mais tomba avant d'y parvenir. Quand elle heurta le sol, des cris retentirent.

Au moment où Inès récupérait les clés de sa chambre, elle entendit un bruit sourd derrière elle et vit la jeune femme passée à l'accueil juste avant elle s'effondrer en convulsant.

— Écartez-vous ! hurla-t-elle à la petite foule qui s'amassait.

Sans paniquer, Inès la mit en position latérale et attrapa fermement ses bras, qui s'agitaient contre son corps. Elle demanda le silence et ordonna à tout le monde de s'éloigner. Une courte minute plus tard, les convulsions s'arrêtèrent, et Gabrielle redevint calme.

8

Aix-en-Provence, mai 1981

Ses grosses Timberland martelaient le sol en tomettes de la cuisine. Une silhouette fuselée se faufila dans l'encadrement de la porte derrière lui. La nature l'avait faite ainsi. Tout en grâce et fragilité. Ce dont Christophe Leroy était dénué, sa fille, Diane, en avait hérité.

Elle attacha sa chevelure blonde. Quelques boucles s'échappèrent pour courir le long de son cou. Ses yeux clairs lorgnèrent avec insistance la pile de pancakes posée sur le plan de travail. Depuis six mois, c'était leur rituel du dimanche. Le cimetière, puis des pancakes au sirop d'érable. Diane récupéra l'assiette et s'assit à table, une fourchette dans une main, le sirop d'érable dans l'autre. Prête à dévorer cette montagne de sucre. Son père se demandait souvent comment un aussi petit gabarit pouvait manger autant. Il prit place face à sa fille.

— Tu pourrais au moins dire merci, grommela Christophe.

Diane l'ignora. Elle ne l'écoutait plus depuis des années, de toute façon.

Leur petite cuisine ouvrait sur un salon aux tons pastel et à la moquette marron. De gros canapés en cuir entouraient une table basse en verre. La pièce, comme le reste de la maison, manquait de lumière. Une couche de poussière s'était déposée sur les meubles. Les bibelots avaient tous été retirés. Une infinie tristesse se dégageait de l'ensemble. Comme si le chagrin avait pris possession des murs pour former un vide immense. Une seule photographie se trouvait dans l'entrée. Le cliché jauni d'une femme qui tenait une petite fille dans ses bras.

Rapidement la mastication fut l'unique son ambiant provenant de la cuisine. Cela dura de très longues minutes. Au bout d'un moment, Christophe ne put s'empêcher de faire une remarque.

— Diane, mange la bouche fermée, s'il te plaît.

— Fous-moi la paix.

Chez elle, tout était retenu pour mieux exploser. Souvent en insultes, si violentes qu'elles brisaient le cœur de Christophe un peu plus à chaque fois. Un coup de pied du destin qui avait enfermé dans une apparence de tendresse une âme si impulsive. Depuis la mort de sa femme, c'était à lui d'encaisser. Ses accès de colère, brusques et incontrôlables. Ses longs silences, presque aussi pénibles que sa rage. Et sa soudaine douceur, si rare désormais, qui nourrissait l'espoir que sa petite fille était encore là, quelque part.

Une boucle blonde faillit tomber dans son assiette collante de sirop. Par réflexe, Christophe voulut écarter la mèche. Elle le repoussa. Avala une nouvelle bouchée et s'empressa d'en ingurgiter une autre. Une pensée qu'il fut incapable de refréner agita le corps entier de Christophe.

— T'as les mêmes cheveux que ta mère.

Diane, qui approchait de sa bouche un gros morceau de pancake, s'arrêta. Elle lâcha sa fourchette et se leva pour attraper une paire de ciseaux dans un tiroir.

— Tu fais quoi avec ça ?!

Diane dirigea les ciseaux vers lui.

— T'approche pas, dit-elle d'une voix qu'il ne lui connaissait pas.

Et, une à une, elle coupa ses boucles. Elles s'amoncelaient sur les tomettes de la cuisine. Quand elle reposa les ciseaux sur le plan de travail, Christophe détourna le regard de sa fille. Sa coupe inégale lui faisait mal au cœur. Il se baissa et ramassa les boucles.

— Qu'est-ce que tu comptes faire avec ça ?

— Les mettre à la poubelle, répondit-il d'un ton calme.

Il n'y avait plus rien à ajouter. Pendant que son père finissait de jeter ses cheveux, elle s'éloigna vers le couloir menant à sa chambre.

Le mois de juillet avait amené son lot annuel de touristes sur la plage de Carry-le-Rouet. Diane dévisageait depuis plusieurs minutes la femme allongée à quelques mètres d'elle. L'inconnue était moulée dans un maillot une-pièce. Elle avait fait de la bronzette son activité préférée des vacances, c'était évident. Ses ongles commençaient sérieusement à s'écailler. Un gloss à lèvres scintillait au soleil. Elle n'avait pas échappé à cette mode de se maquiller pour aller à la plage.

Assise dans le sable à ses pieds, une fillette à couettes construisait un château de sable, écorchant la chanson des *Aristochats*, « Des gammes et des arpèges », en ripant sur les *r*. Derrière elle, une cigarette entre les lèvres, son mari lisait *Playboy* d'un air concentré. Sur la couverture, une Bardot au rabais offrait sa bouche en cœur aux lecteurs.

Diane ne les quittait pas du regard. Obnubilée par le tableau de cette famille en vacances sur la plage. Touristes d'un été sur une étendue de sable chaud. Ils n'étaient plus une famille mais seulement des individus. Avec leurs désirs égoïstes. La mère la fascinait tout particulièrement. Son corps racontait l'histoire d'une émancipation récente mais assumée. Elle ne ressemblait en rien à sa propre mère. Ou plutôt au souvenir qu'elle avait d'elle.

C'était son premier été sans elle. Elle était morte l'hiver précédent d'une pneumonie qui l'avait emportée en quelques semaines. Si brutale que Diane n'avait pas eu le temps de verser une larme. La nuque dénudée, elle découvrait de nouvelles sensations. Comme le vent léger de fin de journée qui venait sécher sa sueur. On la dévisageait avec sa coupe à la garçonne. Était-ce une revendication pour copier ces féministes de Washington ? Elle glissa les doigts dans ses boucles courtes.

Son amie Esther s'allongea à côté d'elle sur une serviette. C'était une jolie brune au teint hâlé, aux joues parsemées de taches de rousseur. Elle portait un bikini qui exposait un corps voluptueux à la vue de tous. Des garçons passaient devant elle en lui lançant des regards appuyés qu'elle évitait délibérément. Diane contemplait maintenant la mer, absorbée.

— J'en reviens pas que t'aies coupé tes cheveux toi-même.

— Tu vas m'en parler tous les jours ?

— T'aurais au moins pu faire une coupe propre.

Esther approcha la main de sa chevelure. Diane la repoussa et, dans son mouvement, recouvrit la serviette de sable.

— Calme-toi ! Qu'est-ce qui t'arrive ?!

Diane ne répondit pas, droite comme un I.

— Je vais me baigner, dit-elle, les dents serrées.

Elle courut dans l'eau. Son corps osseux plongea dans la mer agitée.

Esther ne la vit pas tout de suite remonter à la surface. Elle scruta l'horizon, la main en visière au-dessus des yeux. Chercha le maître nageur sur la plage. Il draguait, à quelques mètres, des filles mineures et bronzées. Une minute plus tard, Diane remonta à la surface dans un souffle éreinté. Rassurée, Esther se rallongeait pour reprendre sa bronzette quand une ombre lui cacha le soleil. Elle entrouvrit les yeux.

— Virginie ! Tu me fais de l'ombre !

— Ça va, princesse, je viens de me taper une heure de queue !

Esther vit son amie Virginie s'asseoir et poser sur la serviette une canette d'Orangina, une de Perrier et une glace multicolore. Elle dégoulinait sous la chaleur. Virginie but de grandes rasades d'eau pétillante. Son épaisse chevelure rousse tombait sur ses épaules. Elle avait des yeux verts aux reflets dorés qui scintillaient sous le soleil éclatant.

— T'en veux ? lui demanda Virginie en lui tendant la canette.

— J'aime pas les bulles.

— Y a des bulles dans le Coca.

— Oui, mais c'est pas pareil. C'est sucré.

— Moi j'aime bien le Perrier.

— Tu bois ça juste parce que ta mère t'a foutue au régime en t'interdisant les sodas.

La glace posée à l'ombre commençait déjà à fondre. Elle attira l'attention d'Esther.

— C'est quoi ce truc immonde, là ?

— Une glace pour Diane.

— Elle a vraiment des goûts de chiotte en ce moment.

— Elle est où ?

— Elle se baigne. Toujours seule.

Droit devant, une silhouette floue surgissait entre les vagues. Diane, perdue dans les remous, si fragile que le reflux de la mer l'éloignait inexorablement du rivage. Elle se laissait porter, masse docile prise dans un tourbillon d'eau salée.

9

Ronan raccrocha après un court entretien avec deux officiers. L'enquête de voisinage qu'il avait demandée n'avait fait que confirmer leur théorie. Personne n'avait vu ni entendu quoi que ce soit. Les habitations les plus proches étaient presque à un kilomètre du manoir. En clair, il n'y avait à l'heure actuelle aucun suspect, et l'accident et le suicide devenaient de plus en plus plausibles.

Le capitaine remarqua de la lumière en provenance du bureau de la commissaire. En franchissant la porte, Ronan vit sa supérieure se tendre.

— Il fait nuit, commissaire. Il faut rentrer chez vous.

— Plus personne ne m'attend chez moi. L'avantage d'être divorcée, c'est qu'on n'a pas besoin de rentrer pour dîner. Et mon téléphone n'arrête pas de sonner. Je dois préparer la conférence de presse de demain matin. Donc ma soirée, je la passe ici.

C'était la première fois de sa carrière que Ronan obéissait aux ordres d'une femme. *Étrange*, se dit-il, *qu'il ait fallu attendre toutes ces années pour que cela se produise.* Jamais il n'avait été aussi intimidé par quelqu'un comme il l'était par Annie Winkler. Elle avait sûrement dû batailler pour exister dans cet univers si misogyne, et cette posture autoritaire lui valait le respect de ses homologues masculins. Dommage qu'elle ne soit pas plus avenante. Depuis six mois qu'il était là, il ne l'avait pas encore vue sourire. Son récent divorce devait sûrement y être pour quelque chose.

— Si j'ai bien compris, l'enquête de voisinage n'a rien donné ? demanda Annie en sortant Ronan de ses divagations.

— Non, rien de nouveau en tout cas. J'ai eu Tenyier, ils reçoivent demain matin les résultats du laboratoire.

La commissaire acquiesça, satisfaite par cette réponse.

— Bien.

Il resta debout dans son bureau. Il n'était pas venu seulement pour lui annoncer cette information.

— Il y a autre chose, capitaine ?

Il mit les mains dans ses poches. Cette attitude de gêne l'amusa.

— On est allés se renseigner un peu sur le pianiste et…

— Je suis désolée si j'ai manqué de tact tout à l'heure, j'étais sous pression. Mais vous n'avez pas besoin de faire du zèle non plus.

— Ça nous intéresse.

— Pourquoi ?

Le ton légèrement étonné de la commissaire déplut au capitaine. Cette pointe de mépris ne lui échappa pas.

— Si l'on en croit tout ce qui a été dit sur lui, ce type, ce n'était pas n'importe qui, n'est-ce pas ?

— Il a eu une carrière assez fulgurante, en effet. Mais il était à la retraite depuis longtemps.

— Quelque chose ne colle pas avec tout ce qui a été écrit. Il a été une star, puis il aurait tout plaqué au sommet de sa gloire pour s'enterrer ici ?

— Il en a peut-être eu marre de la célébrité. Ça ne doit pas convenir à tout le monde.

— Alors pourquoi réapparaître pour une dernière tournée à plus de soixante-dix ans ? C'est très bizarre comme comportement.

— Les raisons de son départ, ça le regarde. C'est sa mort qui nous importe.

Ronan hésita avant de reprendre :

— Vous l'avez déjà aperçu au pub du village boire des coups avec les gens du coin ?

— Non.

— Ou en train de faire son marché le mercredi matin ?

— Non plus.

— Il ne cherchait pas le calme loin de la capitale, on aurait dit qu'il se cachait.

Annie ne répondit pas. Ronan repensa aux tableaux sur les murs, pleins de symboles obscurs, à la taille surdimensionnée de ces pièces maintenant vides. Disparaître, oui, mais dans une cage dorée.

Leïla entra dans le bar-tabac en fin de soirée. Il ne restait plus que des habitués au comptoir. Dan Rovinsky rangeait les verres encore brûlants en offrant une anecdote entre chaque pinte. C'était un gars sympathique et travailleur qui ne connaissait que Belleville. Son crâne dégarni luisait à la lumière du néon au-dessus de lui. Leïla s'assit sur une chaise haute et commanda une bière.

Elle connaissait cet homme depuis toujours. C'est Dan qui l'avait encouragée à passer le concours de police. Prétextant que tous ces bonshommes en uniforme avaient bien besoin d'une femme pour les déviriliser. Elle appréciait son franc-parler, sa bougonnerie. C'était un type honnête qui détestait autant les clichés que la vulgarité.

Il déposa une bière devant elle, mousseuse et fraîche, et sourit à la policière.

— Longue journée, lieutenante ?

— T'as pas idée, répondit-elle en dégustant son verre. Et arrête de m'appeler lieutenante…

— Ben, chais pas, c'est classe ! Enfin capitaine, c'est encore plus classe, mais bon c'est un autre sujet…

Dan préparait un colis derrière le comptoir, qu'il remplit de café, de sucre et de bouteilles de vin. Il arrondissait ses fins de mois en livrant aux maisons reculées. À des personnes âgées pour la plupart, qui ne souhaitaient plus se déplacer et appréciaient ses anecdotes.

— Je ne savais pas que tu continuais tes livraisons.

— Eh oui, madame, les temps sont durs. Il y a de moins en moins de clients…

— Tu livres aussi en dehors de Belleville ?

— Parfois.

— Ce matin, je suis passée devant un manoir là, à quinze minutes du centre, je ne sais pas si tu vois… Canon, la baraque.

— Je vois très bien.

Il se servit un grand verre d'eau.

— J'y ai fait quelques livraisons, il y a des années.

— Ah oui ? demanda la lieutenante du ton le plus innocent possible.

— Une vieille qui commandait que des trucs rares et compliqués. Elle ne disait jamais merci, donc j'ai arrêté.

Leïla serra les dents en l'entendant dire « vieille ». Ça lui rappelait les mecs avec qui elle avait grandi et à qui elle ne parlait plus. Chaque femme se trouvait affublée d'un surnom qui lui collait à la peau jusqu'à la mort. « La vieille », pour les désexualisées usées par la vie. « La pute », pour les provocantes qu'ils sifflaient sur leur passage. « La conne », pour les inexpérimentées au rire aigu. Leïla, c'était « la flic ». Une femme sans féminité, qui s'habillait comme un mec.

— Ah, mais ça doit être la maison du pianiste, là…, continua Leïla sur le même ton.

— Ouais, le type qui donne un concert demain soir.

— Je ne l'ai jamais vu, je crois. Bizarre.

— Et tu ne risquais pas. Il ne sortait jamais de chez lui. Les rares fois où je l'ai croisé, il se déplaçait dans sa berline noire comme s'il était quelqu'un de très important… c'était toujours la vieille qui conduisait. Pas une fois, il n'est venu à mon café, ni faire connaissance avec les gens du coin… Au début on était excités ! Toi, t'étais trop jeune. Mais moi je me souviens. On se demandait qui avait racheté la ruine pour la rénover ! On a vite déchanté. J'sais pas pour qui il se prenait, ce type. Apparemment, c'est une star, vu l'engouement pour son putain de concert… Pourquoi on parle de ça déjà ?

— Oh rien, on parlait de tes livraisons…

Dan eut l'air de douter pendant un instant, puis haussa les épaules.

— Tu veux autre chose ?

Leïla lui fit non d'un signe de la tête. Elle avait eu tout ce qu'elle voulait.

En sortant, elle se sentait un peu ivre. En une bière, l'angoisse de la journée se dissipait tout doucement. Il était temps pour elle de dormir. Mais elle reculait le coucher. Elle savait que ses rêves seraient hantés par les corps inanimés de Marcus et Elizabeth.

Elle décida de rentrer à pied et sortit ses écouteurs. Elle ouvrit Spotify, chercha une compilation des interprétations de Marcus Solar et mit *play* sur le premier morceau venu. *Après un rêve* de Gabriel Fauré. Et continua son chemin.

Tandis qu'elle se laissait bercer par la mélodie, elle eut l'impression que le ciel se dégageait brièvement pour chasser la nuit qui venait recouvrir Belleville. Comme si l'obscurité voulait rendre un dernier hommage lumineux à l'artiste.

10

La vue trouble, Gabrielle ne comprit pas tout de suite où elle se trouvait. Une chambre à la décoration douteuse. Tapisserie. Abat-jour. Couvre-lit rugueux. Un flot d'informations nouvelles et contradictoires. Elle se frotta les yeux et étala encore un peu plus son mascara. Des souvenirs lui revinrent. Marcus. Le commissariat. Le coup de fil à Antoine Petit. Le hall, les questions du journaliste. Puis plus rien. Des douleurs dans tous ses membres la ramenèrent au présent. Elle se redressa. Une femme élégante, jambes croisées dans un fauteuil en face d'elle, la rejoignit à son tour et prit son pouls.

— Ne vous relevez pas d'un bond. Ça va vous donner le tournis, dit-elle d'une voix calme.

Inès se tenait à distance pour lui laisser le temps d'analyser la situation.

— Qui êtes-vous ? demanda Gabrielle d'une voix pâteuse.

— Je suis médecin. J'étais là quand vous êtes tombée.

Gabrielle s'assit au bord du lit et posa les pieds par terre. Tout tournait autour d'elle.

— Je vous conseille de ne pas vous lever aussi vite…

Gabrielle balaya cette suggestion d'un geste de la main.

— Où est mon sac ?

Inès l'attrapa dans le fauteuil à côté d'elles et le lui tendit. Gabrielle en sortit plusieurs boîtes de médicaments. Elle avala deux comprimés à la suite, de manière mécanique. Inès lui proposa un verre d'eau que Gabrielle refusa en secouant la tête.

— Qui est votre neurologue ? Je peux lui passer un coup de f…

— Je n'en ai pas. Vous n'avez pas appelé les pompiers, j'espère ?

— Non.

— Tant mieux.

— Vous n'avez pas de neurologue, vous dites ? répéta Inès. Vous ne suivez pas de traitement antiépileptique ?

— Quel genre de médecin êtes-vous ?

Les pupilles de Gabrielle engloutissaient tout le vert de ses iris. Cela lui donnait un étrange regard, agité et terrifié à la fois.

— Je suis psychiatre.

Gabrielle recula. De quelques centimètres à peine mais qui traduisaient son aversion pour la profession.

— J'aimerais être seule maintenant, si ça ne vous dérange pas.

Inès hocha la tête. Le ton de Gabrielle était sans appel. La psychiatre la contempla. Elle devait avoir à peine trente ans et tellement de rage en elle. Mais la façade ne tenait pas bien longtemps. Elle venait de se fissurer sous les yeux d'inconnus qui avaient détourné le regard, gênés et choqués tout à la fois.

— Bien sûr, je vous laisse vous reposer.

Inès s'approcha de la porte de sa chambre.

— Vous êtes sûre que ça va aller ?

— Je vais me reposer. Je suis fatiguée.

— Très bien. Mais si vous avez le moindre problème voici mon numéro, dit Inès en déposant sa carte sur une commode.

Dans le couloir, la psychiatre resta un moment immobile. Elle perçut des sanglots, une porte claquée. Puis un bruit sourd qui indiquait que Gabrielle venait de se remettre au lit. Et de nouveau, les sanglots. Inès s'éloigna et espéra secrètement qu'elle l'appellerait les jours prochains.

11

Les contours du bâtiment se dessinaient aux premières lueurs du jour. Il était bien trop tôt pour renifler l'odeur de la mort, se dit Ronan avec une pointe d'amertume.

Il claqua la portière passager et se massa les tempes. Le désagrément le saisit de plein fouet quand il entra. Cette odeur de désinfectant. Ces murs verdâtres. Cette lumière faiblissante. Il se retint de se retourner pour fuir à toute vitesse avant que l'on remarque sa présence. Trop tard, comprit-il en entendant un raclement de gorge provenant de l'accueil. Du fond du couloir, André Tenyier s'avançait vers Leïla et lui, ses éternelles lunettes rondes posées sur le nez. Il les regarda d'un air réprobateur.

— Vu vos têtes, vous n'avez pas dormi de la nuit, vous deux.

— Je n'y arrivais pas, marmonna Ronan.

— Moi non plus, confessa Leïla.

Comme elle l'avait redouté, dès qu'elle avait fermé les yeux, les visages d'Elizabeth et Marcus s'étaient invités dans ses songes. Elle s'était réveillée en sursaut sans réussir à se rendormir.

André ouvrit grand la porte d'une salle d'examen. Les deux corps nus étaient posés à quelques mètres l'un de l'autre. Détaché de son environnement, loin du mythe qui le maintenait encore un peu en vie, Marcus Solar redevenait un vieil homme fatigué. Et Elizabeth Storm, une femme sans histoires et sans attaches.

Leïla s'approcha des deux cadavres et lutta pour que la nausée ne l'atteigne pas.

— Marcus est mort à 18 h 02. Elizabeth a succombé quelques minutes après 20 heures. Il y a donc environ deux heures entre les décès.

Le corps d'Elizabeth était celui d'une femme âgée, qui avait été athlétique, et dont la peau était marquée par les stigmates du temps. De nombreux hématomes se déployaient sur sa chair. Bleu, rouge, jaune. Un arc-en-ciel malheureux, désagréable à regarder. Le médecin lui tourna la tête et leur indiqua précisément l'endroit du choc qui lui avait été fatal.

— Elle est bien tombée dans l'escalier. Comme vous voyez, elle a plusieurs hématomes aux cuisses et à la poitrine. Elle a vraisemblablement dégringolé de plusieurs marches et, dans sa chute, s'est brisé la nuque en heurtant le rebord en bois, ce qui a provoqué un traumatisme crânien et une hémorragie cérébrale. Dommage, elle était en bonne condition physique pour une femme de quatre-vingts ans. Elle n'avait aucun problème de santé particulier. J'ai demandé un examen toxicologique. Elle n'avait rien consommé le soir de sa mort. Pas même un verre de vin. Mais une mauvaise chute, c'est fatal, surtout à cet âge…

Leïla ne dit plus rien.

— Vous penchez pour un accident ? Pas un suicide ?

— Se donner la mort en se jetant dans l'escalier, c'est un peu tordu, non ?

— Elle n'avait que lui au monde, déclara Leïla. Pas de famille, pas de proches. Que Marcus. En le découvrant, elle a peut-être décidé de le suivre.

— C'est une possibilité. Mais j'ai vu hier matin qu'il y avait un tapis sur les marches. Elle aurait très bien pu se prendre les pieds dedans en courant appeler les secours.

*

Ça se tenait, se dit Ronan. Il vit que la lieutenante ne rebondissait pas à cette remarque.

— Mais qu'elle ait chuté d'elle-même, ou qu'elle soit tombée par accident, ça ne change pas la finalité de sa mort. Votre pianiste, en revanche, c'est une autre histoire.

André fit signe aux deux policiers de s'approcher de Marcus. Ronan blêmit en voyant de près les entailles dans son abdomen, fraîchement recousues après l'autopsie. À la lumière du néon, la maigreur de Marcus était frappante. Le voir dans cet état le renvoyait aux squats où il arrêtait des camés dans la zone industrielle de Belleville. Au spectacle de leur déchéance qui vieillissait prématurément des corps si jeunes.

— Nous avons trouvé dans son sang de la morphine et du lorazépam. J'ai eu son médecin, il avait en effet un traitement de sulfate de morphine par voie orale de 10 mg, deux fois par jour durant toute la tournée avec cinq interdoses, et 3 mg de lorazépam trois fois par jour. Là, il a pris la moitié de la boîte de lorazépam, soit 45 mg. Et toute la plaquette de morphine, soit 500 mg.

— 500 mg…, murmura Leïla.

— Oui, c'est une dose létale. Mais cet homme savait très bien ce qu'il faisait.

Cette phrase jeta de nouveau le trouble. Les deux policiers se lancèrent un regard entendu.

— Approchez-vous. J'ai quelque chose d'autre à vous montrer, dit le médecin.

André souleva le bras gauche de Marcus et pointa son aisselle. Puis son abdomen et ses cuisses. Plusieurs cicatrices étaient bien visibles.

— En effleurant sa peau, j'ai trouvé des irrégularités, expliqua-t-il. Ces boules, c'est une réaction. Comme quand on vous fait un vaccin et que vous réagissez mal, vous voyez ? Une petite boule se forme à l'endroit de la piqûre, sous l'épiderme. Là, il y en a des dizaines. Ces traces rouges un peu partout, ce sont des cicatrices d'injections anciennes. Et, à force de les faire au même endroit, le corps est marqué à vie.

— Anciennes, vous dites ?

— Oui, d'une bonne vingtaine d'années, au moins. Votre pianiste était probablement un ancien toxico. La morphine, il connaissait. Sauf que là il a choisi un mode opératoire différent, par voie orale, et contrôlé par un médecin.

Un silence glaçant suivit cette révélation. Un ancien toxico. L'image glorieuse du grand pianiste venait brutalement de s'assombrir.

— Son médecin m'a envoyé une copie de son ordonnance. J'ai discuté avec lui de l'autopsie. Il est tombé des nues. Il n'en avait évidemment aucune idée. On ne donne pas à un ancien toxico de la morphine et du lorazépam. C'est comme donner à un alcoolique un remède à base d'alcool. Je pense que personne n'était au courant. Qu'il l'a soigneusement caché pour se faire prescrire en toute tranquillité la dose souhaitée.

— Et comment expliquer un tel surdosage ?

— Un accès d'angoisse. Il se trouve seul et a besoin de morphine pour s'apaiser. Sa gouvernante n'est pas là, il vrille. Quand elle le trouve, elle court pour prévenir les secours, mais chute dans sa précipitation, et l'accident lui est fatal.

— Pour vous, on est sur un suicide ?

— Avec un tel surdosage, ça en a tout l'air.

Ronan hocha la tête, et Leïla aurait juré lire dans son regard du soulagement. Un suicide, ça faisait moins de paperasse qu'un meurtre.

— Que pensez-vous qu'il consommait à l'époque ? reprit-elle.

— Des opioïdes, de toute évidence. Morphine ou héroïne. Et peut-être du LSD aussi. J'ai entendu dire que ça aidait la créativité, mais c'est peut-être un cliché...

Le médecin marqua un temps d'arrêt, en pleine réflexion.

— Il y a autre chose, docteur ? fit Leïla.

— Certaines cicatrices sont vraiment très anciennes, comme celle sous les aisselles. Ça laisse supposer que les premières injections remontent à un jeune âge et qu'elles ont été pratiquées dans des conditions sanitaires, disons, peu adéquates, d'où les réactions...

— Jeune, c'est-à-dire ?

— Avant la majorité, je dirais.

Un nouveau silence suivit cette réponse. Ils allaient de révélation en révélation. Et chacune était plus surprenante que la précédente. Leïla se concentra sur le visage de Marcus, le pianiste toxico dont la date de naissance restait inconnue malgré leurs recherches. L'homme mort dans des draps de soie comme un prince glorieux n'était qu'un ancien junkie qui avait choisi sa mort ?

— Docteur... vous ne trouvez pas que Marcus est particulièrement maigre ?

— Si. Je pense qu'il a souffert de cachexie, enfant. Seules ses mains sont anormalement grandes. J'ai lu qu'il a grandi dans un pensionnat. Ils devaient les sous-alimenter. On sait comment ça se passait dans les orphelinats après la guerre...

— Ça pourrait expliquer qu'il n'ait jamais repris de poids ni développé sa masse musculaire ? reprit Ronan.

— Oui, on voit ça chez les enfants souffrant d'anorexie infantile, il faut un suivi très poussé pour qu'ils s'en sortent.

— Ça pourrait aussi expliquer l'utilisation de drogue ?

— Peut-être. Ça a dû lui demander d'immenses efforts de se produire sur scène pendant des années. Et, dans ce cas-là, votre piste du suicide se tient. Il n'était pas en état de jouer et de faire le tour du monde, ça, je vous l'assure.

12

Aix-en-Provence, juillet 1981

Virginie et Diane faisaient la queue depuis vingt minutes pour entrer au Krypton. Cette discothèque avait ouvert ses portes en octobre 1980. En quelques semaines elle devint le nouveau temple de la fête aixoise. C'était l'été de leurs vingt et un ans. Elles avaient enfin le droit d'entrer partout où elles le désiraient. Des jeunes filles passèrent devant Diane et Virginie en gloussant. Elles claquèrent une bise au videur en ignorant superbement les trente personnes qui poirotaient pour entrer. Diane comprit leur manège et retira son sweat. Elle portait son maillot de bain rouge dessous.

— Tu fais quoi ? s'étonna Virginie.

— On ne va pas rester plantées là. Dans une heure, on y est encore. Esther nous attend à l'intérieur. Viens.

Diane remonta la file, et Virginie lui emboîta le pas. Quand elle arriva devant le vigile, il la détailla pendant un instant, avec ses mains sur les hanches, ses boucles blondes et ses yeux frondeurs braqués sur lui. Il apprécia son audace et les laissa entrer.

Esther, une cigarette à la bouche, les guettait dans l'entrebâillement d'une porte. Le lieu n'avait rien à voir avec l'image scabreuse dépeinte dans les journaux. Diane explorait du regard un univers plein de couleurs et de senteurs inconnues. Un furieux besoin d'appartenance la saisit. La menthe poivrée côtoyait l'eau de Cologne. Le sol collait, et les corps brillaient sous les projecteurs. Une chanson s'éleva au-dessus d'elle. La voix d'une femme ordonnant de vivre l'instant qui s'effile.

— Diane, tu m'écoutes ?

— Oui, pardon. Tu disais quoi ?

— Que je vais vous présenter Tony !

— Qui ça ?

— T'as déjà oublié le toquard qu'elle a rencontré à la supérette ? s'écria Virginie d'un ton mauvais.

Quelques jours plus tôt, la route d'Esther avait croisé celle de ce fameux « Tony ». Elle faisait ses courses. Il lui avait tenu la porte. Ça avait suffi à Esther pour être séduite. Elle le décrivait comme grand, brun, viril. Le combo gagnant qui faisait chavirer son cœur. Ils avaient discuté, longuement, jusqu'à ce qu'il lui propose d'aller boire un coup. Le verre s'était transformé en dîner. Le dîner, en nuit torride. Depuis, elle ne le quittait plus.

— Si tu crois que je prends la peine de retenir tous leurs noms...

Diane n'avait pas pu s'en empêcher. Avec Esther, c'était trop facile. Elle minaudait, s'enflammait, pleurnichait des jours durant. Puis ça recommençait. C'était ça depuis leurs quinze ans. À chaque nouvelle rencontre, Diane devenait un peu plus dure, un peu plus méfiante.

Esther lui lança un regard noir face à ce sous-entendu.

— Il n'habite pas loin de chez nous, figure-toi !

— Qu'est-ce que ça change ? Dans une semaine tu seras lassée de lui...

— Non, lui, c'est différent.

— Tu dis ça à chaque fois...

— Déjà, c'est le meilleur coup de ma vie.

Diane scruta son amie et vit une étincelle dans ses yeux quand elle parla de Tony. Qui sait, c'était peut-être différent avec lui.

Esther attrapa Diane par le bras et proposa d'aller prendre un verre au bar. Elle commanda trois tequila sunrise d'une voix assurée.

— C'est quoi ? demanda Virginie.

— Le cocktail du moment !

Diane s'assit sur un tabouret pendant que le barman préparait leurs cocktails. Face à elles, les gens dansaient sur de la musique funk. Diane se laissa aller à une décontraction qu'elle n'avait pas ressentie depuis des mois. La tristesse s'évanouit un court instant. Son père dans ses grosses Timberland, à maugréer qu'il était seul contre le monde. La routine du dimanche depuis six mois, la tombe de sa mère et les pancakes au sirop. Toute sa solitude et sa colère s'envolèrent. Il ne resta plus que cette musique.

Et là, au milieu de la foule, elle remarqua un homme qui l'observait. Il portait une veste en cuir, ses cheveux mi-longs étaient ramassés derrière les oreilles. Il se voulait sûrement séducteur avec une approche aussi frontale. Forcer l'autre à n'exister que pour lui.

Un cri aigu brisa son tympan. Diane vit Esther détaler pour se perdre au milieu de la foule. Elle trinqua avec Virginie. La première gorgée lui brûla le palais. On ne sentait que la tequila. L'arrière-goût de la grenadine arrivait trop tard. Esther revint, les cheveux en bataille, tenant quelqu'un par la main.

— Les filles, voici Tony !

— Enchanté, dit-il d'une voix grave.

Virginie le salua de loin, gênée et méfiante. Diane déchanta tout de suite. Sous leurs yeux, elles n'avaient pas un garçon de leur âge mais un homme d'environ trente-cinq ans. Le type qui l'avait dévisagée sur la piste de danse.

— Toi, tu dois être Diane, dit-il en pointant du doigt sa chevelure courte et blonde.

Tony s'approcha d'elle et posa la joue contre la sienne. Son souffle effleura sa peau. Tout ce qu'elle avait deviné si loin d'elle trouva un point culminant dans cette bise. Son odeur si particulière – un mélange de terre et de sueur – lui arriva par vagues de chaleur. Un petit sourire, dans le fond de ses iris noirs, lui fit comprendre que ce qu'elle ressentait était l'effet recherché. S'immiscer durablement. N'offrir aucune échappatoire.

13

Leïla s'adossa contre la pierre et suivit le ballet des journalistes. La conférence de presse venait de se terminer, et la commissaire s'éloignait de la bâtisse en compagnie du maire. Les principaux journaux annonçaient déjà la nouvelle en direct : « Le pianiste Marcus Solar retrouvé mort aux côtés de sa domestique dans son manoir. Que s'est-il passé ? » « Une enquête préliminaire est en cours. Le pianiste aurait succombé à un surdosage de morphine, un traitement qu'il prenait contre des douleurs musculaires. »

Au loin, la lieutenante observait Gabrielle Jansen, la mine renfrognée, des écouteurs aux oreilles. Elle lui trouva un air bien fatigué et supposa qu'elle non plus n'avait pas fermé l'œil de la nuit. Elle s'était tenue le plus loin possible des journalistes, en retrait face au monde et aux flots de questions. Dire qu'elle était leur seul témoin, le seul lien social des victimes. La seule personne à réellement souffrir de la mort du pianiste.

Leïla connaissait bien les filles comme Gabrielle. Celles qui se la jouaient arrogantes, forcément blanches et forcément fines. Belles comme la norme l'imposait. Yeux clairs et cheveux lisses. Élevées pour plaire, sans même le savoir ni le vouloir.

Leïla ne correspondait pas aux critères de beauté classiques. Son corps était trop massif, elle se désintéressait de la mode. Elle n'éveillait pas le désir dans le regard des hommes. La plupart du temps, cela ne la dérangeait pas. Elle était aimée depuis ses dix-sept ans par Yvan, rencontré sur les bancs du lycée en classe de première. Un coup de foudre adolescent. Tout le monde les avait mis en garde contre les amours de jeunesse. Mais dix ans plus tard ils s'aimaient encore et voulaient se marier. Yvan était militaire et ne rentrait que très peu à Belleville. Malgré la distance, ils s'étaient promis l'un à l'autre. Yvan serait le père de ses enfants. Elle n'avait pas besoin d'une bague pour en avoir la certitude.

Elle n'enviait rien du physique de Gabrielle. Cette femme respirait la solitude. Et Leïla voyait l'envers du décor chez elle. Les coulisses d'être *objectivement* belle. Les privations alimentaires, sûrement, pour rester aussi mince. La lassitude face aux regards des hommes constamment posés sur elle. Avec désir, intérêt, envies refoulées.

Leïla avait passé les vingt premières années de sa vie à les jalouser, à vouloir leur ressembler. Yvan ne comprenait pas qu'elle se lisse les cheveux avant chaque soirée. Tout avait changé quand elle avait intégré l'école de police. Elle se souviendrait toujours de cette audition. De cette jeune femme de vingt-trois ans qui avait dû revivre son agression sexuelle face à deux flics de cinquante ans. Raconter les moindres détails. La tenue qu'elle portait. Les mots qu'elle avait prononcés ou tus. Et pourquoi elle l'avait sucé si elle n'avait pas voulu coucher avec lui. Leïla n'était qu'une stagiaire à l'époque, elle n'avait pas eu le droit de parler. Mais depuis ce jour elle les plaignait. Leur beauté les condamnait.

Elle s'avança vers Gabrielle Jansen, qui retira ses écouteurs. Leïla perçut les notes d'une symphonie classique brutalement mise sur pause. C'était beau mais triste.

— La conférence de presse est terminée, j'imagine que maintenant vos prestataires vont comprendre pourquoi vous avez tout annulé.

— Vous ne croyez pas si bien dire, tout va m'être reproché. Je vais très certainement être virée, et aucune agence ne voudra m'embaucher après ça.

— Je suis désolée.

— Oh ! vous n'y êtes pour rien.

Leïla hésita. Jeta un coup d'œil aux policiers qui s'éloignaient. À la presse qui formait un petit troupeau bruyant. Puis elle se lança.

— Je peux vous poser une question ? Nous ne sommes techniquement pas en interrogatoire, donc vous n'avez aucune obligation d'accepter…

Gabrielle soupira. Elle lut dans son regard que c'était le dernier de ses soucis.

— Allez-y.

— La couverture du *Monde* a été retouchée, n'est-ce pas ?

Le visage de Gabrielle changea d'expression et afficha l'étonnement, elle ne s'attendait visiblement pas à cette remarque.

— En effet, dit-elle enfin.

— Pourquoi ? Il serait apparu sur scène quelques jours plus tard, et on aurait bien vu la différence.

Gabrielle haussa les épaules.

— La photographe a assuré que les retouches étaient nécessaires. Mon patron aussi. Et je ne voulais pas qu'on le plaigne. Qu'on dise : « Il est malade, il fait ça par charité. » Je voulais le protéger. Quelle ironie !

Leïla repensa aux conclusions du médecin légiste sur le passé de Marcus, à cet homme qui s'était drogué et dont le corps entier en portait l'empreinte indélébile. Mais elle ne pouvait évidemment pas révéler cette information à Gabrielle.

— Est-ce qu'il était ruiné ? Cela pourrait justifier le besoin d'un retour sur scène…, lâcha la policière.

Leïla lut dans son regard que cette question la surprenait.

— Marcus ? Non. Et la tournée était complète. On avait pas mal de sponsors. Mais je peux vous donner le numéro de son banquier si vous voulez. Il répondra à vos questions mieux que moi.

— Et Elizabeth Storm ? Que pensait-elle de son come-back tardif ?

— Elle était entièrement dévouée à Marcus. Elle voulait que tout se passe pour le mieux.

Leïla trouva cette réponse étrange, trop évasive. Ce n'était pas ce qu'elle lui avait demandé, mais elle préféra ne pas se répéter.

— Elle n'aurait eu aucune raison de vouloir l'empêcher de faire cette tournée ?

— Aucune, que je sache. Elle n'avait que lui au monde.

Elle expliqua à Gabrielle qu'ils n'avaient rien trouvé sur elle pour le moment.

— Je suis désolée, mais je ne connaissais rien de la vie d'Elizabeth.

— Très bien. Mais, si quelque chose vous revient, appelez-moi.

La policière commençait à s'éloigner quand Gabrielle l'interpella.

— Lieutenante, certains journalistes ont demandé si la mort d'Elizabeth était liée à un cambriolage, et vous avez répondu que non. Rien n'a été volé ?

— A priori, non. Il n'y a aucune trace d'effraction, et tout semble à sa place.

— Très peu de choses avaient de la valeur dans son manoir. Les tableaux n'étaient pas de maîtres, et je doute que quiconque ait voulu voler des vinyles. Seul son piano avait de la valeur à ses yeux, mais une valeur sentimentale, je crois bien...

Leïla fronça les sourcils.

— Son piano, qui se trouve dans la petite pièce collée au salon, continua Gabrielle. Vous l'avez forcément vu, ça se loupe difficilement...

— Nous n'avons vu aucun piano, rétorqua Leïla.

Ils n'avaient même pas pensé au piano, alors que le concertiste s'entraînait jusqu'à sept heures par jour ! Comment avaient-ils pu louper un détail aussi gros ?

Gabrielle lut l'embarras dans le regard de Leïla. Elle bouscula journalistes et policiers et poussa le portail menant au manoir. Leïla lui emboîta le pas en empêchant ses confrères d'intervenir. L'agente pénétra dans le salon et se dirigea vers une petite porte entrebâillée dans le fond de la pièce.

— Vous avez ouvert cette porte ?

— Non, elle l'était déjà quand nous sommes entrés.

Gabrielle tira les rideaux, et leurs regards convergèrent au même endroit. Le milieu de la pièce. Vide.

14

C'était un Bechstein droit, années 1920. Marron clair et en bon état. Un instrument dissimulé dans une pièce, à l'abri des regards, dont il ne restait qu'une empreinte sur le parquet.

Ronan, qui avait rejoint Leïla, contourna l'espace vide. La lieutenante se baissa et effleura le sol où une fine couche de poussière s'était déposée.

— Clairement, un objet a été enlevé.

— Oui, enfin, un piano, ça ne passe pas inaperçu. On parle d'un objet qui pèse des tonnes. On déplace ça à plusieurs, non ?

— J'imagine, oui.

— Quelqu'un aurait bien vu des déménageurs arriver, ou un énorme camion quitter l'allée…

Leïla se releva en s'époussetant les mains.

— Je ne sais pas, personne ne vient jamais ici.

— Tu penses que quelqu'un aurait pu voler le piano de Marcus ?

— Un fan, peut-être ? Il faut être vraiment cinglé.

— Oui. Mais des fans tarés, ça existe.

— À Hollywood peut-être, pas à Belleville !

— Et surtout, il fallait savoir où se trouvait le piano, avoir les clés du portail et du manoir. Et la seule personne qui a les deux, c'est elle, rappela Ronan.

Ils se tournèrent vers Gabrielle. Elle était sortie de la petite pièce et se tenait debout au milieu du salon. Elle faisait face au mur de vinyles, comme si elle cherchait une réponse dans ces albums soigneusement rangés.

Ronan s'approcha d'elle.

— Madame Jansen, l'interpella-t-il, quand avez-vous vu ce piano pour la dernière fois ?

— Il y a une semaine, quand je suis venue ici.

— Et M. Solar ne vous a pas dit qu'il comptait le déplacer pour le concert ?

— Non. Il ne m'a rien dit à ce sujet.

— Pensez-vous qu'il ait pu prendre cette disposition, sans vous en tenir informée ?

— Bien sûr, il n'avait pas de comptes à me rendre.

— Il n'a pas mentionné une entreprise de déménagement ? Demandé un devis ? Une prestation ?

— Pas que je sache.

Elle jeta un regard à la pièce vide avant de poursuivre :

— Il était convenu qu'il jouerait sur un piano à queue qui devait arriver aujourd'hui pour qu'il le teste. Que celui sur lequel il s'entraînait resterait dans cette pièce fermée à clé.

— Et vous pensez qu'en vue du concert il aurait pu décider de le déplacer ?

— Il aurait pu, mais je crois qu'il aimait avoir ce piano près de lui, qu'il avait une valeur sentimentale. Donc je ne comprends pas où il a bien pu passer…

15

Aix-en-Provence, août 1981

Le carillon de la porte d'entrée retentit, et le craquement familier du parquet renvoya Diane des années en arrière, quand elle courait essayer tous les instruments en vente. Son père râlait, elle abîmait la marchandise en jouant aussi mal. Sa mère souriait. Ce n'était pas un magasin, pour elle, mais un trésor fabuleux. Une montagne de sons dissonants. Cet endroit était devenu son havre de paix. Elle avait décidé qu'elle passerait sa vie à côté de ces objets. Mais ce rêve s'était envolé après la mort de sa mère. Elle n'avait plus essayé aucun instrument. Son père avait raison, elle n'avait aucun talent.

Diane n'était plus une enfant depuis longtemps, et la réalité avait rattrapé l'émerveillement. La petite boutique était un gouffre financier. Son père n'avait jamais compris pourquoi, dans une ville aussi cossue qu'Aix, ce commerce ne marchait pas. Peut-être était-ce dû à l'emplacement ou au manque de publicité. Quoi qu'il en soit, leur chiffre d'affaires chutait d'année en année. Le rêve de Christophe était devenu le grand échec de sa vie.

Pour survivre, il avait été obligé de se séparer de ses vendeurs de toujours. Diane tenait la boutique depuis la fin du lycée, elle n'avait même pas pu commencer des études supérieures. Quand son père lui demandait si elle le regrettait, elle répondait : « Je ne sais pas quoi faire de ma vie de toute façon. » Il se contentait de cette réponse, pour l'instant.

Diane bâilla derrière le comptoir. Durant l'été, les clients se raréfiaient. Et, depuis la mort de sa mère, les dettes accumulées lui avaient ôté toute force d'abandonner son père. Elle avait fini par se convaincre qu'elle était faite pour cette existence. Vivre au rythme des saisons, auprès de ses copines, à tenir une boutique toujours vide.

Elle leva les yeux vers le client au fond de la boutique, qui flânait du côté des pianos droits, et s'approcha de lui.

— Bonjour, monsieur, je peux vous aider ?

Diane eut un mouvement d'hésitation en arrivant à sa hauteur. Très mince, il portait un costume chic d'une matière un peu trop épaisse pour la saison. Il avait ce genre de visage délicat qu'on oublie difficilement. Une pâleur naturelle. Des lèvres épaisses, très rouges. Des pommettes hautes surmontées par un grand front. Des dents parfaitement alignées. Des yeux gris qui tiraient vers le bleu dans les journées ensoleillées comme celle-ci. Il ressemblait à un adolescent ayant grandi trop vite. Tout transpirait l'élégance bourgeoise chez cet homme. Un dandy maladroit, issu d'un autre siècle. Cependant, chaque mouvement semblait lui demander un effort qui faisait naître une petite grimace presque imperceptible. Comme si cette allure distinguée était le fruit d'une mise en scène élaborée.

— Bonjour, répondit-il en effleurant un Yamaha droit du bout des doigts. J'espère que vous pourrez m'aider, je suis à la recherche d'un piano d'occasion. Vous n'en vendez pas ?

— Hélas, non… Mais je peux peut-être me renseigner autour de moi !

Il mit les mains dans ses poches et sourit. Cela dérida un instant son visage, mais fit ressortir la maigreur de ses joues.

— Vous avez pour habitude de jouer sur des pianos droits, à queue, demi-queue… ?

— Je joue sur tous les pianos. Mais à queue, principalement.

Diane se demanda s'il était professeur de musique ou musicien.

— Nous n'en avons pas ici, je suis désolée…

Il fit quelques pas dans le magasin. Elle n'aurait su expliquer pourquoi, mais sa silhouette dégageait quelque chose d'infiniment triste et beau, qui la fascinait.

— Excusez-moi, dit-elle en posant la question qui brûlait ses lèvres. Je ne vous ai pas déjà vu quelque part ?

— Je ne pense pas, non, répondit-il d'un ton malicieux.

— Vous n'êtes pas du coin ?

Il s'arrêta de flâner, mais son regard était perdu dans le vague.

— Non, je ne suis pas d'ici, murmura-t-il d'un air mélancolique.

Diane ne saisit pas vraiment le sens de cette réponse.

— J'aimerais vous aider mais, hélas… Comme vous pouvez le voir, nous n'avons que quelques pianos neufs.

Il hocha la tête en analysant avec attention tous les objets autour de lui, puis jeta un regard à sa montre.

— Il va falloir que je vous laisse. Mais tenez, dit-il en lui tendant une petite carte.

— Merci…, fit Diane, hypnotisée par l'homme en face d'elle.

— Si vous pensez avoir un piano qui puisse un jour me correspondre, même un droit, appelez-moi. On ne sait jamais. Bonne journée, mademoiselle.

Il la salua, puis sortit du magasin. Le carillon sonna de nouveau, et la porte claqua derrière lui. Une étrange atmosphère flottait dans l'air. Derrière elle, les grosses chaussures de son père martelèrent le sol. Diane tenait toujours la carte dans sa main.

— Il cherchait un piano d'occasion, il m'a laissé ses coordonnées, lâcha-t-elle, hébétée.

Diane baissa la tête vers la carte et toucha l'imprimé délicat.

— Il s'appelle… Marcus Solar.

Sous son nom se trouvaient un numéro de téléphone et une adresse à Paris. Paris, la consonance de cette ville lui sembla presque exotique. Son père lui prit la carte des mains.

— C'est pas possible, Marcus Solar vient d'entrer dans ma boutique !

— … C'est qui ? demanda Diane, interloquée.

— Ta mère t'a mieux élevée que ça, enfin ! C'est un pianiste star, une légende !

Diane sortit en trombe du magasin, clouant son père sur place. Dehors, la journée ensoleillée touchait à sa fin. Il faisait chaud. Lourd. Du monde dans la rue de tous côtés. Vacanciers profitant des derniers jours avant la rentrée scolaire. Adolescents pressés de s'aimer. Mères traînant des poussettes à l'ombre. Diane courait à la recherche de Marcus Solar. Mais le pianiste avait disparu.

16

New York, octobre 2020

Rose Ravensberg ouvrit grand les yeux et s'habitua progressivement à la lumière qui filtrait à travers les rideaux en soie sauvage de sa suite. Sa chambre aux tons pastel dégageait une atmosphère d'hôtel de luxe. Chaque moulure, chaque meuble en acajou, chaque tapis en mohair avait été pensé à cet effet.

Un an plus tôt, Rose avait été saisie de cette envie de renouveau que seuls les gens fortunés connaissent. L'argent n'avait jamais été un problème. Rose était née riche. Et allait mourir riche dans ce duplex ridiculement grand pour une seule personne. Son père lui avait légué une fortune colossale. En tant que fille unique, elle n'avait pas eu à la partager. Le groupe immobilier à la tête duquel elle s'était brusquement retrouvée développait son héritage en implantant des filiales partout dans le monde.

Rose avait fait toute sa carrière dans la Ravensberg Organization. Elle s'était inscrite dans plusieurs universités prestigieuses de la côte Ouest pour se former à son futur rôle de P-DG. Son nom lui avait ouvert toutes les portes. Et, dans la sphère intime, son père la préparait depuis l'enfance à reprendre les rênes de l'empire. Les mauvaises langues disaient qu'elle n'était qu'un membre honorifique. Une *fille de*, posée là sans le moindre mérite.

Elle laissait les gens parler. Rose n'avait plus besoin de l'approbation des autres depuis bien longtemps.

Ses deux mariages s'étaient succédé très vite. Un par décennie. Tous deux soldés par un divorce. Un fils était né de son union avec son dernier époux, petit-cousin éloigné du fondateur d'un grand studio hollywoodien. Un seul enfant qu'ils avaient choisi d'appeler Gary en hommage à Gary Cooper. Il avait été élevé en Angleterre au Eton College.

Quand il avait fait son *coming out*, Rose l'avait mis en garde sur les conséquences de ce choix de vie. Gary lui avait répondu que ce n'était pas un choix. Il avait claqué la porte et n'était jamais revenu. Aux dernières nouvelles, il s'était installé à Londres avec son mari et leurs jumelles nées d'une mère porteuse.

Son nom. Rose n'avait que son nom. C'était son fardeau. Et Gary l'entachait. Les Ravensberg étaient depuis toujours des fervents défenseurs des valeurs conservatrices américaines, anti-avortement, anti-mariage homosexuel. Quand l'homosexualité de son fils avait fuité, elle avait refusé de commenter. On l'avait alors traitée de réactionnaire, en décalage avec le monde actuel.

Son peignoir en soie reposait dans un fauteuil près de la fenêtre. Elle l'enfila et ouvrit grand les rideaux. La vue donnait sur Central Park. Joggeurs en sueur, touristes fascinés par les gratte-ciel et familles avec poussettes. Tous pressés. Tous déjà en retard. Cela la faisait sourire. Depuis qu'elle avait cédé son poste de P-DG l'année dernière à un jeune requin dynamique qu'elle avait débauché elle-même, elle pouvait enfin prendre son temps. Elle restait présidente du conseil d'administration et surveillait maintenant de loin les affaires.

Elle aperçut son reflet. Elle venait de passer le cap où elle teignait ses cheveux en blond pour effacer les mèches grisonnantes. Hors de question d'assumer ses cheveux blancs comme certaines. Elle promena ses mains le long de son front, puis autour de sa bouche. De nouvelles rides étaient apparues dans la nuit. Il faudrait reprendre rendez-vous rapidement avec le chirurgien.

Elle chaussa ses pantoufles fourrées et sortit de sa chambre d'un pas léger. Sur la longue table face aux baies vitrées l'attendaient une salade de fruits, une tasse de café et un jus d'orange pressé.

On frappa à la porte, et son assistant, Clive, entra dans le salon. Sa récente implantation capillaire faisait ressortir une chirurgie ratée.

— Bonjour, Rose, dit-il en évitant son regard.

— Qu'est-ce qui se passe ? La Bourse ? demanda immédiatement Rose, pas dupe.

— Non. Je viens de raccrocher avec le rédacteur en chef du *Time*... Il nous a envoyé une copie du numéro de ce soir...

— Pourquoi ? Il ne fait jamais ça.

Clive déglutit, mal à l'aise. Depuis un demi-siècle, les Ravensberg étaient actionnaires minoritaires du grand journal. Mais dans une moindre mesure, à titre honorifique. Rose but une gorgée de café.

— Il m'a appelé pour être sûr que vous le recevriez en main propre avant le départ à l'impression. Par respect...

Clive, sans plus tarder, brandit le *Time* caché sous son coude. Rosa reposa brutalement sa tasse dans sa coupelle et baissa les yeux sur la couverture. Il n'y avait aucune illustration, aucun dessin. Juste ces quelques mots en majuscules blanches sur fond noir. *Marcus Solar is dead.* Le regard de Rose s'échoua sur son assistant. Un regard vague, ailleurs. Clive lui montra la rediffusion d'un journal télévisé français qui retranscrivait la conférence de presse. Une commissaire s'exprimait aux côtés du maire face à des dizaines de journalistes.

— Je ne parle pas bien français mais, d'après ce que j'ai compris, Marcus Solar a été retrouvé mort dans la nuit du 19 au 20 octobre. Une conférence de presse s'est tenue il y a une dizaine d'heures en France. Une enquête a été ouverte, c'est tout ce que l'on sait...

Rose reprit sa tasse et la porta à sa bouche.

— Mon café est froid, lâcha-t-elle.

— J'en refais un tout de suite…

— Ce n'est pas la peine. Va organiser le voyage.

Clive cligna des yeux plusieurs fois sans comprendre.

— Le voyage ?

Rose se redressa. Dans cette posture, elle ressemblait à son père dont le portrait surdimensionné ornait tout un pan de mur du salon. Même mâchoire carrée, mêmes yeux trop enfoncés, même bouche fine. Malgré un lifting complet, on devinait que Rose approchait des soixante-dix ans.

— Je vais à Belleville, expliqua-t-elle d'un ton très calme.

— Belleville… en France ?

— Bien sûr en France, où veux-tu que ce soit ?

Rose haussa un sourcil devant son air dubitatif.

— Je prends le jet. Je veux être partie dans l'après-midi.

17

Inès entra dans le seul bar-tabac ouvert de Belleville. La gare était à cinq minutes à pied, et son train partait dans une petite heure. Le barman essuyait des verres pendant qu'une femme installait les chaises sous les tables.

Une étrange atmosphère régnait depuis l'annonce de la mort de Marcus Solar. Une rumeur accompagnait le vent. Les maisonnettes émergeaient lentement de la brume. Le soleil refusait de se montrer. Comme si quelque chose d'indicible était arrivé dans la nuit. Les petites rues du centre étaient désertes. L'illusion qui avait fait vivre Belleville venait de prendre fin. Marcus était mort. Et son concert redevenait une oasis au milieu du désert. Un mirage de plus. La réalité de cette nouvelle était à l'image du ciel indécis. On ne savait s'il fallait espérer une éclaircie ou une averse. Et dire qu'Inès avait attendu cette représentation durant des mois.

Le barman déposa un croissant et un jus d'oranges pressées devant elle. Elle repensa à Gabrielle Jansen et au trouble qu'elle avait deviné dans son regard.

Inès se souvenait d'une patiente envoyée par un collègue neurologue. Elle refusait de se faire soigner malgré de nombreuses crises qui l'avaient mise en danger. Une au volant, une en pleine mer… À chaque fois, elle avait été secourue de justesse. Accepter le diagnostic, c'était devenir cette maladie, prétendait-elle. Inès se souvenait aussi de cours de médecine assez évasifs sur l'épilepsie.

Au fil des années, elle avait vu les traitements se perfectionner mais également les scandales éclater, celui de la Dépakine en tête. On parlait d'effets secondaires et de substances tératogènes. Et la consternation dès que quelqu'un convulsait en public. Cette maladie avait le malheur d'être spectaculaire. Les personnes en souffrant s'agitaient dans une sorte de transe qui provoquait inexorablement la peur.

— Bonjour, docteure, entendit-elle.

Inès s'immobilisa, son jus à la main. Gabrielle, très chic dans un long manteau noir, s'avança à sa hauteur.

— Bonjour, madame Jansen.

— Quelle coïncidence de tomber sur vous ! J'ai demandé à l'hôtel, on m'a dit que vous étiez partie…

— Oui, mon train m'attend. Vous allez mieux ?

— Oui, merci. Je tenais à vous remercier pour ce que vous avez fait… et à m'excuser de mon comportement.

— Il n'y a aucun problème.

Inès dévisagea la jeune femme. Elle avait meilleure mine que le soir de leur rencontre, ce qui lui fit plaisir. Elle posa un billet sur le comptoir et dit au serveur de garder la monnaie.

— Je suis désolée, mais je dois vraiment partir, sinon je vais rater ma correspondance. Mais je suis contente de voir que vous allez mieux. Vous avez mon numéro. Appelez-moi.

Gabrielle lui offrit un demi-sourire, presque déçue. La psychiatre la salua et sortit du café. Prise de court, Gabrielle lui emboîta le pas.

— Attendez, docteure… je… je voulais…

— Oui ?

Gabrielle se mordit les lèvres.

— Je crois que j'ai besoin d'aide. Tout s'effondre autour de moi, je ne sais pas comment gérer ce qui m'arrive…

Les mots étaient sortis tout seuls, si vite.

Inès fronça les sourcils. Le mal-être de la jeune femme altérait son langage et lui donnait d'étranges tics bien connus des psychiatres. Cette fâcheuse tendance à dévier le regard face à son interlocuteur. À couper des phrases qui se terminaient dans un souffle altéré. À cacher les tremblements par une hyperactivité constante.

— Vous étiez l'agente artistique de Marcus Solar ?

— Oui…

— Je suis désolée de ce qui vous arrive. Nous pouvons entamer une thérapie ensemble et…

— Non, pas une thérapie ! Je veux juste… parler.

— Très bien, nous discuterons juste.

Inès plissa les yeux en voyant Gabrielle hocher la tête. La jeune femme essayait de se convaincre. Mais tout était mensonges. De sa façon de se tenir à sa façon de s'exprimer. Elle mentait depuis bien trop d'années, sûrement pour se protéger. Mais de quoi ? De qui ?

— Je me réjouissais de ce concert. J'étais ici spécialement pour ça, lui dit Inès.

— Je suis désolée que vous ayez fait tout ce trajet pour rien.

Au loin, une voix les interpella, coupant court à leur échange.

— Madame Jansen ! Nous pouvons y aller ?

Leïla sortit de sa voiture garée quelques mètres plus loin. Elle semblait l'attendre depuis un petit moment. La lieutenante avisa tour à tour les deux femmes, puis observa Inès qui se tenait en face de Gabrielle.

— Pardon… j'arrive ! Docteure, nous nous voyons à Paris !

Inès sourit à cette perspective.

18

— Vous plaisantez, j'espère ? Vous voulez partir en quête d'un piano disparu ?

La commissaire attendit qu'ils rectifient ce qu'ils venaient de lui dire, ce que ni Leïla ni Ronan ne fit. Face à elle, les deux policiers arboraient le calme le plus total.

— Non, ce n'est pas une plaisanterie, commissaire.

— Que je sache, il n'y a aucun signe d'effraction, n'est-ce pas ?

— En effet.

— Il comptait jouer dessus ce soir ?

— Non, un piano à queue devait arriver aujourd'hui…

— Et, si j'en crois la description, ce n'est pas un piano de valeur ?

— Exact, répondit Ronan, qui voyait où menait cette conversation.

— Donc, si je résume, il n'y a pas de raison de suspecter qu'il y ait un lien entre sa disparition et la mort de son propriétaire ?

Elle vit Ronan hésiter avant de répondre, ce qui provoqua chez Annie un rictus de mépris.

— Non, mais…

— Alors pourquoi voulez-vous perdre votre temps à rechercher où Marcus Solar l'a vendu ? Il avait le droit de s'en débarrasser, à ce que je sache ? Ou de l'entreposer quelque part ?

— En effet, mais…

— Mais quoi, capitaine ? dit-elle en s'énervant pour de bon. L'enquête est close, et la thèse du suicide est actée par le médecin légiste, pourquoi voulez-vous encore faire du zèle ? Vous n'avez pas d'autres enquêtes qui nécessitent votre attention ?

Annie jeta un regard furtif à la lieutenante, silencieuse depuis le début de leur échange. Qu'elle l'irritait, avec ses silences !

— Nous voulions seulement avoir accès à ses relevés de compte pour voir s'il avait embauché un déménageur et...

— Mais vous perdez le sens de vos priorités, capitaine ! J'ai assuré au maire que l'affaire était close. Que c'était un malheureux accident et que la presse n'allait pas creuser une sordide histoire derrière. Je ne veux pas avoir à revenir sur ma parole.

Ronan lança un regard à Leïla. Le coup de gueule de la commissaire venait de prendre tout son sens. Elle ne voulait pas se mouiller en avouant que, peut-être, l'affaire était plus complexe qu'ils ne le pensaient tous. Elle voulait encore moins admettre que, peut-être, elle avait vendu la peau de l'ours avant de l'avoir tué.

— Je comprends votre réaction, commissaire, mais, s'il y a la moindre chance qu'on se soit trompé et que ce piano nous amène à une vérité, vous ne voudriez pas savoir ce que c'est ?

Annie soupira et se rassit dans son siège, ce qui signifiait qu'elle se calmait un peu.

— Et vous pensez que retrouver ce piano va vous aider dans votre quête ?

— Il faut bien commencer quelque part.

Elle grimaça.

— Je ne suis pas convaincue. Et je doute que ça plaise à la procureure.

Gabrielle patientait, assise sur une chaise dans le couloir menant au bureau. Des éclats de voix lui parvenaient. La conversation ne devait pas se dérouler comme prévu. Elle suivait du regard les allées et venues des policiers, certains en uniforme, d'autres en civil. Surprenait des bribes de conversation sur des vols à l'arraché, des violences conjugales et arrestations pour possession de cannabis. Des petits délits aux drames intimes. Et son esprit s'égarait vers le piano, cet instrument si spécial aux yeux de Marcus, dont il s'était subitement séparé. Pourquoi ?

La porte du commissariat s'ouvrit, et une odeur arriva jusqu'à elle. Chanel *N° 5*. Cette fragrance capiteuse seyait parfaitement à la femme qui fit son entrée. Elle portait un tailleur noir, très certainement sur mesure, et tenait à la main un sac Hermès d'un rouge carmin. Son brushing impeccable rivalisait avec celui d'une présentatrice télé. Cachée derrière de grosses lunettes noires, elle s'adressa à la première personne qu'elle trouva sans esquisser le moindre sourire de politesse. Une jeune gardienne de la paix se leva précipitamment et passa devant Gabrielle. Elle frappa à la porte du bureau de la commissaire. Pendant ce temps, les discussions devinrent des murmures, et tous les regards convergèrent vers cette présence.

Quelques minutes s'écoulèrent à peine, puis Leïla et Ronan sortirent du bureau d'un pas pressé. Gabrielle interpella la lieutenante.

— Alors ? Pour le piano ? Que se passe-t-il ?

— On s'en occupe juste après, madame Jansen. On a une visite qui ne peut pas attendre.

— J'ai vu. Qui est-ce ?

Leïla s'arrêta un instant, hésita avant de répondre :

— Rose Ravensberg.

— L'ex-fiancée de Marcus ?

— Oui, elle vient de New York et elle veut nous parler tout de suite. Apparemment, c'est urgent.

Gabrielle voulut renchérir, mais l'Américaine leva les yeux vers elle. Elle retira ses lunettes et posa un regard vif sur la jeune femme. Gabrielle n'osa bouger, intimidée par l'aura qu'elle dégageait. Leïla l'invita d'un geste de la main à la suivre.

— Elle veut que vous soyez présente. Allez savoir pourquoi...

Rose Ravensberg entra dans le bureau que partageaient Ronan et Leïla. Une petite pièce d'à peine quinze mètres carrés, qui ne comportait que deux tables et une armoire débordant de paperasse. Sur le bureau de Leïla gisait le reste de son repas de midi. Une salade de thon dont l'odeur stagnait dans l'air. Rose ne chercha même pas à masquer son dégoût et renifla si fort que Ronan alla ouvrir la fenêtre.

— *Good morning, madam, I hope you are comfortable and...*, dit-il avec un fort accent français.

— Je suis parfaitement à mon aise, capitaine, répondit Rose dans un français impeccable. Et, pour écourter les formalités, je m'appelle Rose Ravensberg, j'ai soixante-dix ans et je suis américaine. Je vis à Manhattan, dans le building qui porte le nom de ma famille, la Ravensberg Tower. Notez tout, je n'ai pas envie de me répéter.

— Merci pour ces précisions, madame...

Ronan lança un regard à Leïla, et elle s'empressa d'ouvrir son ordinateur portable. Le capitaine alluma le dictaphone de son téléphone.

— Pouvez-vous nous expliquer la raison de votre présence ?

L'héritière jeta un regard à Gabrielle, qui venait d'entrer. Rose la salua d'un hochement de tête, puis se tourna vers Leïla et Ronan. Elle posa son sac sur une pile de documents et sortit son smartphone.

Elle remit en place une mèche qui s'était échappée de son brushing et prit la pose à la manière d'une actrice s'apprêtant à déclamer une réplique cinglante. Elle avait fait son entrée, offrant au public sa première grande apparition. Bien droite, elle les jaugeait avec mépris. Le coup de grâce allait tomber. Elle préparait son effet.

— Je suis venue aussi vite que j'ai pu. Et j'ai pensé qu'il était important que Mme Jansen soit présente pour qu'elle entende ce que j'ai à dire.

— Pourquoi ? s'étonna Ronan.

— Marcus m'a appelée quelques heures avant de mourir, expliqua Rose. Il était tôt, environ 10 heures du matin pour moi. Il venait d'apprendre une nouvelle qui l'avait chamboulé. Et il comptait renoncer à sa tournée.

Gabrielle sortit de son mutisme.

— Pardon ? Il n'aurait jamais fait ça. Il m'aurait appelée…

— Écoutez vous-même.

Le silence se fit. La voix de Rose s'éleva de son téléphone.

— *Marcus, que se passe-t-il ?*

— *Rose, comment vas-tu ? répondit Marcus d'une voix calme. Cela fait si longtemps.*

Au son de la voix de Marcus, Gabrielle se tendit. L'entendre s'exprimer d'outre-tombe, quelques heures avant sa mort, était bien plus pénible qu'elle ne l'aurait cru. L'intonation du pianiste était douce et feutrée, comme celle d'un adolescent qui n'avait pas mué.

— *Je vais bien. Et toi ? Tu n'as pas un concert à préparer ?*

— *J'annule tout, Rose. Il n'y aura pas de tournée, pas de concerts. C'était une folie.*

— *Qu'est-ce que tu racontes ?*

— *L'illusion vient de prendre fin.*

— *De quoi est-ce que tu parles ?*

— *Tout prend du sens. Enfin. Je me pose juste une question, peut-être pourras-tu me répondre.*

— *Quoi donc ?*

— *Pourquoi toutes les femmes de ma vie me trahissent ?*

— *Si tu parles de ce qui s'est passé entre nous…*

— *Oh non, toi, je t'ai pardonné depuis longtemps. Tu comprendras assez vite pourquoi. Mais pour cela il faudra que tu viennes jusqu'ici, me voir. Promets-le-moi.*

— *Te voir ? Mais pourquoi ?*

— *Tu verras. Promets-le-moi.*

— *Je te le promets. Mais, Marcus, il s'agit d'Elizabeth ?*

— *Oui. Je crois que je ne suis plus en état de lui pardonner, à elle. C'est trop tard.*

— *Marcus, si tu pouvais m'expliquer…*

— *Non, je ne peux pas. Au revoir, Rose.*

Rose reposa son téléphone.

— Il a ensuite raccroché.

Leïla se tourna immédiatement vers Gabrielle qui fixait un point très loin d'elle, et très loin de ces révélations.

— Madame, après ce coup de fil, que vous êtes-vous dit ? demanda Ronan.

— Qu'il délirait. Qu'il était encore dans un de ces mauvais jours où il broyait du noir. J'ai tout de même essayé de le rappeler après. Il n'a pas répondu. Le lendemain, il était mort.

— Que pensez-vous qu'il avait découvert ?

— Je ne sais pas. Et, comme vous voyez, il ne m'a rien expliqué.

— Et pourquoi voulait-il de votre présence ici ?

— Marcus a toujours été mystérieux, il donnait peu d'indices sur ses motivations. Il fallait savoir le déchiffrer.

— Et vous en étiez capable ?

Un silence plana de nouveau au cours duquel tout le monde guetta la réponse de Rose.

— Si c'était le cas, je ne serais pas ici, n'est-ce pas ?

— Vous étiez restée en contact avec Marcus pendant tout ce temps ?

— Oui. Mais nous pouvions passer des années sans nous téléphoner.

— Et hier il vous a appelée.

— Marcus n'avait pas grand monde, vous savez. Pas de famille. Peu d'amis. Il a dû penser que j'étais une des seules personnes à qui il pouvait parler.

Leïla fronça les sourcils.

— Madame Ravensberg, comptiez-vous venir à son concert ?

C'était la première fois que la lieutenante s'adressait à l'Américaine. Rose s'attarda sur Leïla un bref instant seulement avant de lui répondre :

— Non.

— Pas même à celui qui devait clôturer sa tournée, à New York ?

— Non, répéta Rose. Je n'aurais pas aimé le voir sur scène courbé, vieux... Il n'aurait jamais dû annoncer ce retour... Quelle folie !

Gabrielle reçut cette réponse comme une attaque.

— Il comptait donc renoncer à la tournée..., dit-elle, sous le choc.

— Oui.

— Ça aurait eu des conséquences économiques désastreuses, continua Gabrielle. Sans parler de son nom, de son ego, de l'image que les gens avaient construite à son sujet...

— Pourquoi croyez-vous qu'il se soit donné la mort ? Il en avait conscience, rétorqua l'Américaine.

Gabrielle recula de nouveau, coupée par le ton cinglant de Rose. Leïla reprit en main l'interrogatoire.

— Vous avez fait tout ce chemin pour nous donner cette information ? Vous auriez très bien pu nous appeler.

— Marcus voulait que je vienne. Alors je suis ici. Je lui devais ça. Le reste ne vous regarde pas.

De nouveau, un long moment de silence s'ensuivit. Ronan jeta un regard au dossier posé sur son bureau, puis à cette riche Américaine qui pensait dominer la conversation. Leur idylle n'avait duré que quelques mois, des décennies plus tôt. Rose était une femme occupée. Une raison précise devait justifier sa présence à Belleville.

— Madame Ravensberg, reprenons depuis le début, voulez-vous ? lança Ronan.

Elle ne répondit bien évidemment pas.

— Combien de temps avez-vous été fiancée à M. Solar ?

— Six mois. Nous avons rompu en janvier 1995.

— Il y a bien longtemps, donc.

— Oui.

— Et vous avez dit que vous êtes restés en contact, mais que vos rapports se sont distendus avec le temps ?

— C'est ça.

— Diriez-vous que vous avez gardé des relations cordiales, même après votre séparation ?

— Je n'ai pas de temps pour la rancœur, capitaine.

— Vous saviez donc qu'il consommait des drogues dans sa jeunesse ? demanda brusquement Leïla.

Rose leva les yeux vers la lieutenante, cette femme de moins de trente ans qu'elle avait ignorée jusque-là. Elle l'avait rabaissée en ne la considérant pas et lisait dans son regard que cette vexation ne resterait pas sans conséquences.

— De quelles drogues parlez-vous ?

— Des opioïdes par voie intraveineuse. Son corps présente de nombreuses cicatrices, certaines très anciennes.

— Je m'en doutais, répondit Rose après quelques instants de réflexion. Il avait des changements d'humeur assez brutaux, mais je n'ai jamais rien trouvé dans sa chambre, il devait bien les cacher. Elizabeth encore, sûrement... Elle était entièrement dévouée à Marcus. Sacrificielle au point de s'oublier et d'agir de manière inconsidérée pour lui.

— Attendez..., l'interrompit Leïla. Nous parlons ici d'injections qui laissaient des traces physiques. En tant que fiancée, vous auriez remarqué ces marques sur son corps.

— Qu'insinuez-vous par là ? s'enquit Rose d'un ton cinglant.

— Pourquoi avez-vous rompu vos fiançailles ?

Ronan lança un regard furieux à Leïla, qui signifiait qu'elle dépassait les bornes.

— Veuillez excuser les questions de ma lieutenante...

— Cela n'a aucun rapport avec cette enquête. Et cela ne vous regarde pas, rétorqua Rose en détournant les yeux de la jeune policière, peut-être pour la mépriser encore plus.

— Juste après votre rupture, il a cessé de jouer et s'est retiré de la scène pendant vingt-six ans. C'est tout de même une assez grosse coïncidence. Cette rupture semble l'avoir énormément affecté.

— Évidemment que ça l'a affecté.

— C'est pour cela qu'il a dit « je t'ai pardonné depuis longtemps » ? Il parlait de votre rupture ? Du fait que vous l'aviez quitté ?

— Non. Et je ne l'ai pas quitté, c'est lui qui m'a quittée.

Leïla s'attarda sur cette réponse. Pendant sa nuit blanche, elle avait lu des dizaines d'articles sur Marcus. Nombre d'entre eux mentionnaient Rose.

— Pourtant, ce n'est pas ce qui est écrit dans la presse.

Personne ne dit rien face à ce constat prononcé à haute voix par Leïla. Le regard de Rose vagabonda tout autour d'elle dans ce petit bureau étriqué. Sûrement dans son passé, sûrement dans des souvenirs qui appartenaient à une autre vie. Elle jeta un coup d'œil à Gabrielle et reprit :

— C'est normal, j'avais fait courir la rumeur que je le quittais. Ce n'était pas bien compliqué, je suis actionnaire de nombreux journaux influents. Mais la vérité était tout autre. C'est lui qui m'a quittée. Cette rumeur, c'était ma vengeance.

— Votre vengeance ?

— Maintenant qu'il est mort, je ne vois plus l'intérêt de le cacher… Marcus m'avait menti. Il n'était pas attiré par moi ni par les femmes. Il était homosexuel.

Sans que quiconque s'en rende compte, la dernière phrase prononcée par l'Américaine bloqua la respiration de Gabrielle.

— L'arrêt de sa carrière n'a aucun rapport avec notre séparation, continua Rose. S'il s'est muré dans ce *shithole* pendant vingt-six ans, c'est à cause d'elle, pas de moi.

— Elizabeth Storm ? Sa gouvernante ?

— Mais non ! Diane Leroy. Tout est sa faute.

— Qui ça ?

Leïla chercha dans sa mémoire si ce nom lui disait quelque chose quand un cri étouffé s'éleva. Ils se retournèrent tous les trois vers Gabrielle.

— Madame Jansen ? Vous allez bien ? fit Ronan en se levant.

Ses bras s'agitèrent comme si elle cherchait à dire quelque chose. L'instant d'après, elle s'effondra au sol. Leïla l'empêcha de justesse de heurter le mur et la retint entre ses bras. Ronan courut pour l'aider. Rose se leva, son sac serré contre elle, paralysée par le spectacle des convulsions de Gabrielle.

Le médecin

Son bureau se situait au dernier étage d'un bâtiment tout au fond du parc. Depuis le pensionnat, il fallait marcher une vingtaine de minutes. Le praticien devait examiner chaque nouvel arrivant afin de s'assurer qu'il ne véhiculait aucune maladie. La religieuse ordonna à l'enfant de s'asseoir, puis le laissa seul dans le couloir. Les murs avaient récemment été repeints. Un cache-misère. Les traces de moisissure se devinaient derrière la couche de peinture fraîche.

Quelques instants plus tard, il entendit des bruits derrière lui. La première chose qu'il vit, ce furent ses grosses chaussures marron salies de boue. Puis il remonta pour découvrir la blouse blanche. Les lunettes masquaient un regard sans expression. Le crâne dégarni mais bien peigné. Puis son visage, ni avenant ni désagréable. C'était donc ça, un docteur, se dit l'enfant.

— Je t'en prie, entre.

L'enfant obéit avant de s'arrêter brusquement. Quelque chose venait de le troubler. Quelque chose qui brisait le silence. Le médecin le vit déambuler dans la pièce à la recherche de la source, s'arrêter devant l'objet qui attirait son attention.

— Ça s'appelle un gramophone, dit-il. Ça permet d'écouter des disques.

L'enfant releva la tête, l'air interrogatif. Le médecin comprit qu'il n'avait probablement jamais vu d'objet de la sorte de sa vie ni entendu cette mélodie.

— Assieds-toi, je vais t'examiner. Ça ne va pas prendre beaucoup de temps. Ni faire mal.

L'enfant s'installa en face de lui, encore agité mais docile. Le médecin disparut dans le fond de la pièce. Le bureau était parfaitement rangé. Au-dessus, plusieurs schémas du corps humain s'alignaient. Mains, crânes, musculatures développées.

L'enfant rabaissa sa tunique pour cacher ses poignets. Cette mélodie entêtante envahissait ses pensées. En fermant les yeux, il imagina un été sans soleil, puis un hiver sans neige. Cet air inconnu rendait palpable le manque, traduisait l'absence. La réalité s'échappa, et la musique s'imposa. Il n'avait jamais ressenti ça.

— Tout va bien ?

L'enfant sursauta. Le médecin tenait un stéthoscope entre les mains. Il fixait son petit patient d'un œil interrogatif. Un goût salé se répandit brutalement dans la bouche de l'enfant, qui effleura ses joues et comprit qu'il pleurait. Le médecin s'approcha de son gramophone.

— J'imagine que ça doit faire cet effet d'entendre Bach pour la première fois…

Il prit une seconde chaise et s'assit face à l'enfant, qui ne pleurait plus.

— N'aie pas honte, la sensibilité à la musique est l'une des plus belles qualités qui soient.

Le médecin lui demanda d'enlever sa tunique. Ses côtes ressortaient. Des hématomes violets coloraient son torse, et des cicatrices d'anciennes blessures le long de ses bras indiquaient que l'enfant avait été maltraité, et cela pendant des années. Avant le pensionnat, présuma le docteur. Il commença à l'ausculter, de son souffle à son rythme cardiaque. Sa vue, son audition et ses réflexes. Il resta un long moment à fixer ses mains.

— Tu as des mains particulièrement longues.

Le médecin se leva et posa la membrane du stéthoscope sur son dos en lui demandant de respirer fort. L'examen terminé, il retira l'embout de ses oreilles.

— Tu es très maigre, mais je ne décèle aucune maladie. Il y a cependant un dernier point que je souhaite éclaircir… Tu peux te lever ?

L'enfant s'apprêtait à obéir quand le médecin retira d'un geste vif la chaise sur laquelle il était assis. Il tomba par terre en poussant un cri. Le docteur croisa les bras.

— Excuse-moi de t'avoir fait peur, mais je voulais juste m'assurer que tes cordes vocales fonctionnaient.

L'enfant se releva, encore sous le choc.

— Je suppose que tu parles, continua le médecin. Quel est ton nom ?

Les intonations paternalistes laissèrent place à la dureté d'un ordre. L'enfant ne desserra pas la mâchoire. Le médecin jeta un regard à son gramophone.

— La musique que tu as entendue, c'était un concerto de Jean-Sébastien Bach. L'un des plus grands compositeurs de tous les temps.

Le regard nerveux de l'enfant redevint celui d'un petit garçon perdu. Ses épaules s'affaissèrent. Il ouvrit la bouche. Un murmure s'échappa de ses lèvres.

— C'est… quoi, un compositeur ?

— Quelqu'un qui crée de la musique. Un artiste.

Les yeux de l'enfant s'illuminèrent. Le médecin sourit face à cette soudaine fascination qui venait de naître chez lui.

— Si tu étais amené à rester parmi nous, je pourrais te faire découvrir d'autres morceaux…

Le souffle se bloqua dans la poitrine de l'enfant. On frappa à la porte au même moment. Une sœur entra.

— Bonjour, docteur, je suis désolée de vous déranger, mais on m'a dit de venir le chercher…

Le médecin posa la main sur l'épaule de l'enfant.

— Vous pouvez le raccompagner, ma sœur.

Pour la première fois dans la triste existence de l'enfant, quelque chose s'éveilla en lui. Un feu intense qui brûlait son cœur. Du bonheur, mais il ne le savait pas encore. Et c'était la musique qui l'avait provoqué.

19

Inès écrasa sa cigarette avant de regagner le commissariat. Sa consommation de nicotine était déjà dépassée pour le reste de la semaine. Elle vit Rose Ravensberg entrer dans une salle d'interrogatoire. Elle se tenait aussi droite qu'une sentinelle devant Buckingham Palace. Rose s'arrêta un instant, devinant qu'un regard insistant était posé sur elle. Elle considéra Inès, puis s'éloigna.

La route de la psychiatre avait croisé plusieurs fois celle de Rose, et cela probablement sans que cette dernière s'en souvienne. Inès avait terminé ses études de médecine par deux années à la Harvard Medical School.

Depuis, elle retournait aux États-Unis plusieurs fois par an et était la marraine de la fille d'une ancienne camarade de classe. Elle connaissait Rose de réputation et méprisait tout ce qu'elle représentait. Une Amérique enfermée dans ses traditions, prônant les armes et les valeurs conservatrices des pères fondateurs, comprimée dans son passé comme Rose dans ses cardigans Chanel. On la disait inaccessible. Elle ne quittait son *penthouse* que pour des réceptions triées sur le volet, et son siège au groupe administratif pour aller prêcher la bonne parole devant des assemblées de conservateurs pro-Trump.

Leïla la sortit de ses réflexions.

— Les pompiers viennent de partir ?

— Oui, ils ont déposé Mme Jansen à son hôtel. Elle ne voulait pas qu'on l'emmène à l'hôpital. Je vais aller voir comment elle va.

— Je suis désolée de vous avoir fait rater votre train... Quand elle est revenue à elle, elle a demandé à vous parler, elle insistait beaucoup. J'ai trouvé votre carte dans son sac...

— Vous avez bien fait, lieutenante. Ne vous tracassez pas.

— Vous la suivez depuis longtemps ?

Cette question amusa Inès, mais elle n'en montra rien.

— Non, c'est assez récent.

Leïla hésita. Voir Gabrielle tomber venait de changer complètement l'image suffisante qu'elle avait de l'agente. Elle voulut continuer la discussion, mais au loin Ronan l'interpella.

— On ne peut rien faire pour empêcher une crise ?

— Quand elle se déclenche, non. Il faut seulement mettre la malade en sécurité comme vous l'avez très bien fait. Maintenant, Mme Jansen a besoin de repos, et d'un neurologue... Mais ça, elle le sait déjà.

Inès fit une pause avant de lancer :

— Lieutenante...

— Oui ?

— Pourquoi Rose Ravensberg est à Belleville ?

— Vous la connaissez ? dit-elle, étonnée.

— J'ai vécu aux États-Unis. Là-bas, les Ravensberg sont aussi connus que les Trump. Elle ne se déplace jamais, pas même pour les événements organisés en son nom. Alors qu'elle soit ici, à Belleville... Ce n'est pas dans ses habitudes.

— Elle a été fiancée à Marcus Solar, dans les années 1990. Elle est ici pour savoir ce qui s'est passé.

Inès réfléchit, comme si elle cherchait dans sa mémoire. Puis son regard s'illumina.

— Mais oui, je m'en souviens maintenant ! C'était il y a une éternité, non ?

— Presque trente ans.
— Et ils sont restés proches pendant tout ce temps ?
— Même pas tant que ça.
— Étrange, nota Inès.
Leïla ravala une remarque. Étrange, c'était un euphémisme.

Rose pianotait avec ses ongles manucurés sur la table. Face à elle, le capitaine relisait la même ligne en boucle et plissait nerveusement le front.

— On va attendre encore longtemps ?

— Seulement que la lieutenante arrive.

Elle le trouvait exaspérant. Jamais un mot de trop chez ce bon petit soldat bien éduqué qui agissait de la manière escomptée en toutes circonstances. Tout simplement irritant. La porte s'ouvrit, et Leïla les rejoignit. Rose suivit du regard la jeune femme.

— Ai-je besoin d'appeler mon avocat ?

— Pas du tout, nous aimerions seulement éclaircir quelques points de votre déposition, puis vous pourrez partir.

— À quel sujet ?

— Vous avez mentionné une certaine Diane Leroy. Qui est-ce ?

— Une ancienne amie de Marcus, avec qui il s'est ensuite disputé.

Ronan fronça les sourcils.

— Pourquoi se sont-ils brouillés ?

À cause de moi. À cause de notre mariage. Diane y était opposée.

— Vous n'avez pas l'air de beaucoup l'apprécier.

— Diane était une jeune femme très impulsive. Elle agissait, puis réfléchissait aux conséquences de ses actes après. Ils s'étaient rencontrés des années plus tôt, quand Diane avait tout juste vingt et un ans. Et ils ne s'étaient jamais quittés.

— C'est-à-dire ? Ils vivaient ensemble ?

— Quand j'ai commencé à fréquenter Marcus, oui. En colocation.

— Et Elizabeth était déjà là, également ?

— Bien sûr. Elizabeth a toujours été là.

Leïla nota ces informations.

— Diane voulait Marcus rien que pour elle, continua Rose. Ça n'a pas marché, et ils se sont brouillés quand nous avons officialisé nos fiançailles.

— Vous avez dit que Marcus était homosexuel... Cela avait-il un rapport avec leur dispute ?

— Entre autres, oui.

— Vous avez aussi dit que c'était à cause d'elle qu'il a arrêté sa carrière. Qu'entendez-vous par là ?

— Non, j'ai voulu dire que c'était sa faute. Il y a une nuance. C'était une façon de parler. Voyez-vous, grâce à moi, Marcus aurait pu devenir l'un des pianistes les plus célèbres au monde. Il s'est approché de la gloire, l'a vécue pendant un temps... mais Diane a contrecarré tous mes plans.

— De quelle manière, exactement ? demanda Leïla.

— En disparaissant.

— C'est-à-dire ? Elle est morte ? s'étonna Ronan, de plus en plus perdu par ces révélations.

L'Américaine haussa les épaules.

— Qui sait ? Elle s'est... volatilisée. Marcus n'a plus jamais entendu parler d'elle. Elle est peut-être partie à l'autre bout du monde ! Cela ne m'aurait pas étonnée d'elle. Il y a eu un semblant d'enquête je crois, mais elle n'a jamais été résolue, et on ne l'a jamais revue. Ça l'a détruit, le pauvre. Il a tout arrêté et s'est enfermé ici, dans son manoir, à cause d'elle...

Les deux policiers se lancèrent un regard circonspect. Le téléphone de Rose ne cessait de sonner.

— Vous avez d'autres questions ? Il faut vraiment que je réponde.

Leïla releva la tête de son carnet.

— Pourquoi êtes-vous à Belleville, madame Ravensberg ?

— Pour Marcus, répondit-elle d'un ton évident.

— Ça, vous l'avez dit. Mais vous n'aviez plus de relation et ne comptiez même pas assister à son concert. Alors j'ai du mal à croire que vous avez fait des milliers de kilomètres pour honorer une promesse faite à un mort.

Ronan lança un regard à Leïla, surpris par le ton cassant qu'elle venait d'employer pour s'adresser à Rose. Cette dernière resta un instant sur le palier, la main sur la poignée de la porte. Sans regarder les policiers, elle précisa :

— J'ai le droit d'être ici, à ce que je sache. Si vous souhaitez de nouveau m'interroger, vous passerez par mon avocat.

Gabrielle sursauta en se réveillant. Un désagréable sentiment de déjà-vu la saisit quand elle fixa le papier peint de sa chambre d'hôtel.

Sa gorge était sèche, elle se leva précautionneusement et se remplit un grand verre d'eau au robinet de la salle de bains, qu'elle but d'une traite. Elle s'arrêta devant son reflet, découvrit de nouveaux cernes, la pâleur de son teint. Puis elle ouvrit la bouche. Les côtés de sa langue étaient rouge vif, et la chair déchirée. Elle s'était de nouveau mordue pendant sa crise. On frappa à la porte de sa chambre. Elle trouva Inès Adler sur le seuil.

— Vous avez raté votre train, docteure ?

— Il faut croire que vous ne voulez vraiment pas que je quitte Belleville.

Gabrielle se rassit sur son lit, prit plusieurs boîtes de médicaments et avala un comprimé de chaque. La psychiatre reconnut du Lexomil et de l'alprazolam, plus communément appelé Xanax. Elle resta debout, mains dans les poches de son trench-coat.

— Vous vous sentez un peu mieux ? Les souvenirs vous reviennent ?

— Je me souviens du commissariat, de Rose Ravensberg qui parlait d'une femme, une certaine Diane Leroy... puis plus rien. Je revois surtout les pompiers.

— Vous avez fait deux crises en deux jours, vous êtes sûre que vous ne voulez pas aller à l'hôpital ?

— Certaine.

Inès hocha la tête, posa les yeux sur les boîtes de médicaments.

— Ça en fait, des médicaments.

— Une psychiatre qui reproche à une patiente de prendre des anxiolytiques, quelle ironie !

Inès sourit, mais le regard éteint de Gabrielle ne prêtait pas à la décontraction. Le second degré, c'était une parade pour dévier du vrai sujet de sa visite.

— Vous savez, madame Jansen, vous n'êtes pas la première personne que je rencontre à avoir du mal à vivre avec l'épilepsie, mais je vous assure que c'est possible.

— Pitié, ne me balancez pas des statistiques sur ceux qui n'ont pas eu de crises depuis quinze ans. Vous perdez votre temps. J'ai déjà entendu tous ces discours.

— Donc vous savez que c'est possible.

— Pas pour moi.

Elle venait de hausser sensiblement le ton, sans regarder Inès. La psychiatre fronça les sourcils à cette remarque.

— Combien avez-vous de crises par an ?

Gabrielle fit un vague geste de la main.

— Je ne tiens pas de carnet.

— Plusieurs fois par an, au moins ?

Elle releva la tête. Elle tentait tant bien que mal de cacher son émotion. Mais elle détestait parler de sa maladie, c'était évident.

— Je n'en avais pas eu depuis des mois. Mais la tournée me stressait beaucoup, ça n'a pas dû aider.

— En effet.

— Et quand je retrouve un client mort j'ai tendance à en faire un peu plus.

— C'est vous qui avez découvert les corps ?

Gabrielle acquiesça. Inès s'assit dans un fauteuil face à elle.

— Cela aurait été traumatisant pour n'importe qui. Tout le monde réagit de manière différente. Votre épilepsie augmente avec l'angoisse. C'est pour cela que j'insiste de nouveau sur l'importance d'un traitement adapté...

— Les traitements ne marchent pas. Mon médecin m'a prescrit du Rivotril pour la tournée. Au cas où le stress aurait été trop fort et où des crises seraient survenues, mais bon...

Inès connaissait bien le Rivotril. C'était un anticonvulsivant d'urgence utilisé dans certaines formes d'épilepsie, mais également prescrit comme anxiolytique ou sédatif. De nos jours, il était généralement associé à un autre traitement et ne se prenait plus seul pour soigner cette maladie.

— Et vous l'avez pris aujourd'hui ?

— Non, répondit Gabrielle. Ça me fatigue trop.

— Depuis combien de temps êtes-vous sous anxiolytiques ?

— L'adolescence. J'ai cessé de compter.

Gabrielle s'exprimait vite. Elle s'enflammait si facilement. C'était le temps des grands émois, des coups d'éclat, des décisions hâtives. Inès ne regrettait ni sa vingtaine ni sa trentaine. Face à elle, sa nouvelle patiente était encore dans cet âge où la colère dominait tous les rapports, s'insinuait dans toutes les discussions.

Elle s'était recroquevillée sur elle-même, genoux ramenés contre la poitrine.

— Vous l'aimiez beaucoup. Il n'était pas seulement votre client.

À la mention de Marcus, le regard de Gabrielle s'assombrit.

— Marcus n'était pas en état de jouer, il était trop vieux.

— Vous pensez ?

— Bien sûr. Cette tournée était une folie. Mais c'était sa folie. À croire qu'il voulait mourir sur scène…

Un demi-sourire se dessina sur son visage. Inès imagina un instant qu'elle fredonnait dans sa tête les paroles de Dalida. Mais le sourire de Gabrielle se transforma aussitôt en une grimace.

— Je l'ai peut-être tué, en réalité. Tout est ma faute. Si je n'étais pas devenue son agente, il n'aurait jamais voulu faire cette tournée et serait encore en vie.

20

Dans le couloir, le capitaine tournait en rond. Enfin, la porte de la chambre de Gabrielle s'ouvrit, et la psychiatre en sortit. Il fit semblant de s'éloigner. Pas dupe, Inès l'interpella.

— Capitaine ?

Démasqué, Ronan s'avança vers elle d'une démarche d'automate.

— Docteure… je ne vous avais pas vue… je…

— Elle se repose.

— Très bien, d'accord. Je repasse. Merci, dit-il très vite.

— Vous allez bien, capitaine ?

— Très bien, répéta-t-il. Merci d'être venue aussi vite après la… la…

— La crise ? Aucun problème, je n'étais pas loin.

Inès remarqua que le capitaine l'évitait délibérément. Étrange comportement pour un policier dont le travail consistait à se confronter aux gens pour les pousser à avouer la vérité.

— Vous avez eu peur ? demanda-t-elle d'un ton compréhensif.

— Je reconnais que je n'avais jamais vu de crise avant, c'est… impressionnant. Je ne savais pas quoi faire…

— Vous avez très bien réagi. Et ne culpabilisez pas, vous n'y êtes pour rien. C'est imprévisible, comme maladie.

Ronan se racla la gorge pour masquer son embarras. Inès repensa à Gabrielle, recroquevillée sur elle-même.

— Je ne suis pas une spécialiste de l'épilepsie, mais le cerveau, je connais bien. La situation générale l'angoisse. Elle en a fait une hier. C'est un mécanisme de défense que son cerveau a mis en place.

— Il n'y a pas de traitements… ?

— Si, il y en a. Mais il faudrait qu'elle accepte de les prendre. Je vous laisse, je vais essayer de récupérer une chambre pour la nuit ! Je suis allée voir, il n'y a plus de train pour Paris avant demain !

Inès s'éloigna. Ronan attendit qu'elle ait disparu, puis il s'avança vers la porte de la chambre de Gabrielle. Il voulait lui parler, s'excuser. De quoi, il ne savait pas exactement. Mais il resta planté dans le couloir sans bouger. Au même moment, Leïla apparut.

— J'ai essayé de t'appeler ! J'ai retrouvé la trace de Diane Leroy ! lança-t-elle.

Elle s'arrêta à sa hauteur et reprit son souffle avant de poursuivre :

— J'ai une amie de promo basée au commissariat d'Aix. Elle est allée chercher dans les archives pour moi. Et elle m'a scanné la fiche.

Il s'attarda sur le cliché en noir et blanc qu'elle lui tendit.

— Diane Leroy est née en 1960 à Aix-en-Provence… Elle a été déclarée disparue à l'âge de trente-quatre ans.

Tout en l'écoutant, Ronan parcourut rapidement les quelques feuilles imprimées par Leïla.

— On l'aurait aperçue pour la dernière fois le 20 août 1994. Le 6 septembre de la même année, l'affaire a été officiellement classée par le juge. Ils n'avaient rien. Aucune piste, aucun témoin, donc ils n'ont pas continué. Ils ont juste… abandonné et conclu qu'elle avait refait sa vie ailleurs. Il n'y avait pas de téléphone portable, pas d'Internet à l'époque, aucun moyen de la tracer. Elle aurait très bien pu renier tous ses proches et partir à l'autre bout du monde.

— C'est triste, mais quel rapport avec Marcus et Elizabeth Storm ? C'était il y a très longtemps.

— Le 6 septembre, Marcus Solar a donné son ultime concert. Et un mois plus tard il s'est officiellement retiré de la scène.

Tout en réfléchissant, Ronan fit quelques pas dans le couloir. Il repensait à l'arrivée impromptue de Rose. À Gabrielle, à quelques mètres, qui s'était effondrée sous leurs yeux. À cette enquête terminée qui ne cessait de les troubler.

— Entre ça et le piano qui disparaît brusquement…

— Tu sais ce qui nous reste à faire, dit le capitaine.

Leïla déglutit. Oui, elle savait. Et cette pensée était aussi excitante qu'elle était dénuée de sens et de logique.

21

Opéra de Marseille, septembre 1981

Diane ne s'était jamais aventurée seule aussi loin de chez elle. Elle n'avait parlé à personne de cette escapade. Elle avait même menti à son père et prétendu qu'elle retrouvait ses amies sur place.

Toutes ses économies y étaient passées. Elle s'assit à côté d'un couple de bourgeois qui toisa son short et ses Converse – à se demander si elle ne s'était pas trompée d'endroit. Elle leva les yeux vers les dorures, le plafond tapissé de rouge cramoisi, et observa les familles élégantes qui prenaient place autour d'elle. Sur scène, le piano à queue ne ressemblait en rien à ceux qu'on trouvait dans la boutique de son père.

Les lumières s'éteignirent, et Marcus Solar entra sous les clameurs du public. Il était aussi pâle que dans son souvenir. Il salua rapidement l'assemblée avant de s'asseoir sur le tabouret. Dès les premières notes, Diane écrasa le programme entre ses mains.

Depuis la mort de sa mère, elle n'écoutait plus de musique classique. Tout ce qui avait trait au piano la ramenait à sa perte. Aux dernières heures. Au vide que ce deuil avait creusé entre son père et elle. Deux êtres qui ne faisaient plus aucun effort pour se comprendre.

C'était donc ça dont parlait sa mère. Ce sentiment qui prenait racine tout en bas. Caché dans le tréfonds de son âme. Elle sentit sa vue se troubler. Son corps lui parut étranger. Détaché d'elle-même. Elle n'avait jamais rien écouté d'aussi puissant.

Marcus racontait une histoire qu'elle n'avait jamais entendue. Qui commençait et finissait dans les larmes. Un sanglot incontrôlable jaillissant d'une blessure qui ne s'était jamais refermée. L'homme assis à sa gauche lui tendit un mouchoir en tissu, comme si l'émotion avait aboli les préjugés l'espace d'un instant.

Le morceau terminé, Marcus se leva sous une salve d'applaudissements. Elle profita de l'entracte pour sortir de la salle avant la cohue des gens qui se précipitaient aux toilettes. Elle arriva devant la loge des artistes. Une femme aux traits anguleux se tenait devant, immobile. Grande et massive, les cheveux blonds coiffés dans une tresse serrée.

— Que voulez-vous ?

Diane recula, intimidée, et lui tendit la carte de la boutique de son père.

— M. Solar est entré dans ma boutique à Aix pour acheter un piano. Il m'a dit de le contacter si j'avais ce qu'il cherchait…

La femme jaugea la dégaine de Diane et le bout de papier entre ses doigts, avant de lui répondre du même ton froid, distant.

— Attendez ici, dit-elle en entrant dans la loge.

Diane resta dans le couloir. Elle se baissa pour refaire un de ses lacets quand elle entendit la voix de la femme s'élever juste au-dessus d'elle.

— M. Solar va vous recevoir. Vous avez cinq minutes, lâcha-t-elle en indiquant la loge d'un geste de la main.

Puis elle referma le battant brusquement en sortant sans ajouter un mot. Diane sursauta. Elle aimait claquer les portes, celle-là.

Marcus Solar l'attendait, jambes croisées dans un fauteuil, l'air visiblement amusé. Les premiers boutons de sa chemise étaient ouverts. Il tenait la carte entre le majeur et l'index.

— Je suis désolé pour les manières d'Elizabeth, elle est… comment dire… expéditive.

Maintenant qu'elle se trouvait seule face au pianiste, Diane se demandait ce qu'elle faisait là.

— En quoi puis-je vous aider, mademoiselle Leroy ? s'enquit-il poliment tout en se redressant sur son siège.

— Je suis désolée de vous déranger… mais il se trouve que j'ai réfléchi, et je pense avoir un piano à vous vendre !

— Vous ne me dérangez nullement. Et en voilà une bonne nouvelle. Vous venez de l'acquérir ?

— Non, il appartenait à quelqu'un qui vient de décéder. C'est un beau piano.

Marcus se passa la main sur le menton.

— Donc c'est un piano qui a une histoire… Cela pourrait être intéressant. Je l'essaierai. Quelle marque ?

— Bechstein.

Le pianiste réfléchit, puis leva les yeux vers l'horloge.

— Il va falloir que j'y retourne. Vous avez écouté la première partie du concert ?

— Oui, c'était magnifique.

Il sourit comme un enfant en entendant ce compliment. *Étrange personnage,* se dit-elle.

— Monsieur Solar, je peux vous poser une dernière question ?

— Je vous en prie.

— Pourquoi êtes-vous entré dans notre boutique ? Nous ne vendons pas de pianos haut de gamme.

Il finit de reboutonner sa chemise et se recoiffa avec la main.

— Les pianos neufs ne traduisent que la perfection. Pas l'émotion. Plus un piano a eu de propriétaires, plus son toucher a été altéré. Celui dont vous me parlez, il a une histoire, n'est-ce pas ?

— Oui, mons…

— Appelez-moi Marcus.

Le cœur de Diane s'accéléra.

— Et si vous n'avez rien de prévu, continua-t-il, on pourrait discuter plus en détail de ce piano après le concert, autour d'un repas ?

Elle acquiesça sans réussir à formuler une phrase complète. Il ouvrit la porte de sa loge.

— Elizabeth, je suis prêt ! Mlle Leroy dînera avec moi après le concert. Je te laisse arranger tout ça avec l'hôtel.

— Très bien, monsieur, répondit-elle.

Marcus lui sourit, puis il s'adressa à Diane.

— À tout à l'heure.

22

Le restaurant du Petit Nice offrait un panorama à trois cent soixante degrés sur la Méditerranée. Sur des tables rondes recouvertes d'une nappe blanche, des couples dégustaient des mets raffinés. Les bijoux des femmes scintillaient sous l'éclairage tamisé. Les rires étaient délicats.

Et tout chez Diane criait qu'elle n'y avait pas sa place, jeune fille parachutée dans un univers surfait, guindé et haut de gamme. Au fond de la pièce, Marcus patientait, assis seul près d'une grande baie vitrée. Il observait les vagues qui s'écrasaient contre les rochers. Il faisait encore bon en ce début de soirée, mais le pianiste avait troqué son costume de concert pour une chemise en flanelle, un cardigan en laine et un pantalon à pinces. Il devait supporter la chaleur, supposa-t-elle, étonnée.

Elle s'arrêta à sa hauteur et lui sourit.

— Diane, je ne vous avais pas entendue arriver. Je vous en prie, asseyez-vous, dit-il en se levant.

Elle ne sut comment le saluer. Si elle devait lui serrer la main ou l'embrasser. Elle s'assit gauchement sans avoir trouvé la réponse.

— Cet endroit est très luxueux, si j'avais su je me serais changée…

— Aucune importance. C'est trop snob à mon goût, mais ils viennent d'obtenir leur deuxième étoile au Michelin, donc j'étais curieux de voir ce que donne leur cuisine.

Alors qu'ils parlaient, plusieurs personnes se tournèrent vers eux. Diane pensa que de nouveaux curieux critiquaient sa tenue quand elle comprit que l'objet de leur intérêt était Marcus. Lui ne semblait pas s'en soucier le moins du monde. Alors que les murmures s'accentuaient, il parcourut la carte sans les considérer.

— Vous avez faim ?

— Non, pas trop..., répondit-elle, inquiète de ne pas voir figurer les prix sur le menu. Je vais prendre un Coca.

Marcus reposa la carte.

— Diane, prenez ce que vous voulez, ça me fait plaisir de vous inviter.

Le ton du pianiste était d'une gentillesse désarmante.

— Pourquoi ? Vous ne me connaissez pas.

Il sourit, et son visage émacié retrouva un semblant de douceur.

— On peut se tutoyer, peut-être ? Toi non plus tu ne me connaissais pas quand je suis entré dans la boutique de ton père. Pourtant tu es venue à mon concert et tu as répondu à mon invitation ce soir.

Diane jeta de nouveau un regard de côté. Les murmures autour d'eux se transformèrent en un brouhaha assourdissant. Ils se moquaient d'elle. Peut-être même la montraient-ils du doigt.

— Tout le monde vous connaît, chuchota-t-elle. Vous ne les voyez pas vous épier depuis le début de notre conversation ?

— La seule raison pour laquelle ils nous regardent, c'est parce qu'ils me voient dîner seul depuis trois soirs d'affilée. Là, je suis soudainement en compagnie d'une jeune femme. Ils commèrent. Et alors ? Laissons-les parler. Ça les distrait de leur quotidien morose, tu ne crois pas ?

— Et ça ne vous dérange pas ?

— C'est bien la dernière chose qui me dérange. Alors, t'es-tu décidée ?

Diane déglutit, et ses joues s'empourprèrent. Tout d'un coup, le brouhaha disparut, et la musique d'ambiance prit le dessus sur les murmures.

Ils commandèrent deux coupes de champagne, Marcus choisit la pêche du jour et Diane une bouillabaisse qu'elle engloutit en quelques minutes. Le monde autour d'elle devint plus doux, plus gai. Elle se surprit à rire de bon cœur. C'étaient peut-être les bulles qui pétillaient sur sa langue ? Le bruit lancinant des vagues au loin ? Ou tout simplement la présence magnétique de cet homme face à elle.

— Tu as bon appétit, ça fait plaisir à voir.

— Je n'ai jamais mangé quelque chose d'aussi bon, avoua-t-elle.

Elle remarqua que Marcus avait à peine entamé son plat. Il grappillait du bout de sa cuillère la chair du poisson.

— Vous n'avez pas faim ?

Il sourit.

— J'ai rarement faim.

— Pourtant, ça doit demander beaucoup d'énergie de se produire sur scène comme vous l'avez fait. Vous n'êtes pas épuisé après ?

Le regard du pianiste se voila légèrement. Il retourna à sa contemplation des vagues. La mer était maintenant redevenue calme.

— Votre amie ne dîne pas avec nous ? s'enquit Diane pour changer de sujet.

— Elizabeth ? Non, jamais. Et elle n'est pas mon amie. Enfin, pas vraiment. Elle s'occupe de moi. Nous avons une relation que peu de personnes comprennent.

— Je vois, répondit Diane.

— Ah oui ? fit Marcus, soudainement intéressé.

Diane éloigna d'elle le plat. Ce mets, elle s'en souviendrait longtemps. Elle prit sa coupe et but deux grandes gorgées de champagne.

— J'ai deux meilleures amies, personne ne comprend notre lien.

— Tu as de la chance, l'amitié est peut-être la plus belle chose qui soit.

Elle se mordit la lèvre en acquiesçant, pensa à Esther, sûrement avec Tony. À Virginie, sûrement seule. Et sa chance parut tout d'un coup moins évidente.

— Et vous ? Vous avez des amis ?

— Pas vraiment, je voyage pratiquement toute l'année et je ne reste dans la même ville que quelques jours. C'est difficile de maintenir un lien durable…

— Vous n'êtes pas marié ?

— Les gens comme moi ne se marient pas.

Autour d'eux, le murmure du monde s'effaça, comme la mélodie d'ambiance.

— Moi non plus, je ne me marierai pas. Je ne voudrai jamais appartenir à un homme.

— Quel âge as-tu ? demanda-t-il en souriant.

— Cela n'a rien à voir avec mon âge. Je le sais depuis que je suis jeune, les hommes passeront dans ma vie sans y rester.

— Et qu'est-ce qui restera ?

— Mes amis, j'espère.

Peut-être n'avait-elle même pas vingt ans, se dit le pianiste. Peut-être tenait-elle ce genre de discours enflammé à tous les hommes qu'elle trouvait impressionnants. Peut-être était-ce sa façon de combattre les préjugés liés à son apparence. Elle, la frêle jeune femme à l'avenir incertain. Mais quelque chose agitait son regard. Un besoin de dépassement qui n'avait rien à voir avec l'amour ou l'argent. Diane cherchait sa raison d'exister et refusait que l'amour dicte sa vie. C'était une chimère, mais Marcus était séduit.

— J'espère que nous deviendrons amis.

Diane lui répondit par un immense sourire qui disait déjà tout.

23

La nuit était maintenant tombée. On ne distinguait que les contours des arbres qui remuaient dans le vent. Au fond, le manoir se dressait, masse sombre fondue dans la nuit. Un mausolée sans personne pour s'y recueillir.

Ronan et Leïla poussèrent la lourde porte d'entrée. La vaisselle stagnait dans l'évier, les toiles d'araignée envahissaient déjà les recoins. Le silence pesant, puissant, rappelait l'absence de vie.

Pour gagner du temps, chacun s'attaqua à une partie du manoir. Ronan commença au premier étage. Leïla, au second. Ils retournèrent les lits, soulevèrent les tapis, ouvrirent tous les tiroirs. En vain. Le manoir était aussi vaste que vide. Il ne cachait aucun secret.

Une heure s'écoula, et Leïla rejoignit Ronan au rez-de-chaussée. En retournant toute la maison, ils avaient compris que Marcus et Elizabeth recevaient peu et vivaient cloîtrés dans une maison trop grande pour eux. Les policiers terminèrent leur fouille par le salon. La même impression de grandeur saisit la lieutenante. Elle s'approcha des toiles. Resta un instant à regarder une scène échappée d'un mythe. Un enfant rattrapé par un démon descendu du ciel, puis puni pour son orgueil à un exil dans les limbes de l'enfer. Une imagerie très kitsch mais chargée de sens. Le mystère sur le pianiste s'étoffait à mesure qu'ils s'intéressaient à son destin.

Ils avaient déjà inspecté cette pièce en détail, sans succès. Ils entrèrent donc dans le petit salon adjacent, où se trouvait le piano qui avait maintenant disparu. De grandes étagères recouvraient les murs, remplies de livres et de vinyles. Face aux fenêtres donnant sur le parc, un bureau était encombré de documents. Leïla s'y assit et examina minutieusement les tiroirs. Derrière elle, Ronan ouvrit une étagère. Elle l'entendit souffler assez rapidement.

— Il n'y a que des partitions de musique. On perd notre temps !

Leïla ne répondit rien, concentrée sur son exhumation. Elle tomba sur des lettres administratives, du courrier personnel, des carnets de comptes. À première vue, des documents banals qui ne méritaient pas d'attention particulière. Elle les rangea et se figea. On aurait dit que le tiroir avait bougé. Elle retira tout ce qu'elle venait de remettre en place, donna plusieurs coups secs contre le fond du tiroir. Un instant plus tard, elle se retourna vers Ronan.

— Je crois que j'ai trouvé quelque chose.

24

Aix-en-Provence, septembre 1981

Il était comme ça, Tony, il n'aimait pas la saleté. Alors, il astiquait tout. Cela pouvait lui prendre des heures, mais il s'en foutait. Son Walkman accroché à la ceinture, les Stones hurlant dans ses oreilles, il était ailleurs. Dans son monde sans horizon, un univers de poussière étriqué où son seul combat, c'était nettoyer sa Golf cabriolet. Elle lui avait coûté cher, mais il ne l'avait pas regretté un instant. Le plaisir de la conduire, de se pavaner, de trimballer des nanas les soirs d'été.

Il épongea son front trempé de sueur. Le mois d'août avait été une succession de jours sans fin. Tous aussi chauds les uns que les autres. Il retira son T-shirt et attrapa une bouteille de Coca qu'il but d'une traite avant de la balancer contre le mur où elle explosa en mille morceaux. Puis il reprit son chiffon pour essuyer une dernière fois le pare-brise.

— T'as bientôt fini ? J'ai envie qu'on aille se promener…

Esther était arrivée, short en jean troué, haut noué sous la poitrine, se dandinant alors qu'elle déposait un baiser sur la joue de son homme.

Il retira son casque et prit un chiffon.

— Pas du tout. Faut encore que je passe une couche de *polish*.

Esther fit la moue.

— Tu veux pas rester un peu avec moi ?

— Tout à l'heure.

Esther fit semblant de perdre l'équilibre et se rattrapa à la voiture en riant. Le regard de Tony s'embrasa quand il vit se dessiner la trace de sa paume sur la carrosserie. Il la bouscula sans même la regarder, et elle tomba par terre.

Il prit son menton entre le pouce et l'index et colla son corps contre le sien.

— Tu sais que j'aime pas qu'on touche à mon bébé.

— C'est pas une raison pour me pousser ! s'écria Esther.

Elle ne sut plus si elle devait rire à ce moment précis.

Il l'embrassa, cette fois-ci à pleine langue.

— Toi aussi t'es mon bébé, tu le sais, hein ?

Elle lui offrit son air le plus tendre, rassurée. Tony descendit la main le long de son dos, de ses hanches, puis de ses fesses. Il approcha les lèvres de son oreille.

— Et puis il est vraiment très court, ce short…

Il passa les doigts dessous. Elle émit un petit cri de surprise.

— Qu'est-ce que tu fais ? Y a du monde… !

Elle jeta des regards autour d'eux, au milieu de la cour de l'immeuble. Dans la rue en face, des gens passaient.

Il prit son visage entre ses mains et dévora sa bouche. Abattre toutes ses barrières. Lentement.

Esther eut un petit sourire crispé.

— Justement, répondit-il en s'enfonçant dans sa culotte.

Esther suffoqua en reculant.

— Ça ne me plaît pas trop, Tony…

Il ne la laissa pas finir sa phrase. Redessina le contour de ses lèvres avec la langue. Sa peau était salée, elle sentait la sueur. Juste un peu, et ça l'excitait.

Un reste de parfum s'égarait dans ses cheveux lâchés. Il baissa son short, déchira sa culotte. Elle mouillait. Il voulait qu'elle jouisse là, sous la lumière et les yeux des passants. Montrer à tous qu'elle était à lui. Elle tremblait comme une feuille tombée d'un arbre et prête à être ramassée. Il continuait d'enfoncer les doigts en elle, plus vite, plus loin. Ses cris étouffés, entre la peur d'être entendue et l'envie de retenir l'instant avant la jouissance. Un moment suspendu avant l'implosion.

Il la poussa dans la voiture. Elle s'étala sur le siège passager, une masse docile écrasée contre le cuir propre nettoyé méticuleusement, attendant d'être prise. Tony écarta ses jambes et s'enfonça en elle. Tête tournée vers le soleil qui dardait ses rayons sur leurs corps nus.

25

Virginie déambulait dans les rues calmes d'Aix-en-Provence. Le centre-ville se vidait progressivement de ses touristes. Il n'y aurait bientôt plus aucun vacancier.

Durant l'année, les échoppes touristiques étaient fermées, les restaurants de la place des Cardeurs n'ouvraient qu'à la mi-mai. Quelques habitués sifflaient leurs pastis sous le soleil d'une fin d'après-midi. C'est dans ce bar qu'elle avait embrassé un garçon pour la première fois. Un Allemand aux boucles blondes qui portait un polo rayé. Son baiser était sucré, leurs cocktails fluorescents. Esther s'était moquée d'elle quand elle était revenue bredouille après quelques préliminaires derrière la voiture. Il s'était échappé dans la foule sans lui donner son nom. Et Virginie avait fini ivre morte à se rouler par terre en se maudissant.

Les habitués commandaient une nouvelle tournée de pastis. Elle les salua et, en guise de réponse, ils lui lancèrent un regard entendu. Ici, tout le monde connaissait Virginie. Elle appartenait au rouage infernal du tourisme d'Aix. Aux rues pavées. À sa dégénérescence programmée, qui étiolait d'année en année cette petite ville provençale. Son père vendait des centaines de glaces italiennes sur l'un des spots prisés d'Aix. Tous les promoteurs s'arrachaient sa place, mais le vieux refusait de céder. Virginie l'aidait depuis son adolescence. Sa mère disait que c'était là qu'elle avait pris ses kilos en trop, en finissant les pots le soir à la fermeture.

Si sa mère savait à quel point elle détestait ces glaces. C'était son destin, une légende ni ancestrale ni assez belle pour être racontée. Elle deviendrait une énième fille du coin, pas assez courageuse pour tout quitter. Ses fantasmes deviendraient des desiderata avortés. Des vagues qui n'arriveraient jamais jusqu'à ses pieds. Une seule pensée éclairait cet avenir tout tracé : ses amies, Esther et Diane, ses sœurs de cœur pour qui elle aurait été prête à tout.

Virginie se demandait souvent si elle trouverait un jour une place entre l'exubérance d'Esther et le besoin viscéral de liberté de Diane. Pendant des années, leurs différences de caractère n'avaient pas été un problème. Mais depuis quelques semaines leur trio était mis à mal. Diane ne donnait aucune nouvelle, et Esther passait le plus clair de son temps chez Tony, ou sur les genoux de Tony, ou dans les bras de Tony.

Virginie s'arrêta devant une maison à la peinture écaillée et frappa à la porte. Christophe Leroy apparut sur le seuil, visiblement étonné de tomber sur elle.

— Virginie ! Comment vas-tu ? T'es pas avec ton père ?

— Eh non, fini pour aujourd'hui !

— Qu'est-ce que je peux faire pour toi ?

— Diane est là ?

Christophe fronça les sourcils.

— Diane ? Elle est partie à Marseille pour un concert. Elle m'a dit qu'elle vous rejoignait sur place !

Virginie analysa l'information que venait de lui donner le père de son amie. Elle lui offrit finalement un large sourire.

— Bien sûr. Je voulais savoir si je passais la prendre mais, si elle est déjà là-bas, c'est parfait.

— T'es sûre que…

— Merci, Christophe !

Elle s'éloigna en agitant la main. Diane avait menti à son père. Elles n'avaient pas rendez-vous. Ce concert, Virginie n'en avait jamais entendu parler. Longtemps, elle avait cru que c'étaient leurs différences qui les unissaient. Aujourd'hui, elle redoutait que ce soit ce qui était sur le point de les séparer.

26

C'était un tiroir à double fond. Leïla retira la planche de bois et découvrit un rangement très profond. Elle en sortit une chemise épaisse, dont des coupures de journaux s'échappaient. Ronan prit une chaise du salon et s'assit à côté de sa coéquipière pendant qu'elle l'ouvrait. Les articles dataient pour la plupart de l'année 1994. Ils avaient été minutieusement découpés et triés par dates.

— C'est quoi ce bordel ? Pourquoi cacher tout ça dans un tiroir en double fond ?

Parmi tous les papiers, un cliché attira l'attention de Leïla. Elle représentait une plage d'été. Des visages aux couleurs délavées et aux sourires figés pour l'éternité. Trois jeunes femmes posaient serrées les unes contre les autres. Celle de gauche, rousse, semblait gênée par son corps qu'elle cachait contre celui de son amie. Celle-ci, au centre, offrait un sourire séducteur au photographe. Et tout à droite, légèrement en retrait, la plus mince des trois se fondait dans le décor et fixait l'appareil d'un air rebelle. Leïla retourna le cliché et lut à voix haute ce qui était inscrit derrière.

— « Virginie, Esther et Diane, août 1981. »

Elle porta son attention sur Diane Leroy. La Diane de Marcus, treize ans avant sa disparition.

De son côté, Ronan regarda un à un tous les articles. Ils s'étalaient de 1994 au début des années 2000. Il les feuilleta sans savoir ce qu'il devait chercher. Leïla lui tendit la photographie. Ronan la compara avec celle trouvée dans le dossier, qu'il avait emporté avec eux.

— C'est bien elle, Diane Leroy. Celle qui a disparu en 1994.

— Pourquoi garder une photo de son amie dans un tiroir avec des dizaines d'articles de journaux ?

Leïla jeta un regard à leur découverte. Puis à nouveau à ce cliché de l'été 1981. C'était évident, tellement évident.

— Il a essayé de la retrouver. De comprendre ce qui lui était arrivé. C'est pour ça qu'il a tout quitté.

27

Aix-en-Provence, septembre 1981

Diane s'allumait une cigarette, allongée sur les cuisses de Virginie. Ses cheveux avaient poussé durant l'été. Ses boucles dorées par le soleil formaient un casque de lumière autour de son visage. Ça lui allait si bien, nota Virginie en emmêlant entre ses doigts une de ses boucles. Elle but une gorgée de Perrier. Elle commençait à se faire à cette eau pétillante.

Elle finit par poser la question qui lui brûlait les lèvres.

— Tu trouves que j'ai minci ?

Diane leva les yeux vers son amie. Bien qu'éblouie par le soleil, elle devina qu'elle rougissait.

— Oui, t'as minci. Normal, tu manges plus rien. Moi je te trouvais tout aussi bien avant.

Satisfaite de cette réponse, Virginie continua d'emmêler les mèches de Diane entre ses doigts quand, du fond du parc, la silhouette familière d'Esther se dessina dans une robe courte. Leur amie courut vers elles en souriant et les prit dans ses bras. Diane recula, surprise. Esther n'était pas connue pour ses débordements affectifs.

— Enfin, princesse ! Tu sais qu'on t'attend depuis une heure !

— Détends-toi. Je suis passée acheter un petit remontant..., dit-elle en extrayant de son dos une bouteille de rhum pur. Tadam !

— Il est 16 heures, Esther !

Esther ouvrit la bouteille en levant les yeux au ciel. Diane dévisagea son amie. La trouva différente, sans pour autant réussir à mettre le doigt sur ce qui avait changé.

Elle la vit ensuite avaler plusieurs gorgées d'alcool et tendre la bouteille à Virginie, qui refusa.

— Dommage ! On a quelque chose à fêter !

— Fêter quoi ? demanda Diane, suspicieuse.

Esther tendit le bras et agita sa main droite. Une petite bague de fiançailles à son annulaire brillait au soleil. Diane et Virginie ne réagirent pas tout de suite.

— Tony m'a demandée en mariage ! On se marie le mois prochain ! fit-elle en avalant une nouvelle gorgée de rhum.

Un ange passa.

— Allez, tout compte fait, dit Diane en attrapant la bouteille.

Elle but plusieurs gorgées en silence. Le rhum coulait le long de sa bouche. C'était désagréable à regarder. On sentait qu'elle se forçait. Qu'elle cherchait du courage dans cet alcool qui brûlait sa gorge. Elle reposa la bouteille dans l'herbe.

— Esther… Tu peux pas épouser Tony. C'est pas possible.

— Et pourquoi ça ?

— Déjà, parce que tu le connais à peine.

— M'en fous. Je l'aime.

— Il est vieux, en plus, fit remarquer Virginie.

— Il a trente-quatre ans !

— Il te parle pas bien, il nous regarde mal… J'aime pas ce qu'il dégage.

Esther recula, et son visage se ferma. La colère monta jusqu'à ses yeux.

— T'es juste jalouse.

Diane ne tint pas compte de cette pique.

— Je savais que tu réagirais mal, reprit Esther. J'osais pas t'en parler. Tony voulait te l'annoncer…

— Ce connard voulait passer à la boutique ?

— Le traite pas de connard !

Virginie s'interposa entre les deux filles.

— Calmez-vous ! Vous n'allez pas vous embrouiller pour un mec !

— C'est pas juste un mec, c'est mon futur mari !

Ce mot prononcé haut et fort venait de prendre soudainement tout son sens. De balayer les années d'insouciance. D'ancrer Esther dans une autre réalité qui les excluait. Virginie tenta d'apaiser les tensions en rappelant qu'elle ne connaissait Tony que depuis deux mois. Cela ne fit qu'énerver encore plus Esther.

— Et alors ? Vous pourriez vous réjouir pour moi, non ?

Virginie hésita. Elle n'était rien sans Esther et Diane. Elle n'avait jamais connu qu'elles. Aucune autre amie. Pas de frères. Pas de sœurs. Elles étaient tout son monde. Amies pour la vie.

— Oui, oui, on est heureuses pour toi, juste surprises… hein, Diane ?

Elle donna un coup de coude à Diane, qui arrachait des mottes d'herbe en silence.

— Diane, si tu ne viens pas au mariage, je ne te pardonnerai jamais.

— Donc, maintenant, c'est Tony ou moi ? T'as fait ton choix ?

Esther serra les poings et retint ses larmes.

— Ouais, et si tu ne veux pas voir Tony c'est moi qui ne te verrai plus.

— T'es sérieuse ? s'écria Virginie.

— Bien sûr qu'elle est sérieuse. Il lui a monté la tête, regarde-la. Il a suffi d'une bague.

Une fois ces paroles prononcées, Diane les regretta. Mais c'était trop tard, elle le lut dans le regard de son amie. Sans ajouter un mot, elle se leva et partit. En voyant Diane s'en aller, Virginie voulut la rattraper, mais Esther l'en empêcha.

— Laisse-la.

Virginie vit la silhouette de Diane disparaître de leur champ de vision. Ses yeux s'embuèrent de larmes. Le temps de l'innocence venait définitivement de prendre fin.

28

Aix-en-Provence, octobre 1981

La rue de son enfance s'étirait face à elle. L'épicerie où elle avait volé des bonbons avec Esther. La charcuterie et ses gros jambons pendus en vitrine. L'école primaire d'où résonnaient les cris d'enfants jouant à la marelle. La boutique de son père à l'angle. Ses grandes vitres brillant au soleil. Les instruments alignés avec soin. Le carillon de la porte d'entrée. C'était la vie de Diane depuis vingt et un ans.

Une berline noire aux vitres teintées se gara devant elle. Diane se leva et écrasa sa cigarette. Marcus descendit et lui sourit. En retrait, Elizabeth Storm referma la portière.

— Elizabeth, tu peux rester ici…

— Bien, monsieur, répondit-elle sans sourciller.

Il remarqua qu'un air triste animait les traits de Diane.

— Tout va bien ?

Diane ne répondit pas et entra dans la boutique de son père. La quiétude du lieu, qui d'ordinaire l'apaisait, la mit tout d'un coup très mal à l'aise. Elle n'était plus chez elle, mais vagabondait dans un lieu déserté, sans âme.

— Comme tu le vois, les clients ne se pressent plus. Mon père espérait que les ventes allaient repartir avec la rentrée scolaire, mais ce n'est pas le cas…

— Il va devoir vendre ? demanda Marcus, soudainement soucieux.

— J'imagine…

Du fond du couloir menant à la réserve, Christophe les attendait, ses Timberland aux pieds, affublé de la seule tenue qu'il devait trouver chic. Une chemise trop grande qu'il n'avait même pas rentrée dans son jean. Il s'approcha de Marcus pour lui serrer la main.

— Monsieur Solar, c'est un honneur de vous rencontrer, un véritable honneur !

— Merci, monsieur Leroy, vous avez là une très belle boutique.

— Oh ! c'est rien du tout… Mais, je vous en prie, en quoi puis-je vous aider ? Ma fille m'a expliqué que vous étiez ici pour un piano…

— En effet…

Diane posa la main sur l'épaule de son père.

— T'embête pas, papa. Marcus est ici pour essayer le piano de maman. Si tu peux le conduire dans la réserve.

— Le piano de… T'es sûre ?

— Oui. Tu ne veux pas faire attendre M. Solar, quand même ?

— Euh… oui, non… bien sûr. Venez, c'est par ici, déclara-t-il en se dirigeant vers le couloir. Si j'avais su, je l'aurais déplacé…

Pendant que Christophe s'éloignait, Marcus se tourna vers Diane, redevenue bien silencieuse.

— Tu ne m'avais pas dit que ce piano avait appartenu à ta mère.

— Je t'ai dit qu'il appartenait à quelqu'un qui est mort.

Il prit la main de Diane dans la sienne.

— Je suis désolé, murmura-t-il.

— Je ne sais pas jouer. Si par toi il peut avoir une seconde vie, ça me rendra heureuse.

Christophe s'empressa de retirer la bâche sur le piano. Marcus s'assit sur le tabouret et entama les premières notes de l'*Étude op. 25, n° 11* de Frédéric Chopin. Christophe recula, pris de court.

Le temps s'arrêta dans cette arrière-boutique. Les notes ébranlaient le corps rompu de Christophe, réveillaient tout ce qu'il croyait disparu depuis la mort de sa femme. L'étude terminée, Marcus se releva et referma le piano. Il vit que le regard de Christophe avait changé.

— Il faudrait que je le fasse accorder. Il y a quelques touches qui ne sonnent pas très juste… Mais sinon il est en bon état. Il ne date pas de votre femme, n'est-ce pas ? Je sens qu'il a eu plusieurs propriétaires…

Christophe, qui n'était pas encore remis de son spectacle improvisé, ne comprit pas cette dernière phrase. Que pouvait-il bien sentir ? Diane donna un coup de coude à son père.

— Pardon… oui ! Il appartenait à mon beau-père, le père de ma femme… vous avez l'œil ! Enfin, le toucher… plutôt…

Marcus sourit poliment et sortit son chéquier. Diane demanda à son père de les laisser. Après tout, ce piano était son héritage. Christophe considéra sa fille. Sa tristesse permanente s'était atténuée depuis quelques jours. C'était peut-être grâce à lui.

Alors qu'ils étaient de nouveau seuls, Marcus attendit, les mains dans les poches.

— Alors ? C'est avec toi que je vais négocier ?

— Je ne veux pas d'argent.

Il fronça les sourcils. Diane jeta un regard au piano, dans le coin. Par son talent, Marcus venait de lui redonner vie. Et cette sensation de chaleur dans son cœur était bien plus agréable qu'aucun autre sentiment. Plus agréable qu'une soirée sans fin. Qu'une jouissance entre des draps humides. Et même qu'une baignade en plein mois d'août. Elle avait retrouvé ce qui lui manquait. Son envie de vivre.

— Je veux que tu m'emmènes avec toi, dit-elle sans quitter des yeux le piano.

Marcus recula.

— … Qu'est-ce que tu dis ?

— Rien ne me retient ici. La personne que j'aimais le plus au monde est morte. Mon père passe le plus clair de son temps à travailler. Et je me suis brouillée avec mes amies. Je crois que j'ai surestimé notre lien… Enfin… regarde la boutique, c'est un lieu fantôme. Je n'ai pas d'avenir ici.

Elle effleura le piano du bout des doigts.

— Ce piano, c'est tout ce qui me reste de ma mère. Jusqu'à ce que je te rencontre, je ne voulais pas m'en séparer. Mais je me suis trompée…

Elle s'approcha de lui, si près qu'elle sentit qu'elle venait de le troubler. Il recula comme s'il était en danger.

— Je ne te demande pas de subvenir à mes besoins. Je trouverai du boulot. Mais je veux voir le monde. Voyager. Rencontrer des gens. Et j'ai l'impression qu'on se comprend, qu'on pourrait s'…

Marcus fit un nouveau pas en arrière et buta contre le coin de la table en grimaçant. Elle découvrit alors une autre facette de cet homme. Peut-être instable, et en tout cas terrifié.

— Je suis désolé, Diane, si je t'ai donné une mauvaise impression… si je t'ai laissée croire des choses. Mais je ne suis pas un homme pour toi…

Marcus cherchait les mots pour la faire fuir. Elle rigola de sa tentative.

— Marcus, si tu m'avais laissée finir ma phrase, tu aurais compris que je ne te proposais que de l'amitié. Je sais bien que tu n'as rien d'autre à m'offrir. C'est encore mieux.

Il s'immobilisa. Démasqué.

— Tu ne seras l'homme d'aucune femme. N'est-ce pas ?

Elle attendit. Des veines se dessinaient sur les tempes de Marcus.

— Personne ne sait ? s'enquit-elle.

— Non, personne.

Elle saisit le menton de Marcus et le força à relever la tête. Ses yeux brillaient. Comme unique réponse, il la prit dans ses bras.

Si fort qu'elle comprit que c'était sûrement son premier contact physique depuis longtemps. Et, pendant cette étreinte, Marcus partagea son secret avec la seule personne capable de le porter.

Quelques instants plus tard, Diane revint de chez son père avec un gros sac de voyage qu'elle mit dans le coffre de la voiture. Elle le referma d'un coup et se retrouva nez à nez avec Elizabeth.

— Elizabeth, je suis rav…

— Seul M. Solar m'appelle Elizabeth.

— Pardon… Je voulais juste me présenter et vous dire que je suis ravie de faire votre connaissance.

Au même moment, la porte de leur maison s'ouvrit. Marcus et Christophe sortirent en se serrant la main. Elle aurait voulu se blottir dans les bras de son père. À la place, ils s'échangèrent un regard pudique, plein de sous-entendus. Tout irait bien, à présent.

Marcus monta à côté d'elle, et la voiture démarra.

— Tu lui as donné de l'argent ? C'est pour ça que tu voulais être seul avec lui ?

— C'est pour aider sa boutique dans les prochains mois.

Diane ouvrit la fenêtre. L'air de fin de journée dans ses cheveux la fit frissonner. Et une gravité l'anima.

— Je dois passer quelque part avant de partir. C'est à deux rues d'ici.

— Bien sûr. Tout va bien ?

— Tout ira bien, oui.

Des cloches sonnaient, suivies d'applaudissements. Et des dizaines de personnes sortirent d'une église. Diane se tapit à l'ombre d'un arbre et attendit. La foule s'écarta pour laisser passer les mariés. Tony tenait Esther par la hanche. Elle était engoncée dans une robe blanche à dentelle. Virginie applaudissait, un sourire figé sur le visage. Ils étaient tous réunis. Tous, sauf elle. Diane pleura sur ses années aixoises, mais balaya rapidement ses larmes d'un revers de la main. Elle remonta l'allée sans un mot et referma la portière. Marcus ne lui posa aucune question. Les minutes s'écoulèrent. Les paysages du Sud défilèrent. Tout ce qu'elle avait aimé et détesté se présentait à son regard, dernier affront avant l'oubli. Une larme accrochée à ses cils grossit et glissa le long de sa joue. Marcus la rattrapa avant qu'elle tombe dans son cou. Il garda sur son doigt cette goutte translucide.

— Tu veux en parler ?

— Non. Un jour, peut-être. Et toi ? Tu veux en parler ? demanda-t-elle.

— Non, dit-il à son tour.

Elle s'était attendue à cette réponse. Plongea les yeux dans les siens. Elle fut déstabilisée par l'intensité de ce regard.

Quelque chose gisait là-dessous. Enfoui depuis que Marcus était Marcus.

Un secret. Une réalité avortée.

La voiture filait. Ils s'étaient trouvés. Ils allaient se sauver. En ce mois d'octobre 1981, ils rêvaient encore d'un destin flamboyant. Des fenêtres grandes ouvertes, le vent emmêlait leurs cheveux. C'était donc ça, la liberté. Quelque chose de nouveau. D'indéfinissable. Et de si éphémère.

Le piano

La mère supérieure surveillait qu'aucun pensionnaire ne pisse au lit. De manière méthodique, elle reniflait chaque drap à la recherche d'une odeur d'urine. Les garçons coupables se mettaient sagement à quatre pattes devant elle pour recevoir leur fessée.

L'enfant faisait souvent pipi au lit. Quand la chaleur se répandait entre ses cuisses, il ne dormait pas de la nuit jusqu'au lendemain matin. Il ne comptait plus les fessées reçues. Ne bronchait plus. Ça irritait la mère supérieure, cette absence de cris. On devait s'habituer à tout, même à la douleur. Le moment de la douche était tout aussi pénible. Il ne pouvait rester que quelques instants sous l'eau glacée. La religieuse s'assurait qu'aucun enfant n'y échappait. La propreté était de mise pour éviter les maladies. À la cantine, une mastication difficile du pain rassis meublait l'éternel silence. La déglutition de la soupe aux navets en hiver. Les pommes tombées des arbres en automne. Toujours le même repas. Toujours le même silence.

Les moqueries commencèrent quelques semaines après son arrivée. Des petites méchancetés ordinaires. Un soir, l'enfant trouva dans son lit une crotte de chien. Dans le fond de la chambre, des garçons pouffaient dans leur coussin en guettant sa réaction. Parfois, on lui volait sa nourriture. Mais les semaines devinrent des mois, et les moqueries devinrent des actions malveillantes, destinées à lui nuire.

Et, étrangement, l'enfant ne se rebellait jamais, alors ils continuaient. Les professeurs, qui assistaient parfois à ces harcèlements, soufflaient, exaspérés, sans prendre la peine de punir personne.

Un jour, une plaisanterie alla trop loin. Deux garçons versèrent du ciment dans sa soupe. L'enfant s'étouffa en avalant le liquide et fut transféré à l'infirmerie. Il passa des nuits à vomir mais refusa de donner le nom de ses camarades.

Le lendemain, il reçut la visite du médecin.

— Comment te sens-tu, mon garçon ?

Il se redressa comme il put, gêné.

— Ça va. Merci.

— Ceux qui t'ont fait ça méritent d'être punis, tu sais.

L'enfant évita son regard. Autour de lui, tout était blanc. Des draps aux murs en passant par son uniforme. Un blanc délavé tirant sur le gris. Il associait maintenant cette couleur à la maladie et la mort. À la souffrance et la douleur.

— Je t'observe depuis un moment, tu sais. Tu te fais harceler mais, pourtant, tu ne réagis pas. Pourquoi ?

— À quoi bon ? Ils ne vont pas s'arrêter.

Tout en parlant, il tendit les bras en avant. Au-dessus de ses poignets, des coups et des marques ressortaient, violet, bleu, rouge vif. Toutes les déclinaisons de la souffrance. Le docteur retira ses lunettes. L'enfant remarqua qu'il avait les yeux particulièrement clairs.

— Je sais que la vie est dure ici. Mais ce n'est pas mieux dehors, crois-moi. Ces années vont forger ton caractère. La souffrance est partout. Tu le sais mieux que quiconque, n'est-ce pas ? Tu es né dans un asile, il paraît. L'asile où tes parents ont fini leur vie.

L'enfant se mit à trembler à la mention de ses parents. Le médecin remit ses lunettes sur son nez et devina que de cette époque il n'avait que peu de souvenirs. Des fulgurances troubles d'un début de vie chaotique, proche du cauchemar.

— C'est pour cela que tu as été envoyé ici, il me semble. Lorsque tes parents sont morts, ils n'ont pas voulu te garder à l'asile, toi le fils de deux aliénés...

— Ils n'étaient pas aliénés ! s'écria l'enfant.

— Ah ?

Une petite lueur illumina le regard du médecin.

— Ils étaient malheureux... Personne n'a compris leur...

— Leur souffrance ?

L'enfant hocha la tête.

— Je comprends, Marcus. Plus que tu ne le crois.

Et il avait une forme d'empathie dans la voix, mais on décelait autre chose dans son ton. De la curiosité, peut-être. Il prit le dossier de l'enfant, posé sur la table de chevet.

— Il y a un espace blanc à l'endroit de ton âge. Et nous n'avons pas ton certificat de naissance.

— Je ne sais pas quel âge j'ai.

— Il est également écrit que tu fredonnes dans ton sommeil, tu le savais ? Ils te donnent des calmants pour te faire taire. Vous n'avez pas de cours de musique à ce que je sache, car le pensionnat n'a pas les moyens... C'est bien dommage.

— Le soir avant de dormir, j'essaie de retrouver l'air que j'ai entendu dans votre bureau. Je fais ça pour ne pas l'oublier.

— Quel air ?

— Le morceau du compositeur que j'ai entendu dans votre bureau. Le soir, quand je me concentre très fort, j'arrive à l'entendre dans ma tête, puis à le fredonner.

Le médecin ne dit rien pendant un long moment avant de se lever brusquement.

— Viens avec moi.

Arrivé dans son bureau, il poussa un paravent derrière lequel se trouvait un objet long et noir. Il souleva un couvercle et s'assit sur un petit tabouret posé devant. Il caressa le clavier du bout des doigts.

— *Ça s'appelle un piano. C'est un instrument de musique qui permet de reproduire les sons qui te fascinent tant. Je ne suis pas un grand musicien moi-même, et ce piano est un modèle d'occasion qui mérite sérieusement d'être accordé, mais…*

À quelques mètres, l'enfant ne bougeait plus. Le regard posé sur l'instrument.

— *Je vais interpréter un morceau. Je veux que tu m'écoutes attentivement.*

Le médecin effleura les touches, puis joua durant deux courtes minutes. Le morceau était d'une tristesse infinie. L'intensité n'était pas tant dans l'enchaînement des notes que dans le silence entre chacune d'elles. Le goût salé emplit de nouveau la bouche de l'enfant. Quand le docteur se releva, tout autour était redevenu gris et triste. Son uniforme, la couleur maladive de sa peau. Son existence au sein du pensionnat.

— *À ton tour, maintenant.*

— *Mais je… je ne sais pas…*

— *Essaie, de mémoire.*

Le médecin posa les deux mains sur ses épaules et, doucement, le poussa dans la direction de l'instrument. L'enfant se laissa faire. Il s'assit sur le tabouret et caressa le clavier.

— *Vas-y, découvre le piano. Approprie-toi les sons que tu vas en faire sortir.*

L'enfant appuya sur une touche, puis une autre et sursauta en découvrant les tonalités différentes qu'elles émettaient. Il sourit une première fois, puis une seconde. Soudain, il releva les mains. Elles tremblaient. Plusieurs minutes s'écoulèrent. Hésitations, troubles, erreurs grossières et sons dissonants. Enfin, il reproduisit par mimétisme auditif la mélodie qu'il venait d'entendre, et cela de manière aussi imparfaite que le docteur l'avait jouée. Sans le savoir, il interpréta le Prélude en mi mineur op. 28 n° 4 *de Frédéric Chopin. Quand il eut terminé, le médecin s'approcha de lui et retira une nouvelle fois ses lunettes. L'enfant comprit qu'il agissait de la sorte quand une émotion intense le traversait.*

— C'est bien ce que je pensais. Tu as l'oreille absolue.

Le docteur lut dans le regard de l'enfant que cette remarque ne signifiait pas grand-chose pour lui.

— C'est un don, expliqua-t-il.

L'enfant n'avait pas retiré les mains du clavier. Il était prostré devant le piano comme si celui-ci pouvait le protéger du monde extérieur.

— Un don dont tu vas avoir besoin.

— Besoin pour quoi, docteur ?

— Pour apprendre à jouer.

Partie II

Gabrielle

29

Le jour perçait doucement quand Leïla ouvrit les yeux. Elle s'était endormie sur le bureau. Elle se massa la joue et fit quelques pas dans la pièce pour se dégourdir les jambes. Ils n'avaient pas vu les heures défiler, à passer en revue les articles de journaux soigneusement découpés par Marcus et classés par dates. Ils avaient tout réparti sur le sol du salon pour y voir plus clair… sans succès. Diane Leroy s'était tout simplement évaporée, disparaissant de la vie du pianiste du jour au lendemain.

Les autres articles répertoriaient toutes les affaires impliquant des policiers arrêtés pour corruption dans la région d'Aix. Certains parlaient même d'un enfant disparu. Marcus semblait avoir passé des années à collecter tout ce qui avait trait à des violences et disparitions en Provence. Il s'était perdu en conjectures et hypothèses. Peut-être ne savait-il même plus ce qu'il cherchait.

Et, si force était de constater que cette fouille ne menait à rien, un élément titillait la curiosité de Leïla. Ce cliché en noir et blanc sur cette plage. Ces sourires figés pour l'éternité, qui portaient en eux une gravité existentielle. Au fond d'elle, elle sentait que cette innocence racontait une tragédie à venir. Mais elle ne savait pas laquelle.

La porte d'entrée s'ouvrit, et Ronan posa deux cafés à emporter et un sachet rempli de viennoiseries sur la table. Leïla se jeta sur le croissant en le remerciant du regard.

Le capitaine avait les yeux aussi fatigués que sa collègue, mais il sourit en voyant à quel point cette attention lui faisait plaisir. Pendant qu'ils engloutissaient leur petit déjeuner, ils firent un point sur la situation.

— Je ne sais même plus ce qu'on cherche, avoua Ronan. Diane Leroy aurait très bien pu se brouiller avec Marcus et le rayer de sa vie. Ça ne voudrait pas dire pour autant qu'elle est morte dans un fossé.

— Mais pourquoi ce tiroir secret et toutes ces données accumulées ?

— Parce que son deuil était impossible et qu'il a cherché des explications comme il a pu ?

— OK, mais de là à tout quitter pour elle ? Le type était une star, tu as bien vu tout ce qui a été écrit sur lui. Et là, il arrête tout et s'enterre à Belleville. C'est un peu intense comme deuil, non ?

— Tout le monde réagit différemment…

— Et il y a sa toxicomanie, continua Leïla. Cachée, même à son médecin actuel. Il y a quelque chose derrière ça aussi. Et la présence de Rose Ravensberg à Belleville. Elle avait une aversion évidente pour cette femme, Diane Leroy. Comme si elle savait des choses et refusait de nous les dire. Qu'est-ce qu'elle fait ici ?

— Je ne sais pas, Leïla…

La lieutenante finit une bouchée de croissant et enchaîna sur un pain au chocolat encore chaud.

— Il a quitté une carrière en plein essor pour elle, répéta-t-elle. Il faut partir de là, j'en suis sûre.

— Selon Rose Ravensberg. Mais qui nous dit que ce qu'elle raconte est vrai ?

Leïla reposa son pain au chocolat et s'essuya les mains sur son jean. Un soupir s'échappa de sa poitrine, mêlant lassitude et soulagement.

— Je sais que je ne devrais pas m'intéresser autant à cet homme et à cette femme. Que je suis nouvelle au commissariat et que j'ai encore beaucoup à apprendre, mais...

— Mais ?

Leïla sentit qu'il la testait.

— Mais j'ai envie de savoir pourquoi il a tout quitté. J'ai envie de comprendre cet homme.

— Pourquoi ?

Il ne la quittait pas du regard, comme si sa réponse déterminait à elle seule la suite des événements.

— Quelque chose me dit que ce n'est que le début de l'histoire, rétorqua-t-elle après avoir hésité. Et que cette histoire nous mène à elles.

Ronan suivit son regard posé sur le cliché des trois jeunes filles sur la plage. Un coup d'œil qui en disait long sur les réflexions qui l'accaparaient depuis le matin. Il se leva, mains dans les poches pour se donner une contenance.

— Moi aussi, j'ai envie de savoir, lâcha-t-il enfin.

La lieutenante ne put s'empêcher de lui sourire. Il lui répondit par un rictus amusé, soulagé d'avouer tout haut cette confession.

— Mais l'enquête est close, continua-t-il. C'est une folie. Si on veut continuer, on va devoir le faire par nos propres moyens.

Leïla se leva à son tour et prit le cliché.

— Pour ça, il faut trouver l'identité de ces deux femmes sur la plage.

— Et comment suggères-tu qu'on la découvre ?

— En réinterrogeant Rose Ravensberg.

30

Paris, juillet 1993

Les néons violets de la piste de danse zébraient le sol. La boule à facettes scintillait de mille feux dans l'obscurité, projetant ses petites lumières sporadiques sur les murs. Les peaux pâles se coloraient aussi de rayons fluorescents.

Diane fendait la foule dans une robe en strass. Le samedi soir, elle faisait toujours son entrée autour de 1 heure du matin. Elle se laissait tomber dans des bras inconnus. Elle aimait ça, appartenir à tous. Seule au milieu de la piste, elle se laissait cueillir par les noctambules.

Ses cheveux blonds, qu'elle n'avait jamais laissés repousser, étaient coupés juste en dessous des oreilles. Elle cultivait cette coiffure androgyne et n'avait de cesse de se réinventer. Diane avait passé les douze dernières années de sa vie à se construire un personnage. La cousine éloignée de Marcus ? Sa compagne ? Ou juste une amie ? Ils restaient volontairement évasifs, jouaient des questions et des regards. Comble de la supercherie, les gens trouvaient qu'ils se ressemblaient. Marcus et Diane riaient de cette ironie. Qu'ils se soient rencontrés sur le hasard d'une route ajoutait du romanesque à leur histoire.

Ils n'évoquaient jamais le passé. Diane ne parlait pas de ce qu'elle avait quitté, et Marcus acceptait son silence. À la place, elle voulait profiter de chaque instant. Tout engloutir.

Tandis qu'elle dansait, le désir s'éveillait autour d'elle. Un homme s'élança. Elle tourna autour de lui. Il effleura son corps avec les mains. Poitrine, cou, lèvres. Ne trouva aucune résistance. Langues emmêlées. Visions troublées. Il l'enserra par la taille, la souleva du sol. Il l'entendit rire dans sa gorge, même par-dessus la musique.

Une demi-heure plus tard, Diane rajusta sa robe et se recoiffa face au miroir des toilettes. Son maquillage avait coulé. Derrière elle, l'homme, d'une cinquantaine d'années, refermait la fermeture Éclair de son jean.

Elle ouvrit le loquet de la porte des toilettes quand il la retint pour lui demander son prénom. Elle leva des yeux amusés vers lui.

— Pour quoi faire ?

— On pourrait se revoir ?

Diane arrêta sa main, qui courait le long de son bras, et sortit des toilettes pour hommes en faisant fi des regards surpris sur son passage.

— Je te connais..., dit l'homme en la retenant de nouveau, tu viens parfois avec un type. C'est ton mec ?

Au loin, on entendait la musique tambouriner contre les murs. Des gens passaient entre eux. Elle disparut dans le couloir sans répondre.

Adossée contre le mur en face d'elle, Elizabeth Storm l'attendait. Elle n'avait guère changé en douze ans, son corps massif dissimulé dans des tenues toujours sobres. Visage figé face à ce lieu qui ne lui inspirait visiblement rien de bon.

— Vos affaires sont sur la banquette arrière, lâcha Elizabeth, comme si elle devinait ce que Diane s'apprêtait à dire.

Diane enfila son manteau en silence. Elle posa la tête contre la vitre. La voiture s'arrêta brusquement boulevard de Courcelles, et elle se réveilla en sursaut. La portière s'ouvrit, et Diane bascula en manquant de s'étaler contre la chaussée. Elle lança un regard noir à Elizabeth et s'engouffra dans l'ascenseur. Les portes se refermèrent devant la gouvernante qui fit demi-tour et commença à monter les marches.

En arrivant au septième étage, Diane se pencha par-dessus la rambarde. Elizabeth était encore loin, remarqua-t-elle, satisfaite.

L'appartement était plongé dans le silence. Le soleil allait bientôt se lever, et Marcus dormait encore. Du moins, elle l'espérait. Ses nuits étaient agitées en ce moment. Elle l'entendait se retourner dans son lit, se lever, marcher dans sa chambre.

Elle entra dans la salle de bains. Là, elle se déshabilla et prit une douche glacée. Se savonna plusieurs fois jusqu'à ce qu'elle ne devine plus aucune odeur sur son corps. En sortant de la douche, elle s'enroula dans une serviette chaude et entendit des éclats de voix venir du salon. Elle colla l'oreille contre la porte.

— Elizabeth… Cela ne m'intéresse pas.

Elle reconnut immédiatement la voix calme de Marcus.

— Monsieur, ce genre de comportement peut nuire à votre carrière.

— On en a déjà parlé. Diane fait ce qu'elle veut.

— C'est indécent de la part d'une femme… mais en plus d'une femme proche de vous… cela vous dégrade… je ne peux plus supporter…

Elle ouvrit la porte de la salle de bains. Elizabeth et Marcus se retournèrent. Aux traits tirés du pianiste, elle comprit qu'il souffrait d'une nouvelle insomnie. En douze ans, il avait considérablement maigri. Ses costumes étaient repris tous les ans par le tailleur. Diane se souvenait de leur premier dîner ensemble au Petit Nice. De la façon dont il avait picoré du bout de sa fourchette son repas gastronomique. Avec les années, elle avait compris que cet état mélancolique n'était pas passager. Marcus sortait de moins en moins et ne l'accompagnait jamais dans ses virées nocturnes.

Elle s'adressa à Elizabeth en tentant de conserver une voix posée, malgré la colère qui montait en elle.

— Qu'est-ce que vous ne pouvez plus supporter, Elizabeth ?

— Vous, madame. Vous et vos virées nocturnes.

— Je fais ce que je veux de ma vie. Et je ne vous ai jamais demandé de venir me chercher. Je peux rentrer seule.

— Seule ? railla-t-elle. Dans votre état d'ébriété ? Vous le déshonorez en vous comportant comme… comme…

— Comme ?

Ce mépris, elle l'avait deviné dès leur première rencontre, quand le regard de la gouvernante s'était arrêté sur son short. Là, il lui arrivait frontalement. Marcus s'interposa entre elles.

— Ça suffit, toutes les deux. Je ne vous demande pas de vous aimer. J'ai bien compris que c'était impossible. Mais restez polies, pour moi. Je suis fatigué et j'ai un concert demain.

— Tu rigoles j'espère ? s'écria Diane, hors d'elle. Tu as vu comment elle vient de me parler ?

— Réglez ça entre vous. Je vais me coucher, répondit-il, las.

— Je veux qu'elle parte, lança Diane.

— Tu sais que cela n'arrivera pas, je te l'ai déjà dit…

— Alors c'est moi qui pars.

Marcus soupira.

— Tu n'as pas envie de partir, et je ne veux pas que tu t'en ailles. Va te sécher, tu vas attraper la mort.

— Ne m'infantilise pas.

Marcus s'éloigna et referma la porte de sa chambre dans un bruit sec, laissant les deux femmes seules au milieu du salon.

Diane dormait avec Marcus presque tous les soirs. Elle se faufilait dans sa chambre pour troubler son sommeil et se coller contre lui. Écraser son corps étroit, toujours brûlant, contre le sien. Il était tendu même en plein sommeil, glacé même en plein été. Dans ce grand lit, il n'invitait jamais personne. Il vivait de solitude. Ensemble, ils chassaient les monstres de l'enfance, ceux qui s'étaient tapis sous le lit et venaient murmurer à l'oreille de Marcus qu'un jour ils l'emmèneraient avec eux.

Certaines nuits, elle était une petite sœur tout en sanglots, encore ivre et malheureuse. Elle pleurait ses amies, à qui elle ne parlait plus. Diane avait tout fui et prétendait ne jamais le regretter. Mais, la nuit, sa fierté se transformait en un long chagrin. Une profonde solitude. C'était alors à lui de l'étreindre. À lui de la protéger des monstres sous le lit. Des remords éternels.

Cette nuit-là, Diane ne vint pas dormir aux côtés de Marcus. Il se leva et colla l'oreille contre sa porte. Il entendit son sanglot étouffé, la devina enroulée entre les draps, à maudire son monde qui tournait autour de Marcus. Un seul être ne pouvait suffire à son bonheur, elle venait d'en prendre conscience.

31

La photographie des trois filles était posée sur la table basse, face à Rose Ravensberg. Elle la jaugea par-dessous ses lunettes d'un œil distrait. Elle ne la prit pas en main, ne la retourna pas pour lire l'inscription au dos. Assise sur le canapé beige de sa chambre d'hôtel, elle ne s'était pas levée pour accueillir les deux policiers. Jambes croisées, elle portait une jupe crayon en tweed, un col roulé blanc, un cardigan posé sur ses épaules étroites. L'Américaine était arrivée à Belleville deux jours plus tôt et avait élu domicile dans un Novotel à trente minutes du centre, dans lequel, visiblement, elle n'était pas à son aise. Il suffisait de voir le mépris avec lequel elle contemplait le mobilier de sa chambre. Sa présence à Belleville déconcertait. Que venait-elle faire ici, exactement ? Pleurer son ex-fiancé ? Elle ne présentait aucun signe de deuil ni de tristesse. Elle ne quittait pas son hôtel. Elle était juste *là*.

— Et donc ? demanda-t-elle enfin.

— Vous reconnaissez ces trois femmes ?

— Elle n'est pas close, votre enquête ?

— Il s'agit bien de Diane Leroy ? s'enquit Leïla en montrant la jeune femme à droite.

— La maigrichonne, oui, c'est Diane.

— Et les autres ?

— La potelée, je l'ai croisée une fois. L'autre ne me dit rien.

— La rousse, vous voulez dire ? la reprit Leïla d'un ton exaspéré. Vous connaissez son nom ?

— Elle s'appelait Virginie Lepaire. Celle du milieu, aucune idée. Je ne l'ai jamais rencontrée.

— Vous l'avez vue quand, cette femme, Virginie Lepaire ?

— Il y a presque trente ans, et de manière très fugace. Elle ne m'a pas marquée. Vous avez d'autres questions ?

Les deux policiers se lancèrent un regard entendu.

— Non, pas pour le moment.

Leïla s'était retenue de remettre à sa place l'Américaine, mais ce n'était pas le moment. Et, à en juger par la lueur de défi dans son regard, elle n'attendait que ça.

— Que comptez-vous faire de ces informations ?

— Nous voulions seulement savoir qui étaient ces deux femmes.

Si le ton de Ronan se voulait rassurant, Rose ne se dérida absolument pas. Elle jeta un coup d'œil à sa montre.

— J'ai une conférence téléphonique qui va commencer, donc si vous pouviez me laisser maintenant…

Les deux policiers se retrouvèrent à la porte aussi vite qu'ils étaient entrés. Mais, au moins, ils avaient obtenu ce qu'ils cherchaient. Le nom de la deuxième jeune fille.

En sortant de l'hôtel, Leïla se repassait les réponses de Rose Ravensberg. La maigrichonne. La potelée. Des existences ramenées à l'épaisseur de leur corps. Aux bourrelets de l'une, à la maigreur de l'autre. Elle se demanda quelle jeune femme l'Américaine avait été dans les années 1980. Quel rapport, forcément trouble, Rose avait entretenu avec son propre corps. On l'avait comparée à Grace Kelly pour la blondeur de ses cheveux, à Jane Fonda pour son élégance. De tels compliments avaient dû avoir un impact considérable sur sa perception d'elle-même.

— Quand elle a dit qu'elle ne connaissait pas le nom de la troisième femme, elle mentait, non ?

Cette question la sortit de ses réflexions.

— Clairement, répondit Leïla.

Elle leva une dernière fois les yeux vers le bâtiment terne. Elle aurait juré que Rose Ravensberg les observait de sa fenêtre.

Ils retournèrent à leur voiture. La lieutenante fit une rapide recherche sur son ordinateur.

— Virginie Lepaire… née en décembre 1960, elle vit toujours à Aix. Et possède un stand de glaces dans le vieux centre… Attends, peut-être que je peux trouver son numéro de téléphone…

Leïla fit défiler des pages, ouvrit plusieurs onglets et poussa enfin un cri de victoire. Elle composa le numéro et mit sur haut-parleur. Ça sonna dans le vide un long moment avant qu'une voix rauque, peu encline à la discussion, leur réponde.

— Oui ?

— Bonjour, madame. Vous êtes Virginie Lepaire ?

— Oui, vous me voulez quoi ? Si c'est encore pour me vendre des assurances, je vous préviens, je vais raccrocher…

— Pas du tout, je suis le capitaine de police Ronan Weber. Je suis avec la lieutenante Leïla Cherfa, qui vous écoute sur haut-parleur. Auriez-vous cinq minutes à nous accorder ?

Le souffle de la femme résonna dans le combiné pendant que le silence s'étirait.

— C'est à quel sujet ? dit-elle enfin.

— Cela va vous paraître absurde, mais ça concerne une femme disparue il y a des années, Diane Leroy.

Ils n'entendirent plus rien pendant un instant.

— Madame ? Vous êtes toujours là ?

— Je n'ai rien à dire à ce propos.

Et elle raccrocha, laissant les deux policiers en plan dans leur voiture.

— Si elle n'avait rien à dire, pourquoi elle nous raccroche au nez ?

Plantés dans leur véhicule, ils observèrent d'un air absent les gens défiler devant eux. Les cyclistes grillaient les feux, un joggeur manqua de se faire écraser par une voiture qu'il n'avait pas vue. Un homme avec ses enfants en bas âge, l'un dans les bras, l'autre en poussette, traversa au vert. Ronan repassait en boucle dans son esprit leur entrevue. Et, plus que jamais, le capitaine avait le désagréable sentiment d'être pris pour un con.

— Je ne suis jamais allé à Aix... c'est joli, non ? lâcha-t-il enfin d'un ton qui se voulait naturel.

— Très, répondit Leïla, amusée.

Ils se lancèrent un regard plein de sous-entendus.

— Pourquoi ? T'as envie de partir en week-end ?

— Ça me ferait du bien, ça me changerait un peu les idées. Tu ne penses pas ?

Leïla ne répondit pas et pianota de nouveau sur son ordinateur à toute vitesse.

— Si tu prends le train demain matin à 7 h 53 au départ d'Amiens, tu peux être à Aix à 14 h 42, répondit-elle.

— « Si tu prends » ? Tu ne voudrais pas venir avec moi ?

— Et comment on justifierait ça ? Il faut bien que quelqu'un reste ici et surveille la Ravensberg, de toute façon.

Il la dévisagea, déconcerté.

— Donc tu es d'accord avec moi..., dit-il, hésitant.

— Oui. Très clairement, elle mentait. Rose ment aussi. Ça commence à faire beaucoup.

— J'ai envie de savoir pourquoi tout le monde nous ment, mais...

— Mais ?

— Si la commissaire apprend qu'on se passionne pour une disparition vieille de trente ans... On risque au mieux de passer pour des cons. Au pire, de se faire suspendre.

— Il suffit qu'on soit discrets, conclut Leïla en souriant.

32

Ronan émergea de la gare par un temps dégagé. Pas de brume ni de ciel obscurci à Aix-en-Provence. Ses yeux s'habituèrent à la clarté du Sud. Il avait essayé tant bien que mal de dormir entre Paris et Marseille, mais son sommeil avait été constamment interrompu. Deux correspondances, des coups d'épaule et des images qui l'assaillaient dès que l'obscurité s'invitait sous ses paupières. Le crâne d'Elizabeth ensanglanté. Les marques sur la peau de Marcus. Le discours énigmatique de Rose Ravensberg. Et le début des questions sans réponses. D'une quête qui le menait à l'autre bout de la France.

La commissaire n'avait pas réagi à son soudain congé. Il avait bien le droit de partir en week-end, après tout. Qui aurait pu imaginer qu'ils iraient déterrer une histoire vieille de trente ans ?

En sortant de la gare, il observa un couple main dans la main qui passait devant lui, une sorte de légèreté dans les yeux. La petite trentaine, et tout à créer. Il devina leur amour neuf, pas encore avili par la routine de la vie. Ils portaient sur le monde un regard amoureux. La lune de miel où tout n'est que désir de l'autre. Ronan en avait fini avec l'insouciance des débuts. Sa dernière histoire avait précipité son départ pour Belleville. Sa compagne avait refusé de le suivre. Il retiendrait la leçon. L'amour ne suffirait jamais à chambouler une vie.

Ronan découvrait Aix pour la première fois. Les bâtisses ocre, les rues escarpées, les grandes places inondées de soleil. Il ne s'autorisa pourtant même pas à flâner. Il monta dans un taxi qui le déposa à l'adresse indiquée par Leïla. Il s'arrêta rue des Cordeliers devant une vitrine où l'on proposait un choix varié de glaces, crêpes et gaufres. Un garçon rouquin d'environ vingt-cinq ans, assez grand et massif, servait un couple d'étrangers. À cette période de l'année, les touristes se raréfiaient. Ça devait être le moment idéal pour visiter le Sud. Le capitaine se mit à rêvasser de la Provence sans son invasion de vacanciers quand le garçon l'apostropha.

— Vous voulez quoi ?

— On est bien au 12, rue des Cordeliers ?

— Ouais ! Alors, quel parfum de glace ?

Une voix de femme interpella le garçon du fond de la boutique.

— Combien de fois je t'ai dit de pas discuter avec les clients ?

— Mais, maman, j'ai rien fait !

La femme arriva à leur hauteur et posa la main sur l'épaule de son fils. Des taches de rousseur parsemaient ses joues. Quelques cheveux blancs striaient sa chevelure flamboyante. Elle dissimulait ses formes avec une robe ample aux motifs d'oiseaux. Par-dessus, elle portait un tablier à carreaux. Elle dévisagea Ronan d'un air méfiant et surpris. On devinait assez facilement à sa veste et sa doudoune qu'il avait été parachuté d'une ville du Nord et qu'il n'avait pas jugé bon de vérifier la température avant de venir ici.

— Bonjour, madame. Vous êtes bien Virginie Lepaire ?

— C'est moi, vous me voulez quoi ?

Et Ronan reconnut la jeune fille sur la photographie. Celle qui se fondait entre ses deux copines, qui n'aimait ni son corps ni qu'on la prenne en photo. Les années étaient passées, mais son regard n'avait pas changé. Elle se fondait encore dans des espaces étroits comme si elle s'excusait d'exister.

— Je m'appelle Ronan Weber et…

— Vous êtes le flic qui m'a appelée, hier ? l'interrompit-elle immédiatement.

Cette question avait fusé, coupant Ronan dans son élan d'amener le sujet avec tact.

— Oui, c'est moi, avoua-t-il.

— Je n'ai rien à vous dire. Partez.

Elle se mit à mélanger les glaces d'un geste efficace, raclant le fond des pots gelés pour ramollir la matière et la rendre malléable. Elle empêchait tout échange, tête baissée, niant sa présence.

— Je suis désolé de venir ici à l'improviste et de vous déranger, mais si vous pouviez juste écouter ce que j'ai à vous dire…

— Vous êtes ici dans le cadre d'une enquête ?

— Non…

— Donc je n'ai aucune obligation de vous parler ?

— En effet, concéda Ronan, qui comprenait qu'il perdait du terrain.

Elle reposa un des bacs de glace et releva la tête.

— Bien. Donc, soit vous prenez une glace, soit vous vous barrez.

Ronan déglutit, chercha un parfum et choisit le premier qui venait.

— Menthe-chocolat, s'il vous plaît.

Elle lui mit entre les mains un pot contenant deux grosses boules qui coulaient sur les côtés.

— Ça fera quatre euros.

Il lécha les bords du pot avant que la glace déborde trop. Il la trouva particulièrement réussie. Ça divisait autant qu'un After Eight. Alors qu'il fouillait dans sa poche pour trouver de la monnaie, il tomba sur la photo des trois filles. Il décida de tenter le coup et la lui tendit avec les pièces.

— C'est vous sur cette photo ? Aux côtés de Diane Leroy ?

Virginie ne répondit pas, mais il la vit se tendre, même le visage baissé.

— Avec ma collègue, nous sommes convaincus que votre amie n'a pas disparu sans raison. Je suis venu jusqu'ici pour ça. Et je serai à l'hôtel des Arts jusqu'à demain matin.

Virginie fit semblant de ne pas l'écouter et continua de brasser la matière glacée. Ronan s'éloigna d'un pas tranquille pour flâner dans les rues du vieux centre. La photographie était restée sur le comptoir.

33

Gabrielle n'avait pas regardé une seule fois Inès depuis le début de la consultation. Jambes croisées dans le fauteuil, la moitié du corps tournée vers la fenêtre. La soirée promettait d'être agitée par le vent du nord.

Elle en avait essayé, des thérapies. Des douces, basées sur la respiration et l'hypnose. Elles mettaient Gabrielle dans un désagréable état de perte de contrôle. Des plus intenses, où il s'agissait de revenir à la toute première crise pour comprendre ce qui les provoquait.

Elle avait fini par tout arrêter. Elle allait seulement une fois par mois renouveler son ordonnance d'anxiolytiques. Refusait de parler. Il n'y avait rien de nouveau à dire. Oui, elle continuait à faire des crises. Non, elle ne se soignait toujours pas. Mais la mort de Marcus quelques jours plus tôt venait de chambouler cette routine.

Depuis que la séance avait démarré, Gabrielle détournait le regard comme elle déviait du sujet. Quelque chose dans cette confrontation directe ramenait de vieux traumas non résolus. Tendues jusqu'à l'extrême, ses mâchoires ne s'étaient pas desserrées un instant.

Inès, qui devinait qu'une bataille perdue d'avance se jouait en elle, décida d'opter pour les questions les plus triviales possible.

— Je me demandais : comment êtes-vous devenue agente ? Ce métier m'a toujours intriguée.

— Une amie mannequin m'a emmenée à une soirée hyper mondaine. J'ai discuté avec un compositeur de musiques de films. Un type sympa mais un peu prétentieux, qui voulait plus m'épater qu'autre chose, je crois. Il m'a donné les coordonnées de son agent. Je l'ai contacté de sa part, et on s'est bien entendus. C'est là que j'ai découvert ce métier.

— Et qu'est-ce qui vous a intéressée dans ce métier ?

— Travailler au plus près des artistes, les accompagner, faire évoluer leur carrière.

— Et ensuite, qu'avez-vous fait ?

— J'ai fait plusieurs stages dans sa boîte avant de décrocher mon premier CDD. Mais je végétais à ce poste. Je n'avais aucune mission intéressante. Alors je suis allée rencontrer Antoine Petit. Son agence a un catalogue d'artistes classiques incroyable dont elle ne s'occupe pas, sous prétexte que ça n'intéresse plus personne. Je suis arrivée avec une proposition : qu'il me laisse les représenter avec un budget conséquent pour la promo et, si en deux ans je n'avais pas doublé leurs revenus, je démissionnais.

— Il a accepté ?

— Je crois qu'il a aimé mon audace, mais sans y croire vraiment. Il m'a laissé un an et demi.

— C'est vous qui avez trouvé Marcus ?

— Oui. Au bout d'un an, Antoine Petit a cessé de croire à mon projet. Je suis devenue la risée de l'agence. Je ne rapportais pas grand-chose. Tout a changé quand j'ai décroché Marcus. Et, surtout, quand il a évoqué son envie de faire une tournée…

— Comment était-il ?

Le visage de Gabrielle se détendit enfin.

— Il a toujours gardé une forme de distance. Je prenais ça pour de la pudeur. Parfois j'avais l'impression qu'il voulait me protéger de quelque chose. De quoi, je ne sais pas… C'était surtout un homme seul. Et très gentil.

Soudainement, elle se crispa de nouveau. Inès préféra changer de sujet.

— Vous parlez d'une amie mannequin. Vous avez vous-même fait du mannequinat ?

— Oui. C'est le destin des jolies filles, non ?

— Ah bon ? Je ne savais pas.

Elle était de nouveau sur la défensive, sa position favorite quand elle quittait sa zone de confort.

— On leur dit de ne rêver à rien d'autre. Vu qu'elles ont le physique, pourquoi s'embêter à faire des études ? La vie est tellement plus simple quand on est jolie.

— J'ai tendance à croire que les choses évoluent…

— Dans votre milieu, peut-être, pas dans le mien. C'était le rêve de ma mère. Mais un mannequin qui s'effondre au milieu d'un défilé, ça faisait un peu tache. Je ne suis jamais allée bien loin.

Gabrielle se tut après cette révélation. Dehors, le vent rugissait de plus en plus.

— Vous ne parlez plus à vos parents ? demanda alors Inès.

— Ils ne voulaient pas que j'arrête mon traitement.

Les artifices de Gabrielle s'étiolaient un à un. Et, derrière son masque défensif, la réalité de sa solitude se dessinait.

— Tout ce débat sur le body-positivisme me fait bien rire, continua Gabrielle, sur sa lancée pessimiste. On veut décomplexer les grosses, leur faire oublier leurs formes. Moi, je n'ai pas droit à cet oubli. Moi, on continue à me regarder. Avant de m'écouter, avant de connaître mon nom.

— Et ces regards, que vous inspirent-ils ?

Gabrielle se perdait dans ses souvenirs d'adolescente mal dans sa peau. À cet âge critique où le corps change trop vite. Dont la minceur en excitait certains, en repoussait d'autres. Puis de jeune femme à la beauté aussi évidente que son malaise. Elle était enfermée dans une prison dont elle détenait les clés.

— Je les hais. Je ne veux pas qu'on me remarque.

— Et la séduction ?

— Comment ça, la séduction ?

Cette question venait apparemment de la surprendre.

— La séduction a-t-elle une place dans votre vie ?

— Parfois. Mais je dors toujours seule. Je déteste inviter quelqu'un dans ma vie, comme dans mon lit.

— Pourtant, vous avez fait de la place pour Marcus dans votre vie.

— Justement, il est mort, et j'en souffre. Si c'est ça, s'attacher, je n'ai pas envie de l'expérimenter dans une relation.

Elle se mordit la lèvre à la mention de sa vie sentimentale. Et, pour la première fois depuis le début de la séance, elle contempla Inès de ses grands yeux pleins de tristesse et de colère.

— Pourquoi cela vous dérange tant que ça, de faire des crises ? C'est l'idée de perdre connaissance ? La peur de vous blesser ? Le réveil ?

La colère s'évanouit. Le vert de ses iris s'assombrit. Inès avait attendu la fin de l'échange pour atteindre le cœur du sujet.

— Parce que c'est…

La psychiatre patienta et vit un défilé d'émotions balayer le visage de Gabrielle. Les refoulées, qu'elle réservait aux jours de peine. Les intenses, qu'elle offrait au monde comme réponse. Et, au-dessus de tous ces ressentis, une seule subsistait. La honte.

— Ce n'est pas moi. Ça ne peut pas être moi, dit-elle enfin.

— Est-ce si grave, de tomber ?

— Bien sûr que c'est grave ! Je…

Les mains de Gabrielle tremblèrent. L'angoisse remontait imperceptiblement en elle. Elle ferma les yeux, si forts que son visage entier se contracta.

— Je ne me sens pas bien… Peut-on reprendre à un autre moment ?

— Regardez-moi, Gabrielle. Vous n'allez pas faire une crise. Vous avez une angoisse parce qu'on évoque l'épilepsie. Ça n'a rien à voir. Apprenez à discerner les deux. Et donnez-moi un souvenir heureux. Là, tout de suite. Un moment qui reste gravé en vous, où vous avez été pleinement épanouie. Accrochez-vous à ce moment. Et dès que l'angoisse remonte pensez-y.

Tout en conservant les yeux fermés, elle lui répondit :

— Je ne sais pas si c'est un souvenir heureux… mais Marcus m'a fait une surprise… un récital. C'était la première fois qu'il jouait pour moi, que je le voyais en *live*… c'était tellement beau. Ce moment nous a liés… c'est pour ça que je suis si triste que personne ne puisse l'entendre jouer une dernière fois. Il avait encore tellement de choses à dire avec la musique.

Inès soupira. Elle essaya de contenir l'émotion que ces mots provoquaient en elle. Gabrielle la touchait, bien plus qu'elle ne voulait l'admettre et que la déontologie ne le permettait.

— La dernière fois, vous m'avez dit « je l'ai peut-être tué, en fait » en parlant de son retour sur scène qui l'a épuisé. Vous ne pensez pas plutôt que vous lui avez redonné un dernier instant de bonheur, avant la fin ? À vos côtés ?

Les joues de Gabrielle se colorèrent.

— J'aimerais, docteure. Mais je n'y arrive pas. Et s'il avait tout prévu depuis le début ? S'il s'était volontairement fait prescrire un dosage plus important avant la tournée sans jamais avoir eu l'intention de la mener à terme ? C'était un ancien toxico, apparemment. Piqûres et compagnie.

Inès soupira imperceptiblement. Gabrielle parlait de nouveau vite. L'accalmie n'avait été que de courte durée.

— Vous allez vous faire des nœuds au cerveau à vous poser autant de questions. Est-ce vraiment si important, maintenant qu'il est mort ?

— J'ai besoin de comprendre.

— Et je respecte ça, mais…

— Rose Ravensberg a parlé d'une femme pour qui il a tout quitté il y a trente ans. Une certaine Diane. Encore un mystère. Je n'ai jamais entendu parler d'elle.

— C'était il y a bien longtemps…

— Mais il a tout quitté pour elle ! J'ai l'impression d'avoir côtoyé un inconnu pendant un an et demi…

Sur cette dernière phrase, son visage se crispa. Et elle redevint silencieuse jusqu'à la fin de la séance. Le chemin vers l'apaisement serait long, comprit Inès.

34

19 heures. Et toujours rien. Ronan se dit qu'il ne devrait jamais tenter les jeux de hasard. Le bluff, ce n'était vraiment pas son truc. Il en avait maintenant la preuve irréfutable. Il se décapsula une nouvelle bière et s'apprêtait à changer de programme télévisé quand on frappa à sa porte. Il se leva précipitamment en essuyant la mayonnaise sur son T-shirt.

Virginie se tenait face à lui dans le couloir de l'hôtel, le visage fermé, les cheveux détachés. Elle avait troqué son tablier à carreaux pour une veste aux mêmes motifs que sa robe.

— Vous êtes vraiment flic ? Prouvez-le-moi.

Ronan ne se fit pas prier et lui montra ses papiers. Elle les lui rendit sans un mot.

— Venez avec moi. On va à la plage.

— Maintenant… ?

— Pourquoi, vous êtes occupé ?

Elle était déjà en train de s'éloigner. Ronan claqua la porte de la chambre et accéléra pour la rattraper.

Ils montèrent dans la voiture de Virginie et roulèrent une bonne quarantaine de minutes jusqu'aux abords d'une plage. Un vent de début de soirée se levait. Il n'y avait plus aucun passant le long de la digue. Virginie s'assit sur le ponton. Ronan marcha vers elle, les mains dans les poches, avant de s'arrêter à une certaine distance pour ne pas la brusquer. Il ne savait pas encore anticiper ses réactions.

— On adorait cette plage, on y passait nos étés. C'est ici que cette photo a été prise.

— Je suis désolé…

— Qu'avez-vous découvert exactement ?

— Nous savons que Diane Leroy a disparu et que Marcus Solar a arrêté sa carrière au même moment. Nous avons trouvé pas mal de documents dans sa maison, dont cette photo de vous… ce qui nous laisse penser qu'il n'a pas cru à un départ brutal mais plus à une disparition… ou à un meurtre.

— À l'époque, personne n'a pensé qu'elle avait été tuée. Aucune preuve. Rien n'a été trouvé.

— Je sais.

— Alors pourquoi vous êtes là ?

— Appelez ça de la curiosité ou de l'instinct de flic.

— Et que vous dit votre instinct ?

— Qu'il s'est passé quelque chose en 1994, qui lie la disparition de votre amie à l'arrêt de la carrière de Marcus Solar.

Virginie ferma un instant les yeux pour écouter les vagues s'écraser sur le sable.

— Suivez-moi, fit-elle en se levant.

Elle marchait bien devant, d'un pas autoritaire. Ses sandales claquaient contre la plante de ses pieds. Ses ongles étaient d'un orange vif. Ses yeux, soulignés d'un trait de noir charbonneux. Le poids de ses anneaux avait fendu ses lobes au fil des années.

Ils longèrent les rues calmes de Carry-le-Rouet, puis s'assirent à la terrasse d'un bar. À une table, un groupe d'amis dégustaient leur pastis en riant. Un couple commandait des verres de vin. Et ces deux étrangers prenaient place l'un en face de l'autre.

Le serveur arriva, et Virginie passa sa commande.

— Une pinte, demanda-t-elle.

Ronan l'imita.

— Vous buvez en service ?

— Techniquement, je ne suis pas en service, marmonna-t-il.

— Donc votre présence ici est officieuse ?

— Si on veut, oui.

Derrière eux, une petite fontaine produisait un son de cascade. Quelques passants prenaient en photo les édifices.

— J'étais chargé de l'enquête sur la mort de Marcus Solar et d'Elizabeth Storm.

— J'ai entendu qu'on a conclu à un accident et un suicide. Triste façon de mourir...

— Oui. C'est au cours de notre fouille de la maison de Marcus que nous sommes tombés sur cette photographie... C'est bien vous dessus ?

— Oui, c'est moi.

— Pourquoi vous avez menti tout à l'heure, et au téléphone ?

— Parce que vous êtes ici pour remuer le passé. Et que je n'ai pas envie de reparler de cette époque.

— Nous avons également reçu la visite de Rose Ravensberg, nous lui avons demandé de vous identifier. Elle nous a donné votre nom.

— Toujours là pour les autres, Rose, lâcha-t-elle, sarcastique.

— Vous la connaissez ?

— Je l'ai vue qu'une fois. Et ça m'a suffi pour une vie entière.

Ronan assimila cette information. Il vit la pinte de bière arriver et regretta son choix. Il aurait dû commander une boisson énergisante, qui l'aurait tenu bien éveillé. Il avait besoin d'avoir les idées claires pour la suite de leur discussion.

— Pourquoi est-ce qu'elle est venue vous voir ? continua-t-elle.

— Pour la mémoire de Marcus, soi-disant. Les raisons de sa présence à Belleville sont assez floues, pour être honnête. Vous connaissiez Marcus Solar ?

— Très peu. Et je n'ai pas eu de contact avec lui depuis plus de vingt ans.

— Et Diane Leroy ?

Virginie but plusieurs gorgées avant de reposer son verre.

— Que savez-vous sur Diane ?

— Nous savons qu'elle a disparu il y a des années, que c'est lié à l'arrêt de la carrière de Marcus et que…

— Qui vous a dit ça ? Rose ?

— Oui…

— Il ne faut pas croire sa parole. J'en ai fait les frais, je m'en mordrai les doigts toute ma vie.

Virginie sortit de sa poche la photographie de l'été 1981. Elle ravala ses larmes en se pinçant le nez. Refouler le malheur très loin d'elle, si cela était encore possible. Malgré le nombre d'années qui avaient passé, la même souffrance l'emprisonnait encore.

— Parlez-moi de Diane, racontez-moi son histoire.

— Je ne sais pas si je peux.

— Pourquoi cela ?

— Parce que cette histoire n'implique pas que moi.

35

Paris, septembre 1993

Assis à son piano, Marcus déchiffrait une partition d'un air très concentré. Diane coupa la télévision et se leva pour le rejoindre.

— Qu'est-ce que tu écoutais ? J'entendais beaucoup d'applaudissements.

— Le concert en hommage à Freddie Mercury.

— Qui ça ?

Marcus vivait dans un monde où David Bowie, Michael Jackson et Freddie Mercury n'existaient pas. Son univers à lui était peuplé de Wolfgang, Ludwig et Jean-Sébastien.

— Le chanteur du groupe Queen. Il est mort du sida il y a presque deux ans, expliqua Diane.

Elle guetta une réaction, n'importe laquelle. Mais Marcus retourna à sa partition.

— Ah oui… lui, fit-il seulement.

— Ils ont fait venir des artistes du monde entier pour le célébrer, c'était très émouvant. On dit qu'ils vont récolter des millions et tout reverser à des associations pour la lutte contre le sida…

— C'est bien. Ces gens ont besoin d'aide.

Diane se mordit la lèvre à la mention de « ces gens ». Parlait-il des personnes atteintes du sida ? Des homosexuels malades ? Ou des homosexuels, tout court ?

Elle *savait*, et ça aurait dû lui suffire. Pendant des années, elle avait cru que c'était le cas. Qu'elle pourrait se contenter de vivre avec cette omerta. D'accepter, par pudeur et gêne mêlées, ce choix d'une vie emprisonnée dans le secret. Mais le temps passait, et elle voyait Marcus habiter la solitude comme si toute idée de désir était un territoire inconnu et dangereux.

— Marcus…

Il releva la tête. Elle le trouvait si beau, même avec ses joues creusées et son regard fuyant. Elle l'aimait. D'un amour irrationnel, qu'elle ne pouvait ni expliquer ni mesurer. Qui excluait tout désir. C'était inconditionnel, vertigineux.

— Pourquoi tu as dit « ces gens » ?

— Je croyais qu'on avait fini de parler de ça.

— Ça ? Les homosexuels ?

Il reposa sa partition et referma le piano. Il détestait qu'on le provoque, préférait le silence aux mots qui blessent, quand Diane vivait passionnément chaque chapitre de son existence. Leurs deux personnalités s'accordaient sur tous les plans, sauf celui-là.

— Je suis désolée, je ne voulais pas te vexer. J'ai été maladroite…

Elle se demanda s'il allait bouder comme un enfant. Mais, à sa surprise, une bonne humeur déstabilisante anima ses traits.

— J'ai envie de sortir boire un verre ! fit-il sans l'écouter. Ça fait longtemps que je ne t'ai pas accompagnée. Tu m'emmènes ?

— Marcus, tu comptes me répondre…

— Non ! s'écria-t-il.

Elle recula sous la violence de ce simple mot. Alors même qu'il était de dos, elle sentit un frisson l'agiter et parcourir son échine. Elle s'approcha de lui et posa une main sur son épaule.

— Tu ne vas pas recommencer. Tenter d'aborder ce sujet. Je t'ai déjà dit que je ne voulais pas en parler.
— Mais pourquoi ?
— Parce que c'est comme ça.
Il ne termina pas sa phrase, et son visage se ferma de nouveau. Marcus fuyait très loin. Si loin que Diane ne pouvait l'atteindre.

La *Symphonie n° 4* de Gustav Mahler réveilla Marcus. Un mal de crâne persistant troublait sa vision. Dans le salon, son petit déjeuner l'attendait sur la table. Elizabeth sortit de la cuisine, la cafetière en main. Marcus lui demanda de couper la musique. Le silence remplaça Mahler. Pendant qu'elle lui servait une tasse de café, les images de la veille s'emmêlaient dans son esprit. Sa discussion avec Diane, une porte claquée et un appartement silencieux tout le reste de la soirée.
— Diane est réveillée ?
Elizabeth reposa la cafetière.
— Elle est partie dans la nuit, monsieur.
— Comment ça, partie ?
— Ses affaires ne sont plus là.
Marcus ouvrit la porte de sa chambre. Tout était rangé, l'armoire grande ouverte. Il souleva la couette, inspecta les tiroirs et se laissa tomber sur le lit de Diane. La tête entre les mains, il se maudit. Non, elle ne pouvait pas être partie. C'était impossible. Pas elle. Et là, il remarqua, posé sur la table de nuit à côté de lui, le flyer d'un événement qui devait se tenir au Bus Palladium.

Le soir venu, Elizabeth le déposa devant la boîte. Mal à l'aise, Marcus hésita à sortir de la voiture. La foule s'amassait devant l'entrée. Il jeta un coup d'œil à sa tenue, puis aux fêtards tout en couleurs. Leurs maquillages, leurs paillettes sur le corps.

On allait rire de lui. L'outsider, étriqué dans son cardigan et son pantalon à pinces.

Il sortit de la voiture d'un pas mal assuré. On le bouscula. Les gens tendaient leur flyer au physionomiste. Quand vint son tour, ce dernier lui lança un regard perplexe avant de le laisser passer.

La musique était trop forte, et la fumée troublait sa vue. Mais Marcus les vit. Enlacés comme s'ils étaient seuls au monde. En face de lui, deux hommes s'embrassaient. Leurs silhouettes devinrent des figures floues. Le lieu, un rêve collectif où ils s'étaient libérés de l'embarras d'exister. Ils n'avaient pas peur. Ils ne vivaient que dans l'instant, dans la beauté des premiers émois.

— Tu vois, ils n'ont pas honte, entendit-il dans son oreille, par-dessus la musique.

Diane se tenait derrière lui et lui souriait.

— Pourquoi tu me fais ça ? C'est quoi, cette soirée ?

— Je voulais te montrer que c'est possible. Cette vie.

Marcus détourna le regard du couple enlacé.

— Non, ne fuis pas ! s'emporta-t-elle.

Diane courut prendre Marcus dans ses bras avant qu'il quitte la piste de danse. Il abandonna ses dernières résistances dans l'étreinte de son amie.

— J'ai caché mes affaires dans le placard de l'entrée. Je voulais que tu viennes me chercher.

— J'ai cru que tu étais partie ! Tu aimes vraiment trop te mettre en scène… C'est infernal !

— C'était le seul moyen de te faire venir ici ! J'ai besoin de comprendre…

— Il n'y a rien à comprendre.

— C'est faux.

— Pourquoi est-ce que tu ne peux pas accepter que je suis bien comme ça ?

— Tu vas me faire croire que tu es heureux ?

Il jeta un coup d'œil par-dessus l'épaule de son amie. Un homme dansait, torse nu, son corps musculeux illuminé par les néons au-dessus de lui. D'autres couples d'hommes avaient rejoint la piste. Il retourna à Diane et lui sourit.

— Oui, je suis heureux. Avec toi.

— Marcus…

— Viens danser avec moi !

Diane se laissa faire. Il l'emmena sur la piste et l'enlaça au milieu des couples et des danseurs. Tout n'était qu'artifice. Elle venait de l'exposer, là, sous les lumières stroboscopiques de la boîte de nuit. Ce mensonge énorme qui l'étouffait et le tuait à petit feu. Mais ce soir-là elle accepta cette étreinte. Ce moment était plus précieux que la vérité.

Le pacte

La Saint-Sylvestre se célébrait dans une euphorie modérée. Au dîner, les enfants dégustaient des frites. En dessert, une barre de chocolat accompagnait une mandarine. La joie elle aussi restait modérée. La rigueur ne disparaissait jamais avec le passage de la nouvelle année. Postées aux quatre coins de la pièce, les sœurs guettaient le dérapage inévitable des enfants rebelles.

En bout de table, le directeur zieutait la salle d'un regard d'éternel angoissé. Des rires d'enfants frondeurs fusaient. Les remontrances viendraient avec le coucher du soleil. Dans le froid des dortoirs où les adultes n'entraient pas.

Cette année, l'enfant était tombé sur un chocolat fourré au praliné. Il n'avait jamais goûté quelque chose qui fondait comme ça sur le bout de la langue. Il garda la moitié pour plus tard. Face à lui, tout au fond du réfectoire, la longue table des professeurs était une insulte à toute leur misère. Ça sentait le pain d'épice et le coq au vin. La mère supérieure attrapa l'enfant par le bras pour le faire sortir du réfectoire. Dans le couloir, adossé à la fenêtre, le docteur l'attendait en épluchant une mandarine. Il leva son fruit nu à la lumière.

— Tu en veux un morceau ?

— Non, merci.

Le médecin mâcha un quartier, amusé par le refus de l'enfant.

— Tu veux me faire croire que tu as assez mangé ?

L'enfant se mordit la lèvre. Son ventre gargouillait.

— C'est interdit.

— Personne ne le saura.

L'homme lui tendit un quartier que l'enfant refusa à nouveau. Il soupira avant de reprendre :

— J'ai quelque chose pour toi. Ouvre-le quand tu seras dans ton lit, à l'abri des regards.

Il posa devant lui un petit paquet. L'enfant hésita, puis le mit dans sa poche.

— Est-ce que tu apprécies nos séances hebdomadaires ?

— Beaucoup, docteur.

— Tu n'en as parlé à personne, n'est-ce pas ?

L'enfant secoua énergiquement la tête.

— Bien, parce que j'ai réfléchi. J'ai eu une longue discussion avec le professeur qui est venu te donner des leçons de piano.

Il se redressa et s'approcha de l'enfant.

— Comme je m'en doutais, il pense que tu as un don. Mais ses cours ne suffisent plus, il faut que tu intègres une vraie école de musique où tu pourras jouer tous les jours.

— J'aimerais jouer tous les jours.

— Je sais. Je me suis entretenu avec les professeurs, tu peines dans pratiquement toutes les matières.

L'enfant rougit et baissa la tête.

— N'aie pas honte, il vaut mieux exceller dans un domaine qu'être moyen partout. Tu n'as pas d'amis, continua-t-il. Les autres enfants se moquent de toi parce que tu as rendez-vous toutes les semaines avec moi. Pour eux, tu es l'attardé. Ils pensent que tu souffres de la même maladie que tes parents.

L'enfant savait tout ça. Mais lui, la seule chose à laquelle il pensait, c'était jouer. Matin et soir, dans son sommeil et sous la douche, en classe et au réfectoire. Les notes de musique le hantaient. Lui permettaient de survivre.

— Ce que je veux dire par là, c'est que tu n'as rien à perdre. D'une certaine manière, ça me facilite la tâche. Mais je dois tout de même te poser la question.

Il marqua une pause avant de reprendre :

— Il y a toujours un prix à payer pour atteindre l'excellence. Naître avec un don nécessite des sacrifices.

L'enfant resta interdit. Le docteur ajouta :

— Est-ce que tu serais prêt à venir vivre avec moi et à te consacrer entièrement à la musique ?

36

Inès quitta l'hôtel en fin de journée. Le soleil se couchait sur Belleville. Son train pour Paris l'attendait. Cette fois, elle rentrait pour de bon. L'air glacé infiltrait son imperméable. Elle regretta cette coquetterie. Sa valise à la main, elle fut saisie par un sentiment de déjà-vu. Elle commençait à bien connaître le chemin menant à la gare de Belleville.

Sa consultation avec Gabrielle Jansen s'invitait dans ses pensées, troublant sa conscience professionnelle pragmatique. Elle avait voulu démarrer la thérapie tout de suite. Mais la névrose s'avérait plus profondément ancrée qu'elle ne le pensait. Il ne s'agissait pas seulement d'accepter son épilepsie. Gabrielle combattait un ennemi plus intime, plus dangereux.

Sur son chemin menant à la gare, Inès passa devant un bar éclairé. À ce moment de la soirée, seules quelques personnes s'y trouvaient encore. À l'intérieur, la psychiatre reconnut la lieutenante, qui était seule devant sa bière.

Leïla l'aperçut et sortit à sa rencontre. Elle posa un regard déphasé sur elle. Visiblement, la policière ne s'attendait pas à croiser une tête familière à cette heure-là.

— Docteure ! Vous n'êtes pas rentrée à Paris ?

Leïla se frotta les yeux et se redressa.

— J'y vais, j'ai un train qui m'attend, répondit Inès. Vous allez bien ? ajouta-t-elle après une brève hésitation.

Leïla cessa de s'agiter, surprise par cette question posée avec tant de sincérité.

— Très bien, merci.

— Je vous laisse, alors. Ce serait bête de rater une deuxième fois mon train ! Bonne soirée, et bonne chance pour la suite, lieutenante.

Inès s'éloigna. Leïla jeta un coup d'œil à sa bière tiède, à la nuit qui recouvrait Belleville, et elle ne put s'empêcher de rattraper cette femme qui lui tendait la main.

— Docteure, s'écria-t-elle, vous n'auriez pas le temps pour un verre, par hasard ?

Inès fit demi-tour.

— Vous avez de la chance, j'ai une petite heure à tuer.

Inès avait développé avec les années une capacité à faire parler les gens très facilement, même quand elle n'en avait pas envie. Quand elle avait enfin posé ses congés pour le concert de Marcus, elle n'aurait jamais imaginé prendre une nouvelle patiente, encore moins partager un verre de pouilly fumé avec une policière rencontrée deux jours plus tôt. La situation était irréelle. Mais Inès ne passait pas trop de temps à analyser les situations incongrues qui se présentaient sur sa route. Elle se laissait guider par son instinct. Et ce soir-là elle fut transportée par le récit passionné que lui livra cette jeune lieutenante.

— Si je résume bien, dit Inès au bout d'un moment, vous pensez que Diane Leroy n'a pas seulement disparu quelque part. Mais que quelque chose de grave lui est arrivé. Et que Marcus Solar a essayé de la retrouver toute sa vie. Du moins, de comprendre ce qui lui est arrivé.

— Oui.

— Et le capitaine Weber est parti pour Aix, prétendument en week-end, pour rencontrer une ancienne amie de cette femme ?

— Exactement.

— Gabrielle Jansen ne sait rien de tout ça ?

— Elle était présente au commissariat quand Rose Ravensberg a évoqué Diane. Elle a ensuite fait une crise… donc elle ne sait pas grand-chose de notre enquête. Et on préfère que ça reste ainsi.

Inès lui répondit par un sourire malicieux.

— Si c'est une façon délicate de vous assurer que je ne vais rien divulguer de notre échange, ne vous inquiétez pas. Je rentre à Paris, cette conversation n'a jamais eu lieu.

La psychiatre vit la poitrine de la lieutenante se desserrer. Elle se détendait enfin, mais juste un peu.

— Vous parlez d'enquête, mais il n'y en a pas, si ? reprit Inès.

À ce stade de leur discussion, chaque mot avait son importance.

— Non. Nous agissons seuls. Si le voyage dans le Sud ne donne rien, nous abandonnons cette folie.

— Et vous n'avez pas peur de me raconter ça ? Vous ne me connaissez pas.

— J'avais besoin d'en parler. J'ai l'impression d'agir en dehors de toute règle. Sans Ronan à Belleville, je me sens très seule.

— Que comptez-vous faire maintenant ?

— J'aimerais discuter avec Rose de nouveau. Mais elle ne veut pas nous parler sans son avocat…

— Qu'espérez-vous tirer d'elle ?

— Elle sait bien plus de choses qu'elle ne veut l'admettre. Mais rien ne peut la forcer à me parler. Et elle est très impressionnante. C'est impossible de la déstabiliser.

Inès finit son verre et jeta un coup d'œil à sa montre. Son train partait dans vingt minutes.

— Et vous ? Vous la connaissez un peu ?

Inès sourit, devinant où la question de Leïla les emmenait.

— Pas vraiment, seulement de réputation. Elle n'est pas en phase avec le monde actuel, pour le dire poliment.

— Marcus était homosexuel, lâcha Leïla.

Inès vit qu'elle regrettait d'avoir parlé. La psychiatre se recula sur sa chaise sous l'effet de la surprise.

— Je… j'ai parlé trop vite.

— En êtes-vous certaine ?

— C'est Rose qui nous l'a appris.

— Raison de plus pour questionner sa présence ici. On dit qu'elle a renié son fils homosexuel. Il vit maintenant en Angleterre et ne veut rien avoir à faire avec elle…

— Elle prétend être là pour Marcus. Pour sa mémoire.

— Elle a été mariée deux fois après ses fiançailles avec Marcus et elle a publiquement humilié ces hommes. Quand le premier est mort, elle ne s'est même pas rendue aux obsèques.

— Où voulez-vous en venir ?

La psychiatre afficha une petite moue ironique.

— Vous feriez des milliers de kilomètres pour un ex qui vous a larguée, vous ?

37

Paris, janvier 1994

Une fine couche de neige recouvrait le parc Monceau. Tout ce que Paris comptait de personnes influentes avait répondu oui à l'invitation de Marcus. Le pianiste n'ouvrait jamais les portes de son appartement, encore moins pour célébrer une fête. La vue sur le parc était imprenable. Les invités s'entassaient sur le balcon en faisant fi du vent glacé.

Ce soir-là, une femme captivait l'attention. Rose Ravensberg était le centre de gravité de la soirée. Elle se tenait au milieu de la pièce, une coupe de champagne à la main, dans une robe fourreau aux reflets dorés. Elle s'exprimait dans un français saupoudré d'un délicieux accent.

Du balcon, Marcus lui souriait, levant son verre de vin pour trinquer de loin avec elle. Le compte à rebours commença quand la porte d'entrée s'ouvrit. Marcus vit Diane pénétrer dans l'appartement, son manteau et son écharpe recouverts de neige.

Par-dessus son nez rougi, ses yeux brillaient. Elle retira le bonnet qui masquait ses cheveux. Ils avaient considérablement poussé. Marcus s'élança vers elle en passant devant Rose sans la considérer. Cette dernière lui lança un regard vexé.

— Qui est-ce ? demanda-t-elle à Elizabeth.

Au même moment, Marcus prit Diane dans ses bras. Elle était glacée.

— 7, 6, 5, hurlaient les invités en chœur.

Tout autour, la ville entière célébrait la nouvelle année.

— Diane Leroy, madame, répondit Elizabeth.

Rose plissa les yeux pendant que Diane prenait le visage de Marcus pour l'embrasser.

Diane sortit sur le balcon et s'alluma une cigarette. Elle effleura la rambarde. Des flocons fraîchement déposés scintillaient sous les lumières de la ville. Elle les attrapa dans sa main, et ils fondirent en quelques instants.

Elle expira un souffle opaque de tabac. Sur le balcon, les gens se serraient les uns contre les autres, enivrés d'alcool et de promesses d'avenir. Elle sentit une présence derrière elle et n'eut pas besoin de se retourner pour la reconnaître. Marcus s'arrêta à sa hauteur pour profiter de la vue. Elle enlaça sa main dans la sienne.

— Tiens, dit-il en lui tendant une coupe. On n'a pas trinqué à la nouvelle année.

C'est ce qu'ils firent dans un bruit de cristal. Puis elle lui raconta tous les paysages magnifiques qu'elle avait vus.

— Tu es très populaire au Mexique, tu sais. Tu devrais songer à l'inclure dans tes tournées…

— J'en toucherai un mot à mon manager.

— Même à l'autre bout du monde, j'entendais ton album ! Il marche très bien, non ?

— La maison de disques est plutôt contente…

Elle finit sa coupe de champagne cul sec et lui sourit. Tandis que les bulles coulaient le long de sa gorge, elle arrêta le regard sur Rose, sur la façon qu'elle avait de tenir sa cigarette. Son maintien fier ne faiblissait sous le poids d'aucun compliment. Elle parlait sans être interrompue, d'une voix douce mais ferme. Diane en avait côtoyé, des gens aisés, aux nombreux dîners mondains où Marcus l'avait emmenée. Mais Rose appartenait à un autre monde.

— Parle-moi d'elle. Rose Ravensberg.

— Je l'ai rencontrée quelques mois plus tôt. On s'est recroisés il y a trois semaines à un gala et...

— Tu ne m'as jamais parlé d'elle avant.

— J'ai le droit d'avoir mes amis. Tu as bien les tiens.

— Ce n'est pas ton amie, rétorqua Diane.

— Bien sûr que si...

— Marcus, pas à moi.

— Tu ne vas quand même pas croire ce que disent les journaux ? Tu es bien placée pour savoir qu'ils racontent ce qu'ils veulent.

— Tu n'as jamais su me mentir. Vous vous fréquentez ?

— Mais non, pas vraiment...

Diane écrasa sa cigarette et la jeta par-dessus la rambarde.

— Elle ne sait pas, j'imagine.

— Non, répondit Marcus d'une voix légèrement plus tendue.

— Et tu ne comptes pas le lui dire ?

— Non.

Plus loin, Paris s'embrasait pour la nouvelle année. Des cris fusaient, même depuis le parc Monceau. Ils étaient les seuls à ne pas participer à l'effervescence. La conversation agréable se transformait petit à petit en interrogatoire.

— Explique-moi, parce que je ne comprends pas. Je pars un mois, je reviens, et tu es en couple ?

— Nous ne sommes pas ensemble... mais elle m'a fait comprendre que je l'intéressais.

— Que tu l'intéressais, c'est-à-dire ?

Diane vit Marcus s'éloigner d'elle.

— Tu sais très bien ce que ça signifie.

— Tu ne parles pas de mariage, là, j'espère ?

— Peut-être, si.

— Mais tu plaisantes ? Tu ne peux pas lui faire ça, c'est trop injuste ! Surtout si elle est en train de tomber amoureuse de toi.

Elle venait imperceptiblement de hausser le ton. Marcus lança des regards inquiets autour de lui. Mais personne ne faisait attention à eux.

— Je ne sais pas si les gens aussi riches savent ce qu'est l'amour…

Diane ne quittait pas Marcus des yeux. Elle avait souvent l'habitude de voyager seule, et pendant plusieurs semaines. Elle donnait peu de nouvelles durant ses absences. Elle partait loin pour mieux revenir auprès de lui. Et, quand elle était de retour, la vie reprenait son cours comme si de rien n'était. Marcus l'accueillait toujours avec bonheur. Mais cette fois-ci elle était partie trop longtemps.

— Tu as fait exprès, lâcha-t-elle. Tu as profité de mon absence pour la contacter.

— Tout ne tourne pas autour de toi, tu sais.

— Tu mens. C'est à cause des rumeurs. Tu ne peux pas le supporter. C'est pour ça qu'elle est là. Pour toutes les faire taire.

Il ne rebondit pas à cette attaque, s'imprégnant de la vue de son appartement.

— Mais la vérité, Marcus, c'est que les femmes ne t'intéressent pas, asséna-t-elle. Et un mariage n'y changera jamais rien.

Marcus serra de toutes ses forces le fer forgé de la rambarde.

— On n'est plus en 1950. Les temps ont changé, continua-t-elle. Même les acteurs assument leur sexualité. Oui, il y aura toujours des connards, mais on s'en fout. Tu ne vas pas être ostracisé à cause de…

— Je sais ce que je fais.

— Vraiment ?

Elle se tourna vers Rose, assise sur le tabouret du piano de sa mère, entourée d'une cour qui la dévorait des yeux.

— J'espère que tu dis vrai. Parce que si elle découvre la vérité elle te détruira. Crois-moi.

— Diane, fais-moi confiance.

Un mois s'écoula. Diane reprit sa vie parisienne, faite de sorties nocturnes et d'occupations diverses pour meubler son quotidien. Elle travaillait dans une galerie à temps partiel et s'improvisait organisatrice de soirées dans les clubs branchés de la capitale. Elle se cherchait encore et semblait très loin de s'être trouvée. Pour la première fois depuis le début de leur idylle amicale, quelque chose avait changé entre Marcus et Diane. Une sorte de méfiance s'était installée entre eux. Ils redoutaient la prochaine confrontation autant qu'ils la savaient inévitable.

Pour contrer ce trouble, Diane sortait plus que d'ordinaire. Le soir, elle observait les groupes de copines dans leurs tenues festives. Elle les voyait se trémousser jusqu'au petit jour sur la piste de danse. Et elle se demandait ce que devenaient Esther et Virginie. Elle décrochait le téléphone pour les appeler, puis raccrochait dès la première sonnerie. Quand elle parlait à son père, elle déviait toujours des sujets importants. Ils se retrouvaient à discuter des trivialités de sa vie. Elle donnait le change sur son quotidien parisien, se prétendant trop occupée pour rentrer. Son père ne lui demandait plus si elle comptait un jour revenir à Aix. Il avait compris que le Sud était un terrain banni. C'était toujours elle qui l'appelait. Tous les mois, au début, puis seulement quelques fois par an au fil du temps.

Alors, quand le téléphone sonna un dimanche matin, et que Marcus décrocha sur la voix rauque de Christophe Leroy, son étonnement fut total. Des années que les deux hommes n'avaient pas échangé la moindre parole.

— Christophe ! Comment allez-vous ?

— Bonjour, Marcus, puis-je parler à Diane ?

— Je crains qu'elle ne dorme encore. Je peux lui dire de vous rappeler dès qu'elle sera réveillée ?

— C'est-à-dire que… cela ne peut pas attendre. Mais peut-être que si la nouvelle vient de vous elle sera moins difficile à encaisser…, déclara Christophe d'un ton inhabituellement pressé.

Diane entra dans le salon sur cette phrase, les cheveux en bataille, le regard concentré sur le téléphone entre les mains de Marcus.

— Qu'est-ce qui se passe ?

38

Aix-en-Provence, février 1994

Le soleil hivernal inondait les rues de son enfance. La devanture délavée de la charcuterie était toujours là. Le café à l'angle servait comme autrefois des expressos amers. Elle s'arrêta devant le magasin de son père, et son cœur s'accéléra.

Leroy père se devinait malgré sa couleur jaune pâle. *Fille* se déchiffrait à peine, effacé d'un coup de peinture grossier. Plus aucun piano ne brillait en vitrine. Plus aucun violon n'était suspendu aux murs. La boutique de son enfance était un local en vente.

Le carillon familier ne retentit pas lorsqu'elle poussa la porte. Le rêve fané d'une petite fille s'était dissous dans la réalité. Le sol plein de déchets craqua sous ses semelles. Des toiles d'araignée pendaient du plafond. Sur les murs, des tags insultants maculaient les partitions peintes par sa mère deux décennies plus tôt. Une chaise à laquelle il manquait un pied était retournée. Diane se baissa pour la ramasser quand un bruit attira son attention.

Christophe se tenait dans l'encadrement de la porte. Des rides striaient ses joues, son front, le contour de ses lèvres. Ses cheveux avaient blanchi. Il avait vieilli. Mais il dégageait la même odeur rassurante. Il portait un regard à la fois doux et sévère sur le monde.

— Bonjour, papa.

Pour la première fois de sa vie, une envie de le prendre dans ses bras la saisit. Il était sa seule famille. Son seul ancrage. Malgré sa bougonnerie, sa mauvaise humeur, ses accès de colère injustifiés. Mais Christophe affichait un air impénétrable.

— Je ne savais pas que tu avais fermé.

Il entra dans la boutique. L'empreinte de ses grosses chaussures s'imprima dans le sol poussiéreux. Il jeta un regard autour de lui.

— Le chèque de Marcus m'a permis de tenir plusieurs années. Puis j'ai bradé les instruments pour payer les banques… Je cherche un acquéreur, mais il faut tout refaire. Ça tombe en ruine. Personne ne veut racheter le local.

— Je ne savais pas… Tu aurais dû m'appeler… Me dire que…

— Te dire quoi, Diane ? Que j'étais ruiné ? T'es partie, j'ai respecté ton choix. Je t'ai vue mener la belle vie dans les magazines, je n'allais pas te déranger avec ma misère.

Il envoya bouler un carton qui traînait.

— T'as bien fait de te barrer, Diane, je ne t'en ai jamais voulu, dit-il d'un ton plus calme.

Christophe avait dit adieu à une jeune adulte pleurant encore sa mère. Diane était maintenant une femme. Elle ne portait plus les cheveux courts à la garçonne. Ils avaient poussé dans un carré qui adoucissait ses traits. Avec cette coiffure, elle ressemblait à sa mère. Et ce constat émut le vieil homme.

— Papa… Je te demande pardon. Pardon d'être partie comme ça…

Un sanglot profond, retenu sûrement depuis des années, jaillit de sa poitrine. Christophe s'approcha de sa fille et l'étreignit enfin. Sa petite fille aux boucles folles.

— Je n'en reviens pas… Ce n'est pas possible…

— Je sais, ma chérie. Pleure dans mes bras, pleure autant que tu le voudras.

En ce matin de février, le paysage aixois s'étiolait sous les yeux de Diane. Plus rien ne serait jamais comme avant.

39

Paris, février 1994

Elizabeth finissait de ranger la cuisine quand elle entendit la baie vitrée se refermer. Rose Ravensberg quittait la terrasse, son paquet de cigarettes à la main.

— Bonsoir, madame. Je ne vous avais pas entendue, je pensais que vous étiez au concert…

— Non, pas ce soir. Donnez-moi mon manteau, s'il vous plaît.

La gouvernante marqua un temps d'arrêt en découvrant le visage de l'Américaine.

— N'essayez pas de cacher votre embarras, Elizabeth. Les riches aussi pleurent.

— Je ne voulais pas…

Rose lui offrit la vue de ses yeux gonflés. Le noir striait ses joues et redessinait entièrement son regard. Mais, même dans cette posture, elle maintenait une forme de dignité échappée d'un film muet.

— Vous direz à Marcus que je suis désolée, mais que je n'y arrive pas. Maintenant, j'aimerais avoir mon manteau.

Elizabeth se figea.

— Vous le quittez, madame ?

— Cela ne vous regarde pas. Mais puisque nous n'allons plus jamais nous revoir… Oui, je le quitte.

— Pourquoi ?

Rose eut un hoquet méprisant.

— Marcus ne m'aimera jamais. Nous le savons toutes les deux. Mon manteau, Elizabeth.

Le ton était devenu impatient. Sans un mot, Elizabeth se dirigea vers la grande armoire de l'entrée et sortit une épaisse fourrure en vison. Rose l'enfila en se recoiffant devant le miroir. Le blond de ses cheveux brillait à la lumière de la lampe. Elle nettoya les traces de mascara avec soin. Derrière elle, la gouvernante suivait chacun de ses mouvements.

— Et si votre amour suffisait ?

Rose cessa de se remaquiller, partagée entre le choc et la surprise.

— Marcus a besoin de vous, madame. Diane Leroy a une mauvaise influence. Il vous respecte plus qu'il n'a jamais respecté personne… Elle est enfin retournée dans le Sud, loin de lui. Espérons qu'elle y reste. Vous, c'est différent.

— Je ne sais pas ce qui me retient de vous remettre à votre place. Je ne sais pas non plus pour qui vous vous prenez, mais écoutez-moi bien, Elizabeth. Marcus vous a peut-être donné l'impression que votre avis avait une quelconque forme d'importance à ses yeux, mais aux miens vous ne représentez hélas pas grand-chose.

Elle ouvrit la porte et quitta l'appartement de Marcus.

— Vous n'aimeriez pas entrer dans l'histoire, madame Ravensberg ?

Cette phrase eut l'effet escompté, car l'Américaine s'arrêta sur le palier.

— J'ai dédié ma vie à Marcus. Je sais qu'il est destiné à de grandes choses. Son talent ne fait que croître. Vous en avez conscience, vous n'aimez que les gens que vous respectez. Mais il est différent, c'est vrai. Il a besoin d'une femme comme vous à ses côtés. Une femme forte et puissante. Seul, il n'y arrivera pas.

Rose resta un instant dans le couloir de l'immeuble. Comme unique réponse, elle souffla bruyamment, libérant ainsi une frustration accumulée depuis plusieurs jours.

— Je ne pourrai pas.

— Parce que vous l'aimez ? Cette raison devrait vous convaincre de rester.

— C'est justement la raison qui me pousse à partir.

— Si vous restez, Marcus vous appartiendra pour toujours. Si vous partez, vous le perdrez. Et vous n'êtes pas le genre de femme qui accepte facilement la défaite.

Rose lui fit face. Les larmes avaient totalement disparu.

Elle s'avança vers Elizabeth, impassible, droite. C'était la première fois qu'elle l'entendait parler aussi longtemps. Une femme sans âge, sans réelle existence, ayant Marcus pour seul ancrage.

— Je ne comprends pas votre lien, il me dérange. Qui êtes-vous pour Marcus ?

Elizabeth plissa sensiblement les paupières. Les premières marques d'une capitulation.

— J'ai promis à M. Solar il y a bien des années de le servir jusqu'à sa mort ou la mienne.

— Mais pourquoi ?

— Parce que j'ai une dette envers lui. Une dette qui ne se mesure ni en parole ni en action.

Rose vit combien cette révélation lui coûtait.

— Prenez mon manteau.

Rose rentra dans l'appartement.

Quand Marcus revint après son concert, Rose l'accueillit, un sourire amoureux sur les lèvres. Elizabeth se tenait toujours dans l'ombre, prête à répondre aux moindres de leurs besoins, bien décidée à renier définitivement sa propre existence. Rose s'interrogea longtemps sur le poids de cette fameuse *dette*, mais elles n'évoquèrent plus jamais cette conversation.

40

Aix-en-Provence, février 1994

Deux jours s'étaient écoulés depuis le retour de Diane dans le Sud. Christophe gara la voiture sur le parking. Des dizaines de personnes se pressaient devant l'église. Une foule d'adultes aux visages baissés et d'enfants courant entre leurs parents. Des couples en tenue de deuil se serraient l'un contre l'autre pour conjurer le mal. À quelques mètres, Diane parcourait du regard cette agitation, assise dans la voiture de son père. Elle avait enfilé la seule tenue noire qu'elle avait trouvée, une robe trop courte qui remontait aux manches. Elle s'était préparée dans le plus total des silences. Sans un regard à son père durant tout le trajet. Elle ne se souvenait pas de la dernière fois où elle avait mangé. Le monde autour d'elle venait de s'assombrir, l'air s'était alourdi, comme couvert par une chape de plomb. Elle claqua la portière sans un mot. Son père tenta de la rattraper par la main. Elle le repoussa et monta les marches de l'église toute seule. Au loin, un chœur d'enfants chantait autour de l'autel. Des gens se saluaient en s'étreignant. Tous les visages étaient marqués de la même douleur. Des murmures sur son chemin. De personnes avec qui elle avait grandi et dont elle avait oublié le nom. L'église où elle avait dit adieu à sa maman. Le souvenir d'une si mauvaise journée.

Au milieu de l'allée menant à l'autel, le cercueil reposait. En bois foncé, il brillait à la lumière des bougies. Diane s'arrêta. Un homme était en pleine discussion avec le prêtre. Un vague de nausée la saisit. Même de loin, même de dos, elle le reconnut immédiatement. À sa carrure, à la vague d'émotions désagréables qu'il faisait monter en elle. Il tenait dans ses bras une petite fille brune qui mordillait son poing. Il ne portait plus les cheveux longs mais en simple brosse. Ses yeux noirs cernés se plissèrent quand il l'aperçut. Son visage n'avait pas changé. Quelque peu marqué par les années. Mais c'était le même homme. Tony. Héros du drame de cette journée.

— Papa, qui est l'enfant dans les bras de Tony ?

— C'est sa fille. Tu ne savais pas qu'ils avaient eu un enfant ?

Elle tourna la tête vers la photo accrochée à côté du cercueil. Un portrait d'Esther, tout sourire. Un cliché daté, où elle posait sur une plage, éternellement belle.

La nausée revint à la charge. Elle courut pour sortir de l'église et vomit sur les marches. Ça brûlait la gorge, piquait les yeux. Elle entendit une personne s'avancer derrière elle, sûrement son père pour lui apporter un mouchoir et lui dire d'arrêter de se mettre en scène. Elle se releva.

Virginie se tenait face à elle dans une robe noire, ses cheveux flamboyants attachés dans un chignon. Diane l'étreignit avec force. Virginie l'entoura en retour de ses bras massifs et sentit les boucles blondes de son amie lui tomber dans le cou et lui chatouiller le visage. Leur bonheur de se retrouver était proportionnel à la douleur qu'elles partageaient. Les années d'absence s'effacèrent. Les explications seraient pour plus tard. Elles redevinrent deux filles seules dans une ville d'où personne ne partait. Virginie lui tendit un mouchoir.

— La cérémonie va commencer. Je t'ai gardé une place à côté de moi.

La cérémonie dura une petite heure. Assises côte à côte, elles ne firent de discours ni l'une ni l'autre. Elles auraient pu raconter un millier d'anecdotes sur Esther. Sur leurs fugues, leurs virées nocturnes, leurs rires incontrôlables. Mais l'heure n'était qu'aux larmes. Sous leurs yeux, les gens défilaient. Tous finirent par se lever. Tony salua les personnes une à une d'une poignée de main ferme. Sa fille s'échappa d'entre ses jambes et courut au milieu de l'allée. Virginie et Diane suivirent sa progression. L'enfant s'arrêta à leur hauteur. Diane chercha des mots à lui dire. Petite brune aux yeux verts, elle était un parfait mélange de ses parents. Mais elle avait le regard de sa mère. Des yeux frondeurs, pleins de malice. Tony appela sa fille et la rattrapa en quelques enjambées. Il tourna la tête vers les deux femmes. Son regard croisa celui de Diane.

— Ça fait longtemps. Dix ans, non ?

— Un peu plus, oui.

Et d'une voix qui venait d'outre-tombe Diane reprit :

— Je ne savais pas que vous aviez eu un enfant…

— Esther l'a appelée Diane.

Il prit sa fille dans ses bras et la serra contre lui. Puis il fixa Diane de la même façon que le soir de leur première rencontre. Un regard pénétrant qui s'imprégna durablement en elle. Il ne cherchait plus à lui faire peur ni à l'intimider. Quelque chose d'autre gisait dans le noir profond de ses iris. Qui s'étendait au-delà de la souffrance. Une forme de méfiance vis-à-vis d'elle, dont Diane ne saisit pas l'origine.

Il s'éloigna sans leur dire au revoir pour rejoindre des personnes au loin. L'église se vidait. Il ne restait maintenant plus qu'elles à l'intérieur.

— Je suis en colère, Diane, lâcha Virginie.

— Je sais, je n'ai pas donné de nouvelles et…

— Je te parle de Tony. Le soir de sa mort, elle comptait le quitter, enfin. On avait tout prévu…

Elle prit son visage entre ses mains et fondit en larmes. Le cœur de Diane s'accéléra.

— Je ne te suis pas, là…

— Il l'a tuée. Ce n'était pas la première fois qu'il était violent avec elle, mais ça a été la fois de trop.

Diane se figea sur le banc de l'église.

— T'avais raison, depuis le début.

41

Les journalistes étaient repartis ce matin dans un grand fracas de cris et de voix énervées. Il n'y avait plus rien à voir, le vieux pianiste était mort dans son lit d'une overdose de morphine. Point final.

Gabrielle avait assisté à ce va-et-vient comme la spectatrice d'un show télévisé, un café à la main dans le hall d'entrée du petit hôtel aux rideaux rouges. Elle n'arrivait pas à monter dans le train pour rentrer à Paris. Elle ne se languissait ni de retrouver son appartement ni de prendre le métro, et encore moins de se confronter à Antoine Petit. Elle allait se faire virer. Ce n'était plus qu'une question de jours maintenant. Antoine laissait seulement passer un peu de temps pour ne pas avoir l'air d'un goujat sans états d'âme. Après un tel échec, elle se demandait qui voudrait bien l'embaucher. Probablement pas grand monde. Elle devrait penser à une reconversion. Dans quoi, elle n'en avait pas la moindre idée.

Elle avait eu ses parents au téléphone. Quel enfer d'entendre la voix pressée de sa mère avant 9 heures du matin ! Leur échange commençait toujours de la même manière. Un « bon, comment va ta santé ? » qu'elle aurait pu traduire par « est-ce que tu as fait une crise ? ». Pendant longtemps, cette question avait rythmé toutes leurs conversations. Devant la lassitude de sa fille, Eugénie Jansen avait opté pour une autre tactique. Mais qui traduisait la même angoisse.

Gabrielle avait passé la journée enfermée dans sa chambre, enroulée entre les draps, à zapper d'une chaîne à l'autre. En fin de journée, elle se décida à sortir de l'hôtel. Le jour déclinait doucement. Elle croisa un groupe de jeunes filles aux rires aigus, idiots. Smartphone en main, elles répétaient une *trend* TikTok. Et Gabrielle se sentit soudainement très vieille face à elles. Pourtant, à peine quinze ans les séparaient.

Elle entra dans le commissariat sous des regards étonnés et s'introduisit dans le bureau de Leïla sans y avoir été invitée.

La lieutenante leva la tête de son ordinateur pour découvrir sa visiteuse.

— Madame Jansen !

— Je ne vous dérange pas ?

Elle était déjà en train de s'asseoir face à elle.

— Je vous en prie. Qu'est-ce que je peux faire pour vous ?

— Je voulais savoir si vous aviez des nouvelles au sujet du piano.

— Le piano, bien sûr. Nous n'avons rien trouvé, j'allais vous appeler. Aucune entreprise de déménagement de la région n'a été contactée. Et le compte bancaire de M. Solar n'indique aucune transaction de cet ordre.

— Il aurait donc été volé ?

— Le manoir ne présente aucun signe d'effraction. J'ai tout de même téléphoné à un spécialiste avec qui le commissariat a déjà collaboré pour un vol d'œuvres d'art. Il connaît bien le marché du recel. Il m'a affirmé qu'aucun Bechstein n'a circulé dans la région et que ce n'est pas le genre d'objet d'art qu'on vole, de toute façon. C'est trop volumineux.

Gabrielle demeura interdite. Visiblement, ces explications ne lui plaisaient pas du tout.

— Donc on en reste là ? Le piano a disparu, et c'est tout ?

— Je suis désolée. Je n'ai pas d'autres informations à vous donner à l'heure actuelle.

— Il avait une grande valeur sentimentale pour Marcus. Il y a forcément un lien avec lui. Il est retrouvé mort, et son piano a disparu ?

Leïla soupira.

— Ou alors il s'en est séparé au moment de mourir. Il a mis ses affaires en ordre, comme on dit. C'est assez courant chez les personnes qui se donnent la mort.

La lieutenante sentit qu'une telle hypothèse blessait profondément Gabrielle. L'idée que Marcus ait planifié dans les moindres détails son suicide, jusqu'à se débarrasser de son objet fétiche sans qu'elle en ait eu la moindre idée, la dévastait.

— Mme Ravensberg a évoqué une femme. Une certaine Diane, liée à l'arrêt de la carrière de Marcus. Avez-vous fait des recherches à ce sujet ?

— L'enquête sur M. Solar est terminée, nous n'avons pas de raison de creuser davantage. Encore moins sur une obscure histoire d'amitié vieille de trente ans.

— Pourtant, Mme Ravensberg s'est déplacée jusqu'ici pour parler de ça. Pourquoi ?

— Qui sait ? C'est une milliardaire qui s'ennuie. Et elle veut se donner de l'importance. Mais ça ne change rien à la mort de Mme Storm et de M. Solar.

Gabrielle fixa Leïla pendant un court instant, comme si le doute s'installait en elle. Enfin, elle abaissa les épaules et se frotta les yeux, signes d'une capitulation totale.

— Vous avez sûrement raison. C'est juste que… je ne comprends pas pourquoi elle est venue à Belleville, alors je me suis demandé…

— Et vous avez eu raison. Mais ne vous tracassez pas. Il faut maintenant laisser le passé où il est.

Gabrielle hocha la tête et se leva.

— Je ne vous dérange pas plus que ça, alors.

— Je vous en prie. Quand rentrez-vous ?

— Demain soir normalement, répondit-elle.

En quittant le commissariat, Gabrielle médita sur cet échange. C'était bizarre, elle avait l'impression que la policière lui cachait des choses. Mais elle se ressaisit. Elle se faisait sûrement des films, comme d'habitude. Pourquoi la lieutenante ferait une chose pareille ?

42

Même après tout ce temps, la douleur d'un tel aveu marquait ses traits. Virginie avait vieilli prématurément. Cette femme de soixante ans en paraissait dix de plus. Toute innocence arrachée depuis des années. Chaque remords gisait dans ses yeux, un océan asséché où rien ne subsistait. Le départ de Diane, un premier deuil. La mort d'Esther, le cataclysme de sa vie.

— Quand Diane n'est pas venue au mariage, j'ai senti qu'on avait franchi un point de non-retour. Mais je n'aurais jamais cru qu'elle déménagerait sans nous dire au revoir. C'était tellement violent. Je me suis rendue chez son père, et elle n'était plus là. Partie avec un homme, un pianiste rencontré quelques jours plus tôt. Je me suis sentie doublement trahie. Esther se mariait, Diane était à Paris. J'étais seule. Je l'ai vue mener une existence de faste, de soirées et de voyages. Elle vivait la vie dont elle avait toujours rêvé. Je la jalousais pour ça. Pour avoir réussi à quitter le Sud. Moi j'étais là à vendre mes glaces pendant qu'elle côtoyait le beau monde. Elle m'a fait me sentir plouc. Une plouc pas même digne d'un au revoir.

— Son comportement vous a-t-il étonnée ?

— Diane était volcanique, elle s'emportait vite, puis redescendait. Mais elle n'avait jamais agi de la sorte. On avait juré d'être là pour les autres, quoi qu'il arrive.

— Qu'est-ce qui a précipité ce départ ? Tony ?

— Elle n'a pas supporté qu'Esther l'épouse. Puis elle a eu ce coup de foudre amical pour Marcus, et il a été sa porte de sortie. Diane était très possessive en amitié. J'ai ensuite compris qu'elle agissait de la même manière avec Marcus. Diane ne vivait que d'intensité. Les petits sentiments étaient réservés aux petites personnes, disait-elle.

— Qu'est-ce que ça signifiait ?

— Qu'elle rêvait sa vie. Mais ce rêve est devenu un cauchemar quand elle est revenue à Aix.

— Vous n'avez pas pensé à l'appeler pour lui annoncer la mort de votre amie ?

— Je savais que son père le ferait. Et, honnêtement, je ne m'en sentais pas capable. Des années qu'on ne s'était pas parlé, je ne voyais pas comment annoncer la nouvelle.

Son visage portait les traces d'une vie remplie de rires et de tristesse. Des rides expressives sillonnaient sa peau tannée par le soleil du Sud. Elle contenait ses larmes en levant les yeux bien haut vers le ciel, loin de Ronan et de ces révélations douloureuses.

— Qu'est-ce que j'ai redouté son retour ! Je ne voulais pas la revoir.

— Parce que vous lui en vouliez encore ?

— Non, parce que je savais que je lui pardonnerais trop vite. Elle avait ce pouvoir sur les gens qui l'aimaient.

— Et vous pensez qu'elle en avait conscience ?

— Évidemment. Mais elle n'avait pas un mauvais fond. Elle était d'une nature tellement... imprévisible. Ce genre de comportement est hélas aussi fascinant qu'il est difficile à supporter.

Ronan était suspendu aux lèvres de cette femme qu'il connaissait à peine. Son récit plein de malheurs bouleversait ses repères. Diane lui rappelait son père. Il avait une propension aux grands gestes comme aux accès de larmes. Un dépressif qui avait passé sa vie à chercher le bonheur sans jamais le trouver. À agir selon des instincts irraisonnés. Une personnalité fascinante mais difficilement fréquentable. Quand il était mort, Ronan n'avait pas quinze ans. Sa mère avait refait sa vie depuis longtemps. Elle était loin. Trois ans plus tard, il entrait à l'école de police. Il se demandait parfois comment son père aurait survécu aux aléas de la vie. Et comment lui-même aurait supporté de vieillir à ses côtés. Cette pensée de mauvais fils lui donna un frisson. Il se concentra de nouveau sur Virginie.

— Comment se sont passées vos retrouvailles ?

43

Aix-en-Provence, février 1994

Virginie avait déménagé de chez ses parents en 1988. Elle était partie tard, à presque trente ans, après avoir fait suffisamment d'économies pour s'acheter un logement de l'autre côté d'Aix, dans un quartier peu touristique où les maisons ocre laissaient place aux constructions des années 1960. Des barres d'immeubles sans charme, ressemblant vaguement à des HLM d'un meilleur standing. L'ascenseur était en panne. Elles montèrent les étages sans parler et arrivèrent pantelantes au septième. Et Diane découvrit le petit appartement de Virginie. Un minuscule deux pièces sans la moindre décoration, où elle vivait depuis bientôt six ans. Elle rapporta de la cuisine deux bouteilles de 1664 et lui fit signe de la rejoindre dans le salon. Elles trinquèrent sans se regarder, toujours en silence.

— Tu veux manger quelque chose ? Je crève de faim, dit enfin Virginie pour briser le silence.

Elle ouvrit son frigo. Il était vide.

— Il y a une pizzeria correcte en bas, lâcha-t-elle en le refermant.

Diane but une gorgée qui lui brûla l'estomac. L'alcool lui monta immédiatement à la tête. C'était la première chose qu'elle ingurgitait depuis le début de la journée.

— J'ai mis où leur menu…

Pendant que Virginie ouvrait tous les tiroirs, Diane avala sa bière d'un trait. Dans quelques minutes, elle serait ivre et oublierait peut-être cette affreuse journée. Derrière elle, Virginie venait de trouver la carte et énumérait toutes leurs pizzas. Margherita. Reine. Quatre saisons. Quatre fromages. Mais Diane ne l'écoutait plus. Elle venait de remarquer quelque chose dans l'angle du mur, posé contre une table. La seule décoration du salon. Un cadre de guingois, à l'abri des regards. C'était la photo d'elles trois, posant sur la plage à l'été 1981. Sauf que Diane avait été coupée.

Virginie s'approcha d'elle.

— Qu'est-ce que t'espérais ? Que je créerais un petit autel à ton effigie ?

— Tu sais très bien pourquoi je suis partie.

— À cause de Tony, oui. C'est ton excuse, je sais. Et ton père, t'y as pensé ? Et à moi ? Non, t'as pensé qu'à toi, comme d'hab. T'avais aucun avenir ici. T'aurais fini serveuse ou caissière, et tu ne voulais pas de cette vie de merde, hein ?

— Je t'ai écrit pour t'expliquer… Tu ne m'as jamais répondu !

— Qu'est-ce que tu voulais que je réponde ? T'es partie sans même nous dire au revoir ! Tu te rends compte de ce que ça nous a fait ? Et puis c'était trop tard, je ne voulais surtout pas t'entendre te justifier. Je t'ai tellement haïe. Si tu savais à quel point.

Les yeux de Diane s'embuèrent de larmes.

— T'étais trop bien pour nous, en fait. Ton pianiste, il pouvait t'apporter la vie dont tu avais toujours rêvé. Les voyages, l'argent, les soirées… Nous, on était tes potes d'enfance, des ploucs qui ne méritaient pas un au revoir…

— Pas du tout ! Si tu me laissais t'expliquer…

— Je ne veux pas de tes explications. Esther est morte, je n'ai pas envie de ressasser le passé. Plus rien ne nous lie. Tu vas rentrer à Paris, et on ne va jamais se revoir. C'est très bien comme ça.

— Non, je vais rester un peu ici…

— T'es partie, assume. Bois ta bière et casse-toi.

Virginie décapsula une nouvelle 1664 et en but la moitié d'une traite. Elle s'essuya ensuite la bouche du revers de la main. Face à elle, Diane ne bougeait pas, prostrée comme une enfant. Une longue bataille silencieuse s'engagea. Et aucune des deux ne bougea.

— Diane, va-t'en.

— Non, répondit-elle, au bord de l'implosion.

Virginie soupira. L'impulsivité de Diane n'était pour certains qu'une immaturité déguisée. Un égoïsme social, de jeunesse. Agir, puis réfléchir aux conséquences. Vivre intensément chaque instant sans se soucier des autres. Bien sûr que Diane était égoïste. C'était l'âge, le fait d'être fille unique, la mort brutale de sa mère… Sa nature même. Il fallait arrêter de lui trouver des excuses. Virginie lui en avait cherché pendant trop longtemps. Diane était partie en quête d'elle-même, un acte dramatique comme elle en avait le secret. Elle reviendrait à la maison, et tout serait oublié. Virginie y avait cru naïvement. Mais les jours s'étaient transformés en semaines, et les semaines en années. Et Diane n'était pas rentrée. Alors son impulsivité, Virginie l'avait en horreur. Elle maudissait le souvenir de son amie et redoutait son retour. Diane avait ce pouvoir sur elle. Ce pouvoir était peut-être écorné, mais intact.

Diane s'approcha de Virginie et s'arrêta à une distance suffisante pour ne pas la mettre mal à l'aise.

— J'ai besoin de te raconter mon histoire avec Marcus. Nous nous aimons, mais pas comme tu le penses. Après ça, peut-être que tu changeras d'avis.

Elle vit la main de Virginie, celle qui tenait sa bière, trembler. Elle posa la sienne dessus. Elles restèrent dans cette position longtemps. Suffisamment longtemps pour ressentir la chaleur de leurs mains.

Diane commença alors le récit des treize dernières années. De sa vie tumultueuse aux côtés de Marcus, de leurs périples, des concerts du pianiste et de l'immense solitude de l'artiste.

— Mais… je ne comprends pas, vous vivez ensemble, sans être ensemble ?

— Oui. On s'aime… d'amitié. Il n'y a aucune attirance physique entre nous.

Virginie finit sa bière.

— Pourquoi t'es jamais revenue, pas une fois en dix ans ?

— J'ai voulu, si tu savais. Je vous ai appelées des centaines de fois pour raccrocher dès la première sonnerie.

— C'était toi ! s'écria Virginie. On a cru à un pervers !

— C'était moi. J'avais tellement honte de la façon dont j'étais partie. Je ne savais pas comment vous parler, quoi vous dire… Je suis partie sur un coup de tête. Mais je crois que je ne réalisais pas que… que…

— Qu'on allait te manquer ?

— Que je ne reverrais jamais Esther.

Un silence funeste accompagna cette phrase. Cette conversation portait en elle l'irréalité des retrouvailles forcées.

— Moi aussi j'ai voulu t'appeler. Mais dès que je te voyais sur une photo, posant aux côtés de gens célèbres, je me disais que je n'avais pas le droit de te ramener à nous, dans notre malheur. Pour te dire quoi ? Que tu avais eu raison depuis le début ?

Diane ne sut que répondre, alors elle demanda d'une voix stressée :

— Que s'est-il passé ?

— Ça a commencé il y a des années, bien avant la naissance de Diane. Des comportements bizarres, de la jalousie… Mais Esther semblait heureuse. Elle racontait à qui voulait l'entendre qu'elle était follement amoureuse. Que tout allait bien. Qu'elle aimait que son homme soit possessif. Qui j'étais pour remettre en cause sa parole ? Sa vision du couple ? Et puis, un jour, elle a quitté son travail. Elle se faisait trop draguer au supermarché. À croire. L'escalade a ensuite été assez rapide. Je n'ai rien vu venir. Personne.

Diane déglutit. L'alcool lui montait au cerveau, elle sentait ses sens en émoi. La pièce se rétrécissait, les murs se tordaient.

— Tu te souviens de ce que faisait Tony quand on l'a rencontré en 1981 ? Il bossait dans un garage. C'était juste une couverture, mais ça on s'en doutait. Il dealait. Et un jour il s'est fait arrêter par les flics. En échange de balancer des noms, il pouvait éviter la prison. Il a tout de suite accepté. Et ça lui a donné une idée de carrière : il est devenu flic. Le dealer repenti qui se rachète une conscience. Il a passé les concours de police... Aujourd'hui, il est capitaine. Comme il a gardé des contacts avec toutes les petites frappes du coin, il continue ses magouilles. Tout le monde le sait, mais personne ne peut rien y faire.

Virginie fit une pause dans son récit. Diane tenta de se représenter la vie d'Esther depuis treize ans aux côtés de Tony. Esther, enfermée dans sa maison par son mari possessif.

— Elle ne m'a parlé des violences qu'elle subissait qu'il y a trois ans, reprit Virginie, au moment où elle a appris qu'elle était enceinte. J'étais dévastée. Des années que je ne voyais rien, alors que les preuves étaient là, sous mes yeux ! Des manches longues en été, des couches de fond de teint, des blessures à des endroits improbables, soi-disant par maladresse... Elle avait toujours les meilleures excuses. Et il la couvrait de cadeaux. J'ai insisté pour qu'elle le quitte, elle a refusé. Elle m'a promis que, avec la gosse, il allait changer. Et comme une conne je n'ai rien fait... Mais elle était si sûre d'elle... Quand la petite est née, les disputes sont reparties sur le choix du prénom. Elle voulait l'appeler Diane. Tony te détestait, ça a été violent. Il l'a tellement battue qu'il a ensuite culpabilisé et accepté le prénom. C'était comme ça entre eux. Il la violentait, puis rongé de remords lui passait tout. Et ça recommençait.

— Mais… elle n'a jamais porté plainte ?

— Il était flic. Son dossier n'aurait jamais été traité, et elle le savait.

Diane chercha une réplique, mais les mots ne sortirent pas. Elle ne pouvait même plus regarder son amie dans les yeux.

— Il y a six mois, il l'a battue alors qu'elle tenait Diane dans les bras. Esther a fini à l'hôpital. Elle a menti en disant qu'elle était tombée. Mais ça a été la fois de trop. Elle a enfin compris que ça ne changerait jamais. Et qu'il s'en prendrait bientôt à sa fille. On a décidé de tout quitter, ensemble. Je ne pouvais pas la laisser seule. On a acheté des téléphones prépayés pour se parler sans risquer de se faire démasquer par Tony. La veille de sa mort, on avait prévu de s'enfuir. Des semaines que tout était organisé. C'est pour ça que mon appart est vide. Ce soir-là, il devait rentrer tard.

Virginie prit un morceau de sopalin et se moucha bruyamment dedans.

— À l'heure prévue, j'ai appelé pour lui dire que je partais. Il me fallait environ quinze minutes pour arriver chez elle. Elle devait se tenir prête, et on filerait avant qu'il rentre.

Diane sentit son cœur se serrer en devinant la suite.

— Elle n'a jamais répondu à mon appel.

44

Les lumières des appartements d'en face s'allumaient toutes progressivement. Le soleil se couchait sur Aix. Et la vie se mettait sur pause pendant quelques heures. Diane se souvenait de l'appartement des Lepaire. De leur goût immodéré pour le jaune, des draps jaunes, des rideaux jaunes, de la tapisserie jaune. De leur passion pour les glaces, qui avait mené à la création de leur entreprise familiale. Des remarques sur le poids de Virginie durant toute son adolescence. Trop grosse, trop gourmande. Puis trop rousse, la gamine. Tout à cacher, même durant l'été.

Virginie se comparait aux filles des magazines féminins que dévorait sa mère, à ces corps retouchés auxquels elle rêvait de ressembler. Les années étaient passées depuis la fin de l'insouciance. Et Virginie ne s'embarrassait plus de la validation des autres.

Dans l'appartement, Diane l'entendait se moucher. La nausée lui était montée jusque dans la gorge, elle l'avait réprimée tant bien que mal. Elle repensait à Esther, à sa peau hâlée le dernier été où elle l'avait vue. Se raccrochait encore un peu au passé. Cette Esther-là, celle qui subsistait. Son sourire offert aux passants, son corps fier sur une musique estivale. Tout ce qu'elle ne serait plus jamais. Tout ce que Tony avait détruit.

Virginie reprit son récit, la voix étranglée :

— Le temps que j'arrive, une ambulance était déjà devant la maison et emmenait son corps. « Une mauvaise chute dans l'escalier », m'a dit un des ambulanciers. Bien sûr. Comme si quelqu'un allait gober ça. Je n'ai même pas pu la voir.

Virginie renifla, avant de poursuivre :

— Je ne sais pas comment Tony a appris pour notre plan, mais il l'a tuée. J'en suis sûre. C'est pour ça que je n'ai pas pu voir son corps. Il a dû la défigurer. Mais je ne pourrai jamais le prouver. La vérité est morte avec Esther. Et Tony a gagné.

— La vérité est peut-être morte avec Esther, mais Diane est en vie. C'est une enfant innocente entre les mains d'une brute. Qui sait ce qu'il va lui faire ?

— C'est son père, sa seule famille, les parents d'Esther ont déménagé loin… Qu'est-ce que tu veux qu'on fasse ? Il a tous les droits.

— On va terminer ce qu'Esther a commencé.

Virginie dévisagea son amie, interloquée. Elle connaissait ce regard. Cette détermination dès qu'une idée impossible ou dangereuse germait dans son esprit.

— Qu'est-ce que tu racontes ?

— Tu dis que Tony est intouchable. Peut-être ici, à Aix, mais, en dehors, c'est personne. On va sauver Diane, l'éloigner de cette ville de merde.

Virginie soupira. Voilà pourquoi elle ne l'avait pas appelée pendant dix ans. Voilà pourquoi elle l'avait tenue à l'écart de cette tragédie. Pour qu'elle n'en devienne pas l'actrice principale.

— On va sauver Diane, répéta-t-elle. On va venger Esther.

Virginie repoussa sa bière en lui lançant un regard las.

— Laisse-moi deviner, t'as rien avalé depuis quoi ? Vingt-quatre heures ? T'es bourrée.

— Pas du tout ! s'énerva Diane. Tu m'en veux, et je mérite ta colère. Mais là, je te parle d'autre chose. Pas de vengeance mais de justice.

— Mais quelle justice ? Tu veux enlever une enfant ?

— Je veux la sauver !

— OK, et on fait quoi après ? On l'élève ensemble ? Et Tony ?

— Je ne sais pas, je…

— Tony nous tuera si on touche à sa fille. Sans parler du fait que c'est complètement illégal. Allez, va te coucher.

Virginie prit les bières et se dirigea vers la cuisine. Diane avait dessoûlé d'un coup et elle changea de ton.

— Tu sais pourquoi je ne t'ai pas dit au revoir, il y a treize ans ? Parce que je savais que ce serait plus simple de disparaître. Tu me mettais sur un piédestal, tu me pardonnais tout, tu m'aimais trop. T'as jamais pensé à toi, à ce que tu voulais vraiment dans la vie. T'as jamais osé dire non. C'est ça, la vérité. T'as pas supporté que je parte alors que, toi, tu restais coincée à vendre des glaces à Aix. C'est ça, la vérité. Tu m'en veux, oui, mais tu t'en veux à toi surtout.

Virginie fit volte-face et lança une bière en direction de Diane, qui l'évita de justesse. Le verre explosa en mille morceaux juste derrière elle. Le liquide mousseux coula sur le mur. Les yeux de Virginie étaient brillants de colère.

— Casse-toi ! Dégage de ma vie !

— Non ! répondit Diane en hurlant encore plus fort. Je suis partie une première fois. Je ne referai pas cette erreur. J'arrêterai Tony, avec ou sans ton aide.

À la mention de Tony, les épaules de Virginie s'abaissèrent, et elle se laissa choir sur la chaise derrière elle.

— Je ne veux plus parler de lui.

Diane s'approcha d'elle et la prit dans ses bras.

— Alors ce soir nous parlerons d'Esther, et seulement d'Esther.

Virginie capitula. Oui, ce soir, elles feraient la trêve pour leur amie disparue. Et, pendant une soirée suspendue entre le drame et le deuil, elles redevinrent deux copines d'enfance.

45

Rose entra dans la brasserie la plus animée de Belleville. Elle ne pouvait plus supporter sa chambre d'hôtel impersonnelle et le standing médiocre de son room service. Et, après une journée passée enfermée à gérer à distance rendez-vous par Skype et mails importants, elle avait besoin d'un changement de décor.

Son regard se porta sur les nappes en papier, le chahut ambiant et les serveurs pressés qui virevoltaient entre les clients. C'était clairement le seul restaurant animé de la ville. Elle s'assit sur une banquette et retira son manteau de fourrure. Quelques tables plus loin, une famille nombreuse parlait très fort. Deux garçons dévoraient des frites à la mayonnaise. Face à eux, leurs parents, deux quadragénaires fatigués, pianotaient sur leur téléphone. À la table d'à côté, un couple de personnes âgées ne se parlait plus, comme s'ils ne survivaient que grâce à leur entrecôte accompagnée d'un verre de chablis.

Elle leva l'index pour héler un serveur, un jeune garçon qui arriva au pas de course en s'épongeant le front.

— Bonsoir. Au menu, on a…

— Je veux un steak tartare et du riz blanc.

— Nous n'avons pas de steak tartare au menu, désolé. Mais notre chef a fait un super burger maison…

Rose sortit un billet de cent euros de son sac, qu'elle mit dans sa main.

— Débrouillez-vous. Et apportez-moi votre meilleure bouteille de bourgogne. Rouge. Ce sera tout.

Le serveur s'éloigna, son billet de cent euros en main, ne sachant que faire avec cette étrange requête. Rose sortit son téléphone et passa en revue ses appels manqués. Elle fit ensuite défiler ses messages jusqu'à la conversation avec son fils, Gary. Leur dernier échange remontait au mois dernier. Il ne lui avait pas répondu. Elle commença à rédiger un message, s'arrêta, puis reposa son téléphone. Le serveur revint quelques instants plus tard avec une bouteille de meursault 2018.

— Pour le vin, je n'ai trouvé que celui-là. J'espère que ça vous conviendra… Et mon chef va voir ce qu'il peut vous cuisiner…

Tout en parlant, il ouvrait la bouteille. Rose tapait du pied avec son escarpin. Il n'était pas assez rapide, visiblement.

— Je m'en occupe, dit-elle en la lui arrachant des mains.

— Mais vous ne voulez pas le goûter ?

Elle était déjà en train de retirer le bouchon. Il s'éloigna sans demander son reste. Elle se servit un grand verre. Le vin était bon, elle le garda en main, puis reprit son téléphone et ouvrit Instagram. Son fils avait un compte public suivi par des milliers de personnes. Elle fit défiler des photos de son mari et de leurs jumelles. Dire qu'elle n'avait jamais rencontré ses petits-enfants ! Ils souriaient, heureux de leur vie londonienne. Le couple avait emmené les fillettes à des manifestations LGBT. Ils scandaient leurs revendications, leurs gamines sur les épaules. Ils posaient, en vacances à l'autre bout du monde. Il y avait même un cliché pris à Washington, qui datait de moins de deux mois. Elle enserra le verre dans sa main. Il ne lui avait même pas dit qu'il était de passage sur le Nouveau Continent. Elle chercha ensuite Gabrielle Jansen sur les réseaux sociaux, mais ne trouva rien.

Prise d'une impulsion incompréhensible, elle appela Gary tout en se resservant un grand verre de vin. Au même moment, le serveur apporta le steak tartare d'une main tremblante.

À sa grande surprise, son fils décrocha.

— Allô ?

— Gary, c'est ta mère.

— Je sais. Que se passe-t-il ?

— Rien de spécial, je voulais juste prendre de tes nouvelles.

Rose ressentit la gêne que provoquait cette réponse, même à des centaines de kilomètres.

— Ah, je pensais que quelque chose de grave était arrivé.

— J'ai encore le droit d'appeler mon fils !

— Tu ne m'as pas appelé depuis des années.

Elle plissa les yeux à cette remarque.

— Et j'en suis désolée. Je suis en France, alors je me disais que je pourrais peut-être passer vous voir dans quelques jours...

— Qu'est-ce que tu fais en France ?

— C'est une longue histoire. Mais qu'en dis-tu ?

Il y eut un silence.

— J'ai vu aux infos que Marcus Solar est mort...

— En effet. Mais qu'en dis-tu ? Que je vienne te voir ?

Rose n'avait jamais évoqué ses premières fiançailles avec lui. Elle ne commencerait pas maintenant.

— Je ne sais pas...

— Je pourrais enfin rencontrer mes petites-filles.

Rose perçut un soupir dans le combiné et des voix lointaines. Des cris aigus d'enfants, qui lui firent trembler la mâchoire.

— Tu restes combien de temps en France ?

— Quelques jours seulement, j'ai une affaire à régler.

— D'accord... je vais y réfléchir.

— Tu me le promets ?

Elle devina qu'il hésitait avant de répondre.

— Je te le promets.

La viande crue suintait dans son assiette. Cette conversation venait officiellement de lui couper l'appétit. Ce soir, son repas se résumerait au meursault 2018.

La petite fille

Il était venu vivre chez eux sans crier gare, son baluchon sous le bras. « Ton nouveau frère », lui avait dit son père. « Tu devras l'aimer », lui avait-il ordonné. Il s'était installé dans le bureau qu'on avait reconverti en chambre.

Tout fut bientôt articulé autour de lui. Les cours de piano et de solfège. Les premiers concours où il fallait l'emmener, le week-end, à l'autre bout de Paris. La maison devait être calme pour qu'il puisse étudier. Le piano meubla bientôt leur quotidien. Toute la journée, parfois même la nuit, il jouait. Elle se demandait s'il savait faire autre chose ? S'il pensait à autre chose. Rêvait à autre chose.

Ils ne parlaient pas. N'échangeaient rien. Comment aurait-elle pu aimer quelqu'un qui s'était immiscé dans leur foyer et qui ne donnait aucun signe d'affection ? Elle se demandait aussi s'il était reconnaissant des efforts que son père déployait pour lui. Celui-ci consacrait tout son temps libre à l'enfant. « C'est un prodige, tu comprendras un jour », lui répétait-il. Elle devait se contenter de cette réponse. Accepter les silences de l'enfant. Accueillir cette présence étrangère qui prenait toute l'attention de son père.

Deux années passèrent. L'enfant fut reçu à l'École normale de musique de Paris. Il était maintenant un adolescent et surpassait tous les étudiants, même ceux des années supérieures. On le promettait déjà à un avenir glorieux. Et la petite fille devint une adolescente qui grandit dans son ombre, dans sa haine.

Elle voulait comprendre ce que ce parasite avait de plus que les autres, pourquoi tout le monde était si dévoué envers une si petite personne. Alors, un jour, elle le suivit après les cours. Il avait dit qu'il rentrerait plus tard. Il longeait le boulevard Malesherbes en compagnie d'un garçon du même âge que lui, un rouquin d'une quinzaine d'années. Ils quittèrent la grande rue et s'engouffrèrent dans une petite allée escarpée. Après avoir vérifié qu'ils étaient seuls, ils s'approchèrent l'un de l'autre en rigolant. Et leurs bouches se trouvèrent pour un baiser timide, digne des premiers émois amoureux. La jeune fille étouffa un cri dans sa main et recula. Elle courut à travers le 17e arrondissement et rentra chez elle. Le cabinet de son père était situé en face de leur appartement. Et il était encore en consultation. Elle l'attendit dans la cuisine, essoufflée, en sueur. Quand il finit par sortir, il découvrit sa fille dans la cuisine, la mine grave.

— Que se passe-t-il ?

— Je ne sais pas si je dois en parler.

Son père s'assit en face d'elle.

— Tu peux tout me dire, ma chérie, surtout si c'est important.

Elle hésita et se mordit la lèvre. Repensa à leurs bouches emmêlées et se lança.

— J'ai vu quelque chose.

Dans la soirée, l'adolescent fut reçu pendant un long moment dans le cabinet du médecin. Quand il ressortit, la jeune fille se tenait dans l'ombre d'une alcôve. Son père avait la main posée sur l'épaule du garçon. Elle l'entendit murmurer quelques mots.

— Je suis content qu'on ait eu cette discussion maintenant. Tu peux aller te coucher.

Et le garçon disparut dans sa chambre. Elle sortit de sa cachette pour trouver son père. Il sourit à sa fille.

— Tu as bien fait de venir me parler. On a eu une longue discussion, et tout ira bien désormais.

— Je ne comprends pas…

— Le pauvre, il est malade. Il souffre.

— Malade ? De quoi ?

— Je t'expliquerai ça un jour, ma chérie. Disons que son mal est connu depuis la nuit des temps. Mais ne t'inquiète pas, on va le soigner. Il sera plus apaisé après, tu verras.

Il caressa la joue de sa fille.

— Et si tu nous préparais un bon dîner comme tu sais si bien faire ?

— Bien sûr papa, mais…

— Ne t'inquiète de rien, ma chérie.

Il s'éloigna sur cette phrase, et la jeune fille se dirigea vers la cuisine. Elle ne comprenait pas de quoi il parlait, car elle n'avait pas eu l'impression que les deux garçons étaient malades. Ils avaient l'air heureux, plutôt. Mais après tout son père était médecin, il savait ce qu'il faisait, non ?

46

Paris, mars 1994

Marcus errait dans les rues depuis des heures. Ses déambulations prirent fin dans les jardins du Carrousel et des Tuileries. Il entra dans le parc par la rue de Rivoli et se promena dans les allées parfaitement entretenues. Il s'arrêta devant le Louvre. Il resta un moment à le contempler. Bientôt, les fenêtres s'éteindraient une à une.

Marcus avait eu vent des rumeurs qui circulaient sur cette vie nocturne dissimulée aux regards. Ces rencontres furtives dans les buissons. Quelque chose d'illicite, un lieu de passage pour des hommes sans nom. Il les voyait flâner, le pas nonchalant. Les mineurs qui mentaient sur leur âge. Les habitués qui se dirigeaient vers un endroit connu d'eux seuls. Certains sortaient du travail, à en juger par leur costume. Un arrêt sur le chemin de la maison, avant de rentrer retrouver femme et enfants. Tous ici pour la même raison. Le frémissement d'une envie qui ne s'assumait qu'à la tombée de la nuit.

Marcus s'arrêta devant un buisson où il perçut du mouvement. Un homme se baissait devant un autre. Marcus ne devinait que des ombres redessinées par les réverbères. Dans un gémissement étouffé, le plus jeune des deux convulsa de plaisir, tête relevée vers la lumière. Marcus recula au même moment. Un frisson traversa son échine, son cou, sa bouche. Il transpirait sous son manteau de laine.

Un instant plus tard, il entendit des bruits de pas. Un homme s'approchait de lui en refermant la braguette de son jean. Il marchait vers Marcus avec insolence, un sourire amusé sur le visage.

— T'as vu quelque chose qui t'a plu ?

— Je… je ne vois pas de quoi vous parlez…

— Je t'ai vu nous mater.

Il s'arrêta sous le réverbère. Et, là, Marcus fut frappé par sa beauté. Une gueule de jeune premier encadrée par des cheveux blonds. Il portait un Perfecto noir comme ces comédiens américains dans *Vogue*. Il avait ce charme des éternels adolescents, une beauté parfaite, presque vulgaire, qui aurait fait succomber les plus vertueux. Il s'alluma une gauloise avec la même indolence, adossé contre le réverbère, son regard provocant posé sur le pianiste. Il lui souffla une épaisse fumée au visage. Même ce geste odieux était sensuel. Comme une invitation. Il se rapprocha de Marcus, juste assez pour le déstabiliser. Le faire douter de lui-même.

— C'est ta première fois ici, n'est-ce pas ?

— Oui, répondit Marcus d'une voix étouffée.

L'homme jeta sa cigarette aux pieds de Marcus. Il caressa le visage du pianiste, puis posa les lèvres sur les siennes. Elles avaient le goût du tabac. Sa langue, de l'interdit.

— Viens, murmura l'homme en le prenant par la main.

Devenir une proie parmi toutes les proies. Et laisser la nuit l'engloutir. Marcus ne résista pas à l'invitation. L'homme le guida vers un coin de verdure à l'écart des autres noctambules. Lui dit de s'allonger. Marcus s'exécuta, automate privé de l'idée de lui-même. Il ne voulait pas contrôler la situation. Le ton de l'inconnu était doux mais autoritaire.

Celui-ci lui défit sa ceinture, puis déboutonna sa braguette. Abolit les dernières barrières. Passa la main sous son pantalon, effleura sa peau. Le sentit se tendre.

— T'es pas le pianiste qui a posé pour le *Time* ? Ne t'inquiète pas, ton secret est bien gardé avec moi…

Marcus repoussa l'homme avec une telle violence que celui-ci bascula en arrière. Il se releva et courut hors des buissons en remontant son pantalon. Quitta les Tuileries à toute vitesse pour retrouver l'anonymat de la rue, ses passants et son fourmillement nocturne.

Marcus ne rentra chez lui qu'au petit matin. Il desserra le col de sa chemise en refermant la porte de son appartement. Il expira fébrilement, ouvrit puis referma ses mains en grimaçant. Il posa un regard fatigué sur le grand salon face à lui. Il avait acheté cet appartement sept ans plus tôt, juste après avoir signé son premier gros contrat avec une maison de disques.

Un raclement de gorge le fit sursauter. Diane était allongée sur le canapé, les jambes étendues sur la table. La colère colorait son visage et tendait ses traits.

— T'étais où ? cracha-t-elle. Je t'ai attendu toute la nuit. J'étais morte d'inquiétude.

Marcus retira son manteau. Quand elle était dans cet état, il préférait l'éviter. Elle venait de passer trois semaines à Aix pour l'enterrement de son amie. Il n'avait eu aucune nouvelle d'elle, comme d'habitude. Il respectait ce besoin de distance, surtout en de pareilles circonstances. Mais, ce matin, il n'avait aucune envie de gérer ses humeurs.

— Je croyais que tu étais encore dans le Sud. Tu ne m'as pas prévenu que tu rentrais, lâcha-t-il en pénétrant dans la cuisine adjacente. Tu as croisé Elizabeth ?

— Ne change pas de sujet. Tu étais où ?

— Parce que, maintenant, je dois te rendre des comptes ? Je suis sorti, ça m'arrive encore.

Il entendit Diane se lever et le rejoindre d'un pas rapide, énervé.

— Pourquoi est-ce que tu me réponds comme ça ? Qu'est-ce que tu as ?

— Rien, je suis fatigué. Je vais aller me reposer. J'ai un concert ce soir.

Tout en parlant, il se préparait un café. Mais ses gestes étaient hésitants. Il tremblait et tentait de le dissimuler par une hyperactivité maladroite.

— Il s'est passé quelque chose ?

— Je suis fatigué, c'est tout.

Diane posa la main sur celle de Marcus. Il s'immobilisa. Elle devinait qu'il portait les vêtements de la veille, ce qui ne lui arrivait jamais. Il sentait un mélange d'odeurs contradictoires qui ne lui allaient pas. Le tabac surnageait, et Marcus ne fumait pas.

— Tu veux en parler ? murmura-t-elle.

Il leva les yeux vers elle. Et les masques tombèrent. Elle le prit dans ses bras. Chercha son odeur pour la mêler à la sienne. Et effacer toutes les autres. Elle s'éloigna pour l'observer plus en détail. De près, elle nota sa minceur. Il avait maintenant droit au maquillage avant chaque concert. Clown triste, vagabondant de ville en ville dans des tenues toujours trop amples. Cette vision lui brisa le cœur, Diane détourna le regard. Ils sortirent de la cuisine et s'assirent sur le canapé.

— Tu aurais pu me prévenir de ton arrivée…

— Je n'ai pas eu le temps.

Il fronça les sourcils.

— Qu'est-ce qu'il y a ?

Elizabeth entra dans le salon au même moment, la veste de Marcus en main. Elle s'arrêta en voyant Diane. Juste un instant, comme pour s'assurer qu'elle était bien là. Puis elle s'éloigna sans un mot.

— Toujours aussi sympa, cette conne…

— Diane !

Elle entreprit de lui raconter son retour à Aix. L'enterrement d'Esther. Les révélations de Virginie. À la mention de son projet pour la petite, le regard de Marcus s'embrasa.

— Tu as complètement perdu la tête ?

— Pas du tout, je suis très lucide.

— Très lucide ? Tu es en train de parler d'enlever un enfant, enfin !

— Je veux la sauver, il y a une nuance.

— Et ton amie en pense quoi ?

— Que c'est une folie.

Il s'enfonça dans le canapé.

— Diane, je compatis pour l'histoire de ton amie, vraiment… Tu es sûrement encore sous le choc et tu ne prends pas réellement conscience de ce que tu dis…

— Je sais parfaitement ce que je dis et j'ai les idées très claires.

En effet, Diane parlait distinctement, sans s'exciter. Son regard ne brillait ni de rage ni de folie. Et ce calme le glaça d'effroi.

— Mais tu ne peux pas prendre cette décision ! Tu ne connais même pas cette gosse !

— C'est une enfant innocente qui…

— Mais ce n'est pas *ton* enfant. Ni ton combat. Arrête de chercher à défendre des causes perdues. À vouloir sauver des personnes qui ne te demandent rien !

Elle se sentit soudainement bien seule dans ce si grand salon.

— On peut sauver cette enfant.

— Diane, c'est trop dangereux. Tu m'as dit que Tony était flic. Il te retrouvera. Et c'est interdit d'enlever une enfant.

Tu vas te faire arrêter avant même d'avoir pu la protéger, tu en as conscience, non ?

La détermination de Diane se craquela. Elle prit son visage entre ses mains, brusquement désemparée, comme si elle entendait enfin les avertissements de Marcus.

— J'ai laissé Esther épouser ce malade, je suis partie parce que je ne supportais pas ce connard. Maintenant elle est morte. Et je dois vivre avec ma lâcheté. Imagine que j'apprenne dans dix ans que sa fille a subi le même sort alors que j'aurais pu l'empêcher…

— Diane… On sait tous les deux ce que c'est que perdre ses parents. Le manque éternel. La souffrance que rien n'amoindrit. Ce que tu veux faire, ça peut la détruire.

— Ou ça peut la sauver.

La tête de Marcus lui tournait. Ce dilemme bousculait tous ses repères.

— Il y a sûrement d'autres moyens. Des voies légales, la police, la protection de l'enfance… Les parents d'Esther ne peuvent pas s'occuper de leur petite-fille ?

Diane fit non de la tête.

— Les parents d'Esther vivent loin, et elle était fille unique. Esther n'a parlé qu'à Virginie des violences qu'elle subissait. On n'a que sa parole contre celle de Tony. Il est son père. Et il est flic.

Marcus ne dit plus rien, à court d'arguments. Elle hésita, puis parla d'une voix où une tristesse infinie se décelait.

— Esther l'a appelée Diane. Comme moi… Je n'arrête pas de me dire que c'était un signe. Pour que je la sauve. C'est peut-être fou, mais on pourrait l'élever ensemble. Tu connais du monde, tu pourrais m'aider… et tu n'aurais pas à te marier à cette fille à papa. Et moi j'ai toujours voulu une famille. On ne s'aime peut-être pas à la manière d'un couple, mais ce qu'on a, c'est plus fort que tout, non ?

Dans la pièce adjacente, Elizabeth, qui venait d'écouter toute la conversation, composa un numéro. Elle patienta, imperturbable. Enfin, quelqu'un décrocha.

— Bonjour, madame Ravensberg. C'est Elizabeth Storm. Vous m'aviez dit de vous appeler quand Diane Leroy referait surface. C'est chose faite.

47

Rose Ravensberg s'était habituée à la capitale au cours de ces derniers mois. Aux Parisiens toujours pressés, au temps changeant, à cette odeur si particulière dans l'air. Mais New York lui manquait. Son duplex surplombant Central Park lui manquait. Son café préféré à l'angle de sa rue lui manquait.

Son chauffeur privé la déposa en bas de l'immeuble de Marcus. Elle ouvrit son poudrier et vérifia que son maquillage était impeccable.

C'était à un gala de charité que Marcus et Rose s'étaient rencontrés six mois plus tôt. Elle l'avait repéré tout de suite, seul au milieu de la foule de New-Yorkais richissimes, si élégant dans un costume Givenchy. Il ne savait rien d'elle, elle l'avait deviné à la façon dont il l'avait abordée. Il ignorait donc l'immense fortune dont elle venait d'hériter. Elle n'avait pas eu de nouvelles de lui après ce soir-là. Il jouait une série de concerts à Paris. Elle s'était spécialement déplacée pour le voir, prétextant des œuvres d'art à acquérir et des amis de longue date à rejoindre. Et elle était tombée amoureuse. Là, assise au premier rang. Elle l'avait voulu, tout de suite. Une idée avait alors germé et ne l'avait pas quittée depuis. Devenir le nouveau *power couple* de la scène new-yorkaise. Elle, la philanthrope ; lui, l'artiste qui s'était construit tout seul. Elle bâtirait leur légende, et rien ne pourrait l'arrêter.

En entendant du bruit, Marcus sortit de son bureau pour l'accueillir.

— Rose ! On n'avait pas rendez-vous directement au restaurant ce soir ?

— Je me suis dit que je passerais te voir à l'improviste !

— Et tu as eu raison. Je range mes affaires et j'arrive !

— Marcus, je sais que Diane est rentrée. Si elle pouvait éviter de se cacher dans sa chambre...

Un silence embarrassant accompagna cette phrase. La porte de la chambre en question s'ouvrit, et Diane en sortit. Sans un mot elle s'arrêta devant Rose.

— Bonjour, Diane, nous nous rencontrons enfin.

Diane ne répondit pas. Elle toisa la milliardaire. Sa pose travaillée, sa tenue impeccable, son brushing de magazine de mode. Tout ce qu'elle ne serait jamais. Là, exposé face à elle. Comme un affront.

— Comment saviez-vous que j'étais ici ? demanda-t-elle.

— Je sais tout des gens qui m'entourent.

Diane lança un regard à Elizabeth.

— Vous l'avez appelée, c'est ça ?

— N'accusez pas cette pauvre Elizabeth. Je suis seulement venue rappeler à Marcus ses obligations envers moi.

Les deux amis se jetèrent un regard interdit.

— Tu me fais surveiller ? s'enquit Marcus, qui venait de comprendre.

— Je t'empêche de commettre une très grosse erreur. Voilà ce que je fais.

Rose ouvrit délicatement son sac de luxe, sortit un porte-cigarettes et s'alluma une mentholée dans un geste affecté.

— Ne le prends pas personnellement, tous les gens que je fréquente sont surveillés, c'est tout.

Elle fit une pause avant de reprendre :

— Marcus, tu n'es qu'à l'aube de ta carrière. Si tu vas au bout de ce projet insensé, tu vas tout perdre et tu le sais.

— Ce qui se passe entre Marcus et moi ne vous regarde pas, rétorqua Diane.

Rose contempla Diane avec dédain. Leur première rencontre lui revint. Son entrée fracassante dans l'appartement. Le regard de Marcus sur elle. Un amour sans désir, une amitié fraternelle. Ils n'avaient pas besoin de se parler pour se comprendre. C'était cruel, évident. Pendant un court instant, Rose se surprit à jalouser son immaturité. Immaturité qu'elle, l'héritière sur qui tout un empire reposait, ne pouvait se permettre. L'instant passé, le mépris rebondit sur l'envie. Et l'écrasa.

— Mademoiselle Leroy, murmura-t-elle d'une voix acide. Tout ce qui concerne Marcus me regarde, vous ne l'avez pas encore compris ? Nous allons nous marier en janvier prochain. Marcus ne vous l'a pas dit ?

Diane se tourna vers Marcus.

— J'allais t'en parler…

— Et moi ?

— Je ne sais pas, Diane…

— Moi je sais, reprit Rose. Si je ne me trompe pas, vous voulez emmener Marcus dans un plan insensé. Et si on remonte jusqu'à lui ? Vous avez pensé aux conséquences sur sa carrière ?

— Je… mais…

— Non, bien sûr que non, vous n'y avez pas pensé. Vous ne pensez qu'à vous.

Diane offrit son air le plus désemparé à Marcus. Ce dernier fixait le piano, qui brillait sous les rayons du soleil. L'une lui offrait une échappatoire au destin qu'il s'était lui-même tracé. L'autre lui proposait la gloire. La douleur revint, un tiraillement dans tout le corps qui l'ancrait de nouveau dans la réalité. Diane lui parlait. Rose aussi. Mais il n'entendait plus personne. Il ne sentait que son cœur qui battait trop fort.

— Elizabeth va vous raccompagner. J'ai besoin d'être seul ce soir.

Les yeux de Diane s'embuèrent de larmes. Marcus la vit quitter le salon sans un mot. Mais la victoire de Rose fut de courte durée. Elle avait lu dans le regard de la jeune femme quelque chose d'autre. Qu'elle venait de la vexer, profondément. Mais, surtout, qu'elle n'en resterait pas là.

48

Ronan coupa le dictaphone. Virginie venait de commander une seconde pinte de blonde. Lui n'avait pas touché à la sienne, l'estomac noué. Elle se mouchait aussi, souvent. La nuit était maintenant tombée sur Carry-le-Rouet. Ils étaient les derniers clients.

— Comment Diane a-t-elle pu croire que vous suivriez une idée aussi folle ?

Virginie regarda le capitaine comme s'il venait d'apprendre que les hommes étaient mortels.

— Dites-moi, combien de femmes viennent à votre poste pour se plaindre de violences ? Et combien d'hommes sont condamnés ?

Ronan déglutit, incapable de répondre à cette attaque. Il n'y avait aucune haine dans la voix de Virginie, seulement un constat terne de la réalité.

— Imaginez il y a trente ans. Et si on avait tenté quoi que ce soit Tony aurait retourné la situation contre moi, l'amie frustrée. Sans mec et sans enfants, donc forcément jalouse. En plus, il était maintenant l'unique parent de Diane. Nous n'avions aucune chance.

— C'est pour ça que vous avez refusé de suivre Diane ?

— Bien sûr. Le plan initial était de partir avec Esther. Esther morte, je n'allais pas risquer la prison pour enlever sa gosse, c'était trop dangereux. Et puis on aurait fait quoi, après ? Non, c'était une folie.

Virginie fixait la mousse de sa bière. Il fronça les sourcils. Elle n'avait pas tout dit.

— Marcus Solar. On en vient donc à lui. Que saviez-vous de lui ?

— Honnêtement, à l'époque, pas grand-chose. Je l'avais vu passer à la télé. Je savais qu'il était un pianiste connu. Je supposais qu'il avait de l'argent et des relations… Ça s'arrêtait là.

— Et entre Diane et Marcus ?

— Je savais que leur lien était purement amical, mais qu'ils s'aimaient beaucoup. C'était à peu près tout.

— Et il a refusé de prendre part à votre projet ? continua Ronan.

— Apparemment, Rose, avec qui il était déjà fiancé, a tout découvert. Ses arguments ont suffi à convaincre Marcus que c'était une folie. Il n'en fallait pas tant que ça…

Ronan analysa cette information, pensa à cette femme qui avait fait irruption dans son bureau quelques jours plus tôt. À sa présence à Belleville, que personne ne parvenait à comprendre.

— Et vous ? Qu'avez-vous pensé de son refus ?

Virginie se perdit dans la contemplation de la mer.

— Diane en demandait beaucoup trop. Il avait enfin découvert son vrai caractère. Et la mort d'Esther, ça l'a tellement chamboulée. Tony est devenu sa cible, sa raison d'exister.

— C'est-à-dire ? Elle est retournée dans le Sud ?

— Oh oui ! Elle voulait le détruire. Elle ne pensait qu'à ça.

— Et Marcus ?

— Marcus voulait mener sa carrière tranquillement. Notion qu'elle avait du mal à accepter. Enlever une enfant, c'était dangereux et illégal. Elle n'aurait jamais dû le mettre dans une position pareille et lui en vouloir de refuser ! Si elle l'avait aimé autant qu'elle le prétendait, elle aurait dû lui pardonner… Je crois que, en plus, il avait une tournée de concerts à ce moment-là, il était donc très peu présent, très peu au fait de ce qui agitait Diane. Il voyait ça sûrement comme une énième lubie qui lui passerait…

Virginie s'exprimait avec beaucoup de lucidité sur le sujet. Le temps avait fait son œuvre. Elle n'était plus en colère. De ce drame, il ne restait que de la tristesse. Un chagrin infini qui s'amenuisait d'année en année, tout doucement.

— Mais cette fois-ci ce n'était pas une lubie.

— Non, ce n'était pas une lubie.

49

Aix-en-Provence, août 1994

Diane se demandait souvent quelle aurait été sa vie si elle était restée à Aix. Elle se représentait des amants locaux, sûrement médiocres. Un mariage soldé par un divorce. Des enfants, qui sait ? Puis la réalité la rattrapait, et le besoin de solitude engloutissait ses regrets. Une seule pensée l'éveillait. Virginie et Esther. Leur amitié aurait-elle survécu au passage du temps ? Parfois, elle se disait qu'elle était partie avant la déchirure de la vie, comme si elle avait pressenti la fragilité de leur lien.

Du temps, Esther n'en avait pas eu. Et Diane regrettait toutes ses décisions. Son choix de partir, son amitié avec Marcus, les treize dernières années à ses côtés. La mort d'Esther obscurcissait tout.

Elle était rentrée pour l'été. Un retour à la case départ et aucun plan de carrière. Marcus essayait de l'appeler, mais elle ne répondait pas. Son père ne posait plus de questions. Il la voyait dormir dans son ancienne chambre. Il était heureux de sa présence, mais malheureux qu'elle soit rentrée pour les mauvaises raisons.

Et, un matin, Diane ouvrit les journaux. Les fiançailles de Marcus et Rose s'étalaient en première page. L'annonce officielle. Le sourire travaillé de l'Américaine qui faisait presque croire au bonheur. Ses cheveux qui jamais ne bougeaient, cette bague à l'annulaire. Une insulte frontale à l'existence chimérique qu'elle avait vécue aux côtés de Marcus. Il s'enfonçait dans le mensonge, et Rose lui offrait la solution à son problème. Elle jeta un regard à la maison de son enfance qui n'avait pas changé, au seul cliché de sa mère dans le hall, puis soupira et prit le téléphone pour composer un numéro.

Marcus partait en répétition quand le téléphone de sa loge sonna. Il se produisait à Londres ce soir, puis en Allemagne, en Italie et en Ukraine dans les prochaines semaines. Ensuite, il embarquait pour une tournée de quinze dates en Amérique du Nord. C'était fatigant, mais son manager lui avait assuré qu'une telle tournée allait asseoir son nom définitivement. Le pianiste vivait les prémices de la gloire.

Quand il entendit la voix de son amie dans le combiné, son cœur se réchauffa.

— Diane ! Enfin des nouvelles !

— Désolée, Marcus, j'étais… occupée.

— Je me suis inquiété ! Tu vas bien ?

— Je vais bien.

— Tu me manques, je me sens seul.

— Elizabeth n'est pas avec toi ?

— Non, elle est restée à Paris, et Rose avait des affaires urgentes à régler… Quand reviens-tu, alors ?

— Bientôt.

Il trouva son intonation changée. Neutre, presque… calme. Et Diane était connue pour parler vite, d'un ton exalté ou énervé. La neutralité n'était pas dans sa nature.

— On se voit toujours à New York, dans un mois ? Je t'ai envoyé un billet d'avion et ta place au premier rang.

— Je serai là.

Elle avait prononcé cette phrase de la même manière, un peu détachée, comme si elle ne croyait pas à ce qu'elle racontait. Il fronça les sourcils.

— Tu es sûre que tout va bien ?

— Oui, oui, ne t'inquiète pas.

— D'accord… et, Diane, concernant les fiançailles, je voulais t'appeler avant, mais tu n'as pas répondu et…

— Ça m'est égal, Marcus, tu fais ce que tu veux maintenant.

— Comment ça, maintenant ? Diane…

— Est-ce que tu es heureux ? C'est tout ce qui m'importe.

Marcus ne répondit pas tout de suite.

— Oui, je suis heureux.

— C'est ce que je voulais entendre. Je dois te laisser.

Elle raccrocha, abandonnant le pianiste seul dans sa loge avec son trouble et ses questions. Il monta sur scène le soir devant une foule extatique qui l'acclama durant de longues minutes. Il interpréta le *Quintette pour piano et cordes en fa mineur* de César Franck, accompagné pour l'occasion de deux violonistes de renom, d'un alto et d'une violoncelliste. Durant tout le morceau, il ne pensa qu'à ce mot prononcé par Diane. « Maintenant ». À sa puissance éphémère. Elle avait toujours vécu dans l'instant, elle était comme ça, attirée par la fugacité de la vie. Mais, ce soir-là, cette notion temporelle semblait renfermer une prémonition qui glaça le sang du pianiste.

50

Ils déjeunaient en silence dans la petite cuisine aux carreaux bleus. Rien n'avait changé depuis son départ. C'était comme si le temps s'était arrêté, suspendu treize ans plus tôt.

Christophe avait préparé des tomates provençales. Ce plat était une recette héritée de sa grand-mère, qu'il faisait mijoter des heures durant. Il ne l'avait pas cuisiné depuis des années. Avec son retour, il s'était remis aux fourneaux. Toute la matinée, une odeur caramélisée avait empli la pièce.

— C'est délicieux, papa.

— Tout est dans la cuisson.

Diane sourit, d'un sourire un peu triste. Elle l'avait entendu lui parler de la cuisson des tomates provençales pendant toute son enfance. De l'importance du sucre à saupoudrer, des herbes de Provence à rajouter à mi-cuisson. Et de l'ail, bien évidemment, à déposer en chemise entre chaque tomate. Christophe savait que sa fille adorait ce plat. Toutes ces années, il n'avait pas eu le cœur de le cuisiner pour lui seul. Il n'avait jamais refait sa vie. Mais ce jour-là, cette recette familiale ne donnait pas l'effet escompté. Diane mangeait en silence, le nez plongé dans son assiette, accaparée par ses pensées. L'adolescente dissipée qui engloutissait ses pancakes avait bien changé.

— Quand rentres-tu à Paris ?

— Je ne sais pas encore.

Il se racla la gorge, soudainement très mal à l'aise.

— J'ai lu dans un journal que Marcus est fiancé…

— Oui, il va se marier.

— Donc vous deux ce n'est pas… enfin vous n'êtes plus…

Diane reposa sa fourchette. Christophe avait toujours eu beaucoup de mal à évoquer des sujets intimes avec sa fille. Il avait longtemps cru qu'il n'aurait pas à le faire, que sa femme s'en chargerait. À sa mort, il avait essayé de prendre le relais. Sans le moindre succès. Diane était un mur impénétrable, aux accès d'humeur incontrôlables.

— Papa, entre Marcus et moi, il n'y a toujours eu que de l'amitié.

Elle lut le trouble dans les yeux de son père. Christophe était trop pudique pour poser davantage de questions à sa fille. Toutes ces années, il avait été heureux de la savoir en sécurité. Aujourd'hui, il était plus perdu que jamais.

Diane se leva sans finir son assiette.

— Je dois y aller.

— Mais tu n'as même pas terminé tes tomates…

Elle jeta un coup d'œil à l'horloge de la cuisine.

— Désolée, papa.

Et Christophe ne sut dire pourquoi elle s'excusait exactement.

— Diane, je ne sais pas pourquoi t'es rentrée, mais ne fais pas de conneries, je t'en supplie.

— Ne t'inquiète pas, papa.

Et elle lui offrit un sourire qui balayait toutes les années d'insouciance. L'adolescente frondeuse s'était définitivement envolée. Une détermination inconnue animait son regard. Il ne l'avait jamais vue aussi sûre d'elle.

51

C'était une fin d'après-midi étouffante où les cigales chantaient à tue-tête de manière ininterrompue. La température n'avait pas baissé en dessous des trente degrés depuis des jours. Les vacanciers s'entassaient sur la plage, les adolescents se promenaient en maillot dans les rues ombragées. Le soir, les touristes se pressaient sur les terrasses du vieux centre. Diane n'avait pas passé un été dans le Sud depuis des années. Rien ne lui avait manqué de cette période. Ni la chaleur sourde ni la population estivale.

Sous ses yeux, les enfants couraient sur le sable, et les mères lisaient des magazines féminins. C'était l'heure de la journée où il y avait le plus de monde sur la plage. Diane concentra son attention sur la petite fille à quelques mètres d'elle, par terre dans le sable. Elle était surveillée d'un œil distrait par une baby-sitter allongée sur une serviette. Une nana d'à peine dix-huit ans, qui avait très clairement accepté ce poste de nounou à défaut d'avoir trouvé autre chose.

La petite avait bien grandi en un mois. Elle jouait avec le sable, le passant d'une main à l'autre en chantonnant. Elle était à cet âge où elle répétait tout ce qu'elle entendait d'un phrasé approximatif.

Diane savait pertinemment que le fait d'être trois filles uniques avait forgé un lien particulièrement fort entre Esther, Virginie et elle. Chacune avait rêvé d'une sœur ou d'un frère avec qui se chamailler. Elles s'étaient créé leur fratrie de cœur, du moins pendant un temps. Avant que la réalité rattrape cette illusion. Elles n'étaient pas du même sang. Diane percevait maintenant la fragilité de ce lien. L'amitié demandait un travail constant. Il fallait se battre pour la préserver. Diane avait fui, au lieu de protéger Esther. Elle ne referait pas la même erreur.

Elle jeta un coup d'œil à sa droite. Une femme arriva, tirant une poussette. De grosses lunettes sur les yeux, une tenue courte et moulante adaptée à la température. Elle claqua deux grosses bises à la nounou et s'étendit à côté d'elle sur la plage, calant le landau à ses pieds, ce qui fit disparaître l'enfant assise dans le sable de leur champ de vision. La nounou jeta un regard à la petite par-dessus, puis se tourna vers son amie. Une conversation animée s'engagea entre elles, ponctuée de rires et de gloussements.

La famille qui bronzait juste devant les deux nounous commençait à ranger leurs parasols. Ils avaient terminé leur journée plage et pliaient leurs chaises. Diane se leva à son tour, une serviette sur l'épaule, en maillot. Comme une touriste parmi tous les touristes. Le sable était encore chaud sous la plante de ses pieds. Elle s'approcha de l'enfant. La petite posa sur elle des yeux interrogateurs. Diane s'assura que personne ne faisait attention à elle, prit l'enfant dans ses bras, le cœur exalté par la peur, et quitta la plage. Derrière elle, elle ne surprit ni cri ni mouvement de panique. La nounou n'avait pas encore compris ce qui venait de se passer.

Elle déposa la petite dans la voiture. La gamine lui jeta un regard étonné. Mais elle ne pleura pas.

— Je suis une amie de ta maman, ma chérie. Tu vas voir, tout ira bien maintenant.

Et elle déposa un baiser sur la joue rebondie de la petite fille. Sa voiture quitta la rue un instant plus tard, et Diane ne remarqua pas la BMW qui venait de s'engager dans la rue pour la suivre.

Sur la plage, un cri s'éleva enfin au milieu du tumulte des rires d'enfants. La nounou venait de prendre conscience de la disparition de la fillette dont elle avait la garde.

52

Leïla s'approcha de la machine à café d'un pas peu motivé. Elle était encore une fois la dernière au bureau. Personne ne comprenait cette soudaine charge de travail. Elle prétextait de la paperasse en retard. Elle-même ne croyait plus à ses propres excuses. Elle passa devant des bureaux vides et se mit à rêvasser d'une plage de sable fin, d'un soleil caressant sa peau, des bras d'Yvan et de cocktails à la mangue.

Dans la petite cuisine sans fenêtre, la réalité la rattrapa alors qu'elle contemplait la cafetière. Elle soupira et opta pour un Red Bull bien frais. Elle regarda son portable. Elle attendait des nouvelles de Ronan, mais il n'avait pas donné signe de vie depuis son retour à l'hôtel. Bizarre. Il avait promis de l'appeler pour la débriefer.

Elle se repassait en boucle sa discussion avec Gabrielle Jansen. Le regard suspicieux qu'elle lui avait lancé avant de partir. Et la présence de Rose l'intriguait de plus en plus. Alors qu'elle ouvrait sa canette, son téléphone vibra. Ronan venait de lui envoyer un très long enregistrement vocal avec ce mot dessous : « À écouter sans plus attendre. »

Leïla écouta deux fois l'enregistrement. Elle se leva à la mention de la mort d'Esther. Ressentit un soudain besoin de se dégourdir les jambes quand Virginie décrivit les violences conjugales subies par son amie. Les féminicides provoquaient chez elle une rage irrépressible qui picotait tous ses membres. Elle nota tout méticuleusement. Les dates. Les jours. Les ramifications. Les personnes impliquées. Esther. Tony. Diane. Virginie. Marcus. La petite fille. Une autre vie, dans le Sud, une histoire d'amitié contrariée et de violences intimes. Des destins mêlés à celui de Marcus par un étrange concours de circonstances.

Haletante, elle attendait la chute. L'enlèvement de la gosse lui coupa le souffle. Elle se souvint avoir trouvé des articles de journaux à ce sujet chez le pianiste. Elle n'y avait pas prêté attention au début. Maintenant, elle comprenait pourquoi il les avait soigneusement découpés. Heureusement, elle avait eu l'intelligence de tout photographier. Elle prit son téléphone et passa en revue les clichés. « Une fillette de deux ans enlevée sur une plage d'Aix-en-Provence. » « Une nounou a détourné les yeux un instant, et le drame est survenu. » Elle fit quelques recherches dans les archives en ligne de la presse locale et nationale. La disparition de Diane Scali avait fait la une des journaux régionaux durant quelques semaines, mais la petite n'avait jamais été retrouvée, et l'affaire avait été classée sans suite. Elle était sûrement morte. On était passé à autre chose. C'était un de ces drames de la vie devenu banal.

Elle se posa pour analyser ce nouveau rebondissement. Diane avait enlevé l'enfant avant de se volatiliser à son tour. Marcus avait tout quitté à la suite de la disparition de son amie. Une sorte de drames en ricochet. Ils venaient d'ouvrir la boîte de Pandore. Et elle ne savait même plus ce qu'ils devaient chercher. Elle se sentit impuissante face à la situation et loucha sur son Red Bull en regrettant ne pas avoir du Jägermeister pour l'accompagner.

Et tout d'un coup l'évidence se présenta à elle. Elle regarda son schéma et rajouta un prénom en plein milieu. Celui qui liait entre eux tous ces destins et qui aboutissait à la disparition de l'enfant. Tout prenait un sens.

53

Le Novotel n'était pas complet à cette période de l'année. Il l'était rarement, à vrai dire. La clientèle se résumait aux hommes d'affaires de passage et aux séminaires d'entreprise. Le manager était bien content que Rose Ravensberg séjourne dans son établissement. Le personnel ne l'apercevait quasiment pas. Elle quittait rarement sa chambre et ne commandait que du room service. En même temps, personne ne l'aurait imaginée prendre ses tartines à la confiture aux côtés de commerciaux de passage en route pour Amiens. Trop sophistiquée pour cet endroit, la Ravensberg.

Leïla quitta le hall de l'hôtel et retourna dans sa voiture pour attendre l'Américaine. Elle détestait l'ambiance impersonnelle de ce genre de lieux, où tout est froid, gris, frais. Rose n'avait pas commandé de room service ce soir-là. Elle avait sûrement dîné dehors, à la brasserie du centre-ville, supposa-t-elle.

Une heure s'écoula durant laquelle Leïla téléchargea trois jeux et scrolla les réseaux sociaux. Enfin, elle vit la silhouette élégante de l'héritière se dessiner dans la nuit. Celle-ci avait le visage rivé sur son téléphone. Leïla gonfla la poitrine pour se donner du courage et claqua sa portière pour signaler sa présence, mais Rose ne réagit pas.

— Madame Ravensberg ?

Rose releva enfin la tête. Son visage ne se froissa ni de surprise ni d'agacement. Et Leïla se demanda le nombre d'années qu'il lui avait fallu pour dissimuler avec autant de brio ses émotions.

— Lieutenante. Il est tard, que faites-vous là ?

— Je voulais vous parler, j'ai attendu que vous rentriez.

— Je ne sais pas si je dois être flattée ou si je dois m'inquiéter.

— Vous avez dîné dehors ?

— Dans la petite brasserie sur la place, c'était étonnamment correct.

— Ils ont un bon burger.

— J'ai cru comprendre. Mais je déteste les burgers.

Curieux pour une Américaine, se dit Leïla. Mais pas si étonnant pour Rose. Elle ne devait déguster que des mets raffinés.

— Vous vouliez me parler ? Il est un peu tard pour ça, non ?

— Mon collègue s'est rendu dans le Sud, à la rencontre de Virginie Lepaire.

À la mention de cette dernière, l'expression de Rose changea, et ses yeux se plissèrent.

— Je vois. Grand bien lui fasse. Mais je vous ai déjà dit tout ce que je savais. Je vais me coucher maintenant.

Elle s'approcha des portes d'entrée de l'hôtel en dépassant Leïla. La lieutenante se prit de plein fouet les effluves capiteux de son parfum. Combien de fois par jour s'aspergeait-elle de Chanel *N° 5* pour sentir aussi fort ?

— Vous n'êtes pas venue jusqu'ici pour Marcus. Ça semblait évident depuis le début, mais je ne comprenais pas quelle autre raison aurait pu vous pousser à traverser l'Atlantique. Et à rester à Belleville.

Rose s'arrêta. Elle pivota légèrement pour jeter un regard en biais à la jeune femme. Leïla sortit de sa poche les coupures de journaux trouvées dans les archives.

— J'ai repassé dans ma tête nos discussions. Et chacune de vos réponses. À commencer par votre mention de Diane Leroy. Vous vouliez nous emmener sur une fausse piste, n'est-ce pas ?

— Vous réfléchissez beaucoup trop, lieutenante.

— Pas de ça entre nous, madame Ravensberg. Vous êtes suffisamment intelligente pour savoir que cela allait éveiller notre curiosité. Vous avez mentionné Diane Leroy pour que nous allions creuser le passé. Son passé. Et pour nous détourner de la véritable raison de votre présence.

— La disparition de Diane n'est pas un secret.

— Peut-être. Mais vous n'avez pas pensé que mon collègue irait jusqu'à Aix. Qu'il parlerait avec Virginie. Elle vous en veut encore, vous savez.

Rose émit un rire cynique.

— Elle vend toujours ses glaces à Aix ?

Leïla ne se laissa pas atteindre par le mépris de Rose. Elle avait enfin compris comment elle fonctionnait.

— C'était là votre première erreur. Ne pas la considérer à sa juste valeur. J'imagine que vous avez fait ça toute votre vie avec les personnes que vous jugez inférieures à vous. Mais Virginie a parlé. Mon collègue m'a envoyé un enregistrement de son échange avec elle.

Elle vit le petit air satisfait de Rose s'effacer progressivement.

— Une histoire d'amitié et de violences. L'histoire d'une enfant aussi, au milieu de tout ce drame. Une petite fille enlevée. Tout est lié à cette enfant. En parlant de Diane, vous avez ouvert la brèche.

Leïla lui tendit un document. Rose y jeta un coup d'œil. C'était un article mentionnant l'enlèvement de la petite Diane en 1994.

— C'est pour ça que vous êtes là. Je ne sais pas de quelle manière exactement vous êtes impliquée dans cette histoire, mais ça coïncide beaucoup trop avec la disparition de Diane Leroy, votre rupture avec Marcus et l'arrêt de sa carrière. Le lien, il est là. Dans l'enlèvement de Diane Scali et non dans la disparition de Diane Leroy. Je m'étais trompée de Diane depuis le début.

L'Américaine prit l'article d'une main tremblante. Ce simple frémissement traduisait son émotion. Leïla esquissa un petit sourire de soulagement. Elle avait vu juste. Et, pour la première fois, la douleur colora les yeux de Rose. Une souffrance qui agitait son âme depuis vingt-six ans et qui ne s'était jamais éteinte.

54

Aix-en-Provence, août 1994

Le même manège durait depuis des jours. Et Rose s'impatientait. Dire qu'elle aurait pu être dans une salle de concert à écouter Marcus jouer plutôt que de suer dans cette voiture minable perdue dans cette ville minable. Elizabeth lui avait rapporté la conversation entre Marcus et Diane. Elle avait ensuite voulu en avoir le cœur net et s'était rendue elle-même jusqu'à Aix. On n'est jamais mieux servi que par soi-même, dit-on. Aujourd'hui, l'évidence était flagrante : Diane avait perdu la tête et s'apprêtait à enlever l'enfant.

Rose était venue jusque-là, bien décidée à arrêter cette folie. À lui faire entendre raison. Mais elle voulait la prendre sur le fait. Elle pourrait ensuite l'évincer de leur vie une bonne fois pour toutes.

Elle vit Diane remonter de la plage, la petite fille dans les bras, puis s'engouffrer dans sa voiture. Et Rose la suivit sans réfléchir, curieuse de voir où elle irait ensuite.

Les deux véhicules débouchèrent dans la cour d'un immeuble. Diane sortit du sien et prit l'enfant à moitié endormie dans ses bras. Rose s'apprêtait à les rejoindre. Elle pensa à Marcus durant une courte minute de bascule. Elle se représenta tout ce qu'ils pourraient construire ensemble, loin de Diane. Elle resta là un moment à savourer cet avenir qui n'était pas encore écrit. Contempla sa bague de fiançailles comme si elle cristallisait à elle seule toute son incertitude. Et enfin elle relâcha la poignée et s'extirpa de la voiture.

— Diane !

Cette dernière sursauta en voyant la silhouette de l'Américaine se dessiner. Ici, à Aix, dans le dernier décor où elle l'aurait imaginée. Elle serra l'enfant contre elle.

— Rose ? Qu'est-ce que tu fais là ?

Rose la détailla. La fatigue et la peur cernaient ses yeux. Elle tentait d'afficher un semblant d'assurance, mais l'aisance de l'une dominait le malaise de l'autre. L'Américaine portait des lunettes de soleil alors que le jour déclinait. Un foulard Hermès sur une chevelure blonde. Elle déambulait en terrain conquis dans ce quartier populaire. Diane semblait si vulnérable face à elle.

— Ne sois pas si surprise de me trouver ici, je te surveille depuis quelques jours. J'étais certaine que tu allais faire une folie. J'en ai la preuve sous les yeux. Tu as du culot, je te le concède.

— Laisse-moi, je perds du temps…

— En effet, nous n'en avons pas beaucoup. Raison de plus pour que tu m'écoutes.

Rose s'approcha d'elle pour regarder l'enfant. La petite dormait à poings fermés contre Diane. Une si petite personne autour de qui tellement de vies s'enflammaient. Elle se demandait si elle serait mère un jour. Parfois, l'idée même d'enfanter lui donnait des frissons. À d'autres moments, quand la solitude devenait pesante, elle rêvait d'un petit être à aimer inconditionnellement. Le désir de maternité évoluait au gré de ses humeurs.

— Je me suis renseignée sur Tony Scali, il a bien plus de contacts que tu ne penses. Si tu emmènes cette enfant avec toi, tu signes ton arrêt de mort. Tu en as conscience au moins ?

Quand il verra que tu as plié bagage, tu ne penses pas qu'il va trouver ça suspect ?

— Je serai déjà loin…

— Avec Marcus ? C'est ça ton *master plan* n'est-ce pas ? Le rejoindre avec l'enfant ?

Diane ravala ses larmes, prise au piège par les paroles de Rose, la fillette toujours serrée contre elle comme unique protection face à la réalité.

— Et moi ? Et lui ? Et notre mariage ? Tu as pensé à tout ça ? À l'impact d'un tel acte ?

— Votre mariage est une mascarade, et tu le sais.

— Notre histoire ne te concerne pas, Diane.

Cette dernière déglutit.

— Je suppose que Marcus n'est au courant de rien ? continua Rose.

Diane baissa la tête.

— Évidemment qu'il n'est au courant de rien. Il joue un concert à Berlin ce soir. Tu comptais lui faire une petite surprise en arrivant ? Tout le monde n'a pas à souffrir de tes frasques, Diane.

Rose venait de hausser le ton, et l'enfant avait bougé dans son sommeil. L'Américaine leva les yeux vers l'immeuble derrière elles.

— Laisse-moi deviner, tu vas aller quémander de l'aide à ta bonne copine Virginie Lepaire ? À elle aussi, qui n'a rien demandé à personne ?

Diane devint livide.

— Comment connais-tu…

— J'ai tout anticipé. Tu penses que ton amie va être contente ?

— Cette petite était en danger avec Tony. Je la protège !

— Ils vont déployer tous les flics de la région pour la retrouver. Si on vous attrape, vous allez croupir en prison. Et l'enfant retournera à son père. C'est ce que ton amie Esther aurait voulu ?

Rose vit Diane se décomposer face à la perspective peu reluisante de son avenir. L'Américaine plissa les yeux.

— Je ne vais pas ramener l'enfant à Tony, dit enfin Diane.

— Je n'ai pas dit que tu devais.

Diane lança un regard interloqué à Rose. Celle-ci n'était pas venue la raisonner, mais l'humilier en pointant son plan pathétique du doigt, puis en lui exposant le sien.

— Je vais te présenter plusieurs options. La première, tu l'as déjà rejetée. Il y en a donc une deuxième. Quitter la France, partir loin, recommencer tout ailleurs. Je peux t'aider. Mais je pense que la colère de ce flic vous suivra partout. Tu ne seras jamais en sécurité.

Diane détourna le regard.

— Et la troisième option..., murmura-t-elle. Confie-moi l'enfant. Je la fais adopter. On lui crée une nouvelle identité, et Tony ne la retrouvera jamais. Je te le promets.

— Je te demande pardon ? Te confier l'enfant, à toi ?

— Elle a plus de chances de réussir avec moi qu'avec toi et ton plan insensé. Tu le sais.

L'enfant gesticulait dans les bras de Diane. La jeune femme caressa la joue de la petite fille, et ses yeux s'embuèrent de larmes. Oui, elle le savait, même si elle n'aurait pas pu l'admettre.

— J'imagine que tu veux quelque chose en échange...

Elle devinait déjà ce que Rose allait lui demander. Mais elle avait besoin de l'entendre à voix haute.

— Je veux que tu t'éloignes de Marcus. C'est le prix à payer pour que je sauve cette enfant.

— Il ne comprendra pas.

— Tu trouveras un moyen. Les départs précipités, c'est ta spécialité. Remercie-moi, je te sauve aussi la vie.

Diane dévisagea Rose avec effroi et désarroi. Elle venait de creuser encore plus le fossé de leur inégalité. Elle avait le pouvoir de sauver cette enfant, pas elle. Rose s'approcha doucement d'elle.

— Diane, tu as signé ta perte en enlevant cette enfant. Au fond de toi, tu le sais. Laisse-moi lui donner une chance, tu sais que j'en ai le pouvoir. Tu as juste besoin de me la confier.

Les deux femmes demeurèrent silencieuses un court moment, puis elles posèrent le regard sur la petite endormie dans les bras de Diane. Et plus rien d'autre qu'elle ne compta.

Rose quitta le Sud, avec la fillette endormie à l'arrière de sa voiture. Pour Diane, elle emportait avec elle la dernière trace d'Esther. Elle venait de réaliser le poids de ses choix. Et cela venait de lui coûter Marcus.

55

Virginie fit tourner le verre de bière dans sa main. Face à elle, le policier était prostré sur sa chaise. La nuit était tombée et elle s'annonçait venteuse.

— Je suis arrivée quinze minutes plus tard à peine, et j'ai trouvé Diane en pleurs devant chez moi. Elle m'a tout raconté.

— Et qu'avez-vous pensé de l'intervention de Rose ?

— Aussi terrible que ça puisse paraître, ça m'a rassurée. L'enfant était loin de Diane et loin de Tony. Elle serait enfin en sécurité.

— Et Diane ? Que lui est-il arrivé ?

— Elle est restée un peu chez moi… quelques heures, à tout casser. Son monde venait de s'effondrer. Elle était dans un état… Puis je lui ai dit de rentrer chez elle pour ne pas éveiller les soupçons.

Virginie se crispa. Ronan s'était trompé : même après toutes ces années, évoquer cette nuit semblait toujours aussi pénible pour elle.

— Mais elle n'est jamais arrivée jusqu'à la maison de Christophe. Et personne ne l'a jamais revue.

— Elle est partie de chez vous à quelle heure ?

— Avant minuit, je dirais. Il n'y avait que dix minutes de voiture entre nos deux maisons. Je ne me suis pas inquiétée. Et l'enfant était déjà loin avec Rose. Si j'avais su…

Elle avala sa dernière gorgée de bière avant de continuer son récit.

— Son père est allé au commissariat pour déclarer sa disparition, je l'ai accompagné. Je n'ai évidemment pas parlé de la petite.

Ils n'ont pas compris cette soudaine panique. Déjà, sa voiture était garée à côté de la maison de Christophe. Ensuite, elle venait de rentrer après dix ans d'absence. Elle faisait des tours du monde de trois semaines sans donner la moindre nouvelle. Ils nous ont presque ri au nez. Tous les flics étaient mobilisés pour retrouver la gosse, alors les pérégrinations de Diane, ça leur passait au-dessus.

— Et l'enfant ? Que s'est-il passé ?

— Tony s'est chargé de l'enquête. Mais il ne l'a jamais résolue. Ça l'a détruit. Il a démissionné quelque temps plus tard.

— Que pensez-vous qu'il soit arrivé à Diane Leroy ?

— Je me pose la question depuis trente ans. Ou elle s'est enfuie très loin de Tony pour qu'il ne découvre jamais la vérité. Ou…

— Oui ?

— Ou il l'a retrouvée et il l'a tuée pour ce qu'elle a fait.

Elle ferma un instant les yeux. Même après toutes ces années, elle espérait encore que la première option soit la bonne.

— Aux yeux de la société, Tony est devenu un martyr. C'est ce qui m'a rendu le plus folle. Une victime. Un veuf et un père inconsolable.

— Vous n'avez jamais essayé de contacter Rose ?

— Bien sûr que si. J'ai appelé à Paris et New York, j'ai envoyé des dizaines de lettres… je n'ai eu aucune réponse. J'ai voyagé jusqu'aux États-Unis pour la rencontrer. J'ai fait le pied de grue en bas de son immeuble. Je suis allée au siège de son entreprise. Elle ne m'a jamais reçue. C'était comme si cette histoire n'avait jamais existé. Comme si l'enlèvement de la petite n'avait jamais eu lieu. Je la hais pour ça.

Virginie baissa la tête, et son visage se contracta.

— Rose a été non seulement plus intelligente, mais plus rapide. Elle a dû emmener la petite à l'étranger, car on ne l'a jamais retrouvée. Il n'y a pas eu le moindre signalement lui correspondant physiquement.

Ronan réfléchit aux différentes hypothèses. Rose avait suffisamment d'argent pour lui créer une nouvelle identité dans un pays étranger. Peut-être aux États-Unis. Ou alors, elle l'avait emmenée à l'autre bout du monde.

— Vous pensez que c'était une manière pour Rose d'éloigner Diane Leroy ?

— Tout ce que je sais, c'est qu'elle a agi comme elle l'entendait. Et moi j'ai tout perdu. Diane et la fille d'Esther. Il me restait un seul levier de pression. Marcus. Je savais qu'il avait un concert très important à New York, qui clôturait sa tournée. Diane m'en avait parlé. J'y étais pour espérer rencontrer Rose, qui refusait de me recevoir. J'ai vu ça comme un signe. Je voulais qu'il entende de ma bouche ce que sa future femme avait fait dans son dos.

56

Metropolitan Opera, New York, septembre 1994

Il parcourut une dernière fois l'assistance du regard. Aucun signe de Diane. Les applaudissements de la foule accompagnèrent sa sortie de scène. Un assistant lui tendit une bouteille d'eau qu'il prit sans un remerciement. La douleur s'était intensifiée, paralysant pendant un instant son index gauche. Il jeta la bouteille sans réussir à l'ouvrir. Heureusement, personne ne s'en était aperçu.

Les acclamations résonnaient encore. Bourdonnements incessants brûlant ses tympans. Elizabeth lui ouvrit la loge. Il entra sans un mot et s'assit tandis qu'elle la verrouillait à double tour. Face au grand miroir, il vit son reflet. Dans des gestes mécaniques, il prépara un petit flacon et une seringue. Ce simple effort provoqua une douleur diffuse dans ses bras.

— Je croyais que vous aviez arrêté, monsieur..., dit Elizabeth dans son dos.

— Toujours pas de nouvelles de Diane ? demanda-t-il en ignorant sa remarque.

— Non, monsieur.

Elizabeth sortit de la pièce. Au loin, Marcus entendait la foule. Ils attendaient tous qu'il revienne. Ces inconnus qui avaient payé si cher leurs places. Marcus prit la seringue entre ses doigts.

Le liquide sirupeux scintillait à la lumière des néons. Un nouveau pic de douleur lui arracha une grimace. Au même moment, on frappa. Il reposa la seringue.

— J'ai dit que je ne voulais pas être dérangé !

La porte s'ouvrit néanmoins, et Virginie entra. Marcus la découvrit avec curiosité et cacha la seringue dans son dos.

— Vous êtes au courant que c'est très malpoli de me déranger sans que je vous y autorise ? J'espère que vous n'êtes pas une de ces journalistes…

— Je suis désolée de m'imposer, monsieur, mais je m'appelle Virginie Lepaire, je suis une amie de Diane Leroy.

Le langage corporel du pianiste changea à la mention de Diane. Il abaissa les épaules et cligna des yeux plusieurs fois de suite.

— Où est-elle ? Vous êtes venue avec elle ?

— Non. Diane n'est pas là. Elle a disparu.

— Disparu ? De quoi parlez-vous ?

— Personne ne l'a aperçue depuis deux semaines.

— Oh ! ne vous inquiétez pas, Diane fait tout le temps ça.

— C'est différent, cette fois-ci. Elle s'est mise en danger.

Une fébrilité se devinait dans la voix de la femme face à lui.

— En danger, c'est-à-dire ?

— Elle a enlevé la fille de notre amie Esther. J'imagine qu'elle vous a raconté ce qui s'est passé… Depuis, personne ne l'a revue. Une enquête préliminaire a été ouverte, mais les policiers ne croient pas qu'il lui soit arrivé quelque chose car, comme vous venez de le dire, elle a l'habitude de faire ça. Vous êtes mon dernier recours et…

Virginie s'exprimait maintenant dans le vide, Marcus ne l'écoutait plus. Il avait compris la portée tragique de leur dernier échange téléphonique. De son ton distant. De ce « maintenant » qui appartenait définitivement au passé.

Au bout d'un moment, il passa devant Virginie et sortit de la pièce. Il longea le couloir d'une démarche d'automate. Les murs semblaient se refermer sur lui. Les lumières, grésiller sur son passage. Au loin, il entendit les acclamations de la foule. Il resta suspendu à cette clameur, prolongea l'état de grâce encore un instant. Du fond du couloir, Elizabeth le vit disparaître. Il quitta le Metropolitan Opera par la sortie de secours, le visage fermé. Même le froid de la nuit ne l'atteignait pas. Il se perdit et déboucha dans un coin de la ville qui lui était étranger, à une heure où plus personne ne se reconnaissait. Il arriva à l'embouchure du fleuve Hudson. Si paisible en cette nuit. Et là, il cessa de marcher. Son errance venait de prendre fin. La personne qu'il aimait le plus au monde était perdue à tout jamais. Il pensa à Christophe, regretta ce jour où il avait laissé Diane monter dans sa voiture pour quitter le Sud.

La musique n'avait pas comblé le manque des autres. Elle n'avait fait que renforcer leur absence.

57

— Il a annoncé son retrait de la scène dès le lendemain, continua Virginie en détournant le regard. Il a ensuite emménagé dans ce manoir que vous avez sûrement fouillé. Pourquoi Belleville, je ne sais pas. Pour se punir peut-être, en allant vivre dans un endroit tellement reculé que personne ne viendrait le trouver.

— Vous avez gardé contact avec lui ?

— Non. Il a essayé de convaincre la police qu'il était arrivé un malheur à Diane, mais faute de preuves et de suspects l'enquête a été classée sans suite.

— Et Tony ?

— Il a déménagé quelques années plus tard. Quand il est parti, je me suis dit que j'étais en sécurité. Mais tout me rappelait mes amies. Chaque rue, chaque bar…

— Et le père de Diane ? Il n'a pas continué à chercher sa fille ?

— Si, le pauvre homme a placardé des photos de Diane dans toute la région. Il n'a jamais cru à un départ brutal. Il était ruiné et il a dû vendre la maison dans laquelle il habitait depuis trente ans. À partir de là, j'ai eu moins de nouvelles. Et en 1998 on lui a détecté un cancer des poumons. Il a refusé les traitements. Il est mort en trois mois. Je suis allée le voir à l'hôpital quelques jours avant la fin. J'ai failli lui dire la vérité. Ce que sa fille avait fait. L'enlèvement de la petite. Mais qu'est-ce que ça aurait apporté de bon ? J'ai hésité, mais j'ai finalement gardé tout ça pour moi.

Je ne voulais pas qu'il meure en pensant que sa fille avait peut-être été tuée par Tony.

Ronan ne parvint pas à répondre. Sa gorge était nouée par l'émotion. Ce récit en cascade devenait de plus en plus triste à mesure qu'elle le déroulait sous ses yeux. Il reprit tant bien que mal :

— Où croyez-vous qu'il est allé ?

— Tony ? Aucune idée. À mon avis, il a erré en quête de vengeance. Le savoir vivant m'a hantée. Que faisait-il ? Où était-il ? Allait-il un jour revenir à Aix ? Quand j'ai appris la mort de Marcus il y a quelques jours, je crois que, d'une certaine manière, j'ai été soulagée.

— Qu'avez-vous pensé de sa tournée d'adieu ?

— Pas grand-chose. J'étais presque étonnée qu'il soit encore en vie.

— Et la petite Diane ?

Elle recommença à fixer le vide.

— Après le concert, Marcus s'est confronté à Rose. J'ai demandé à être là. Cette fois-ci, elle a accepté de me rencontrer. Elle a refusé de nous dire où elle l'avait emmenée, prétextant que plus il y aurait de gens dans la confidence, plus la fillette serait en danger. Rose m'a donné sa parole qu'elle était en sécurité, dans un autre pays, sous une autre identité. Que jamais Tony ne pourrait la retrouver.

— Vous avez réussi à vous en contenter ?

— L'enfant était à l'abri, c'est tout ce qui comptait. Rose avait gagné. Je suis rentrée à Aix, et j'ai commencé à faire mon deuil.

Elle marqua une pause.

— Il y a bien un détail qui m'avait inquiétée à l'époque, alors j'en avais parlé à Rose…

— Quoi donc ?

— La petite avait un problème de santé. Le jour où Tony avait battu Esther alors que Diane était dans ses bras, l'enfant s'était cognée et avait eu une crise d'épilepsie. Depuis, elle en avait refait plusieurs.

Elle vit le policier se tendre.

— À quoi ressemblaient ces crises ?

— Elle devenait blafarde, tombait en convulsant, se mordait la langue et s'évanouissait... J'espérais qu'à l'endroit où Rose l'avait emmenée elle serait bien traitée et soignée...

La lieutenante était avec Rose depuis plusieurs heures. Les articles concernant l'enfant disparue étaient disséminés sur le bureau de la chambre d'hôtel. Leïla se concentrait pour ne pas perdre le moindre détail des révélations de l'Américaine.

Il ne lui avait pas fallu longtemps pour briser la carapace de Rose. Pour une raison qu'elle ignorait, cette dernière était prête à parler.

— Diane a disparu le soir même, vous dites ?

— Oui.

— Que cela vous a-t-il fait ?

Rose fixait la fenêtre. Elle venait de se servir un verre de chardonnay. Elle le tenait du bout des doigts, comme si elle s'apprêtait à le laisser glisser sur le tapis. Elle jeta un regard à la lieutenante.

— Vous voulez dire : est-ce que j'aurais pu empêcher ce qui lui est arrivé ? Peut-être. Mais je l'ai laissée à son destin. Assumer ses actes. Et j'ai sauvé cette enfant.

Leïla se souvint de leur précédent échange. Du ton affirmatif qu'elle avait employé. « Je n'ai pas de temps pour la rancœur. » Mais les grands discours de Rose n'appartenaient plus qu'aux heures d'apparat. Dans l'intimité de sa chambre d'hôtel, les regrets étaient ses seuls compagnons. Elle les emporterait avec elle dans la tombe.

— Vous vous êtes bien doutée que Tony allait la punir. La tuer, potentiellement.

Rose finit son verre de vin cul sec et s'approcha de la table pour se resservir copieusement.

— Les premières années, j'y ai beaucoup pensé. Beaucoup trop, même. Est-ce qu'elle avait survécu ? Est-ce qu'elle avait suivi mes ordres un peu trop à la lettre ? Est-ce que Tony l'avait tuée ? Puis j'ai fini par m'interdire ce tourment. Elle ne pensait qu'à elle avec ce plan insensé. Qu'à sa souffrance. Moi, j'avais une vision d'ensemble. J'ai tout planifié. Dans les moindres détails.

— Qu'est devenue l'enfant ?

— Je l'ai placée dans un centre d'adoption à l'étranger. Un endroit où personne n'aurait jamais fait le lien avec l'enlèvement de la petite Diane. Je lui ai fabriqué une nouvelle identité. Une gosse née sous X.

L'Américaine marqua un temps d'arrêt en buvant une gorgée de vin.

— Je n'aimais peut-être pas Diane, mais je ne lui aurais jamais souhaité de disparaître sans laisser de trace.

— Pourtant vous lui avez demandé de sortir de la vie de Marcus.

— Oui. Mais pas de cette manière. Pas aussi… brutalement. Je voulais une rupture, pas un deuil impossible.

Leïla ne savait plus si elle devait la croire ou mettre en doute chacune de ses révélations.

— Marcus a appris votre implication dans toute cette histoire ?

— Évidemment. C'était à prévoir. Virginie lui a tout révélé.

— C'est pour cela qu'il a rompu vos fiançailles ?

— Oui. Ça l'a anéanti. Il m'en a tellement voulu. Plus rien n'a eu de goût après ça, pas même la musique.

Il y avait tellement de tristesse dans ce discours. Rose était reine d'un territoire miné, pavé d'erreurs du passé. Et elle posait un regard plein de lassitude sur le monde l'environnant. Leïla comprit enfin que cette distance qu'elle imposait aux autres, ce mépris qu'elle affichait presque naturellement n'était qu'une parade contre la vérité. Qui était là, sous ses yeux. Par sa faute, Marcus avait arrêté sa carrière. Si elle avait accusé Diane lors de leur première rencontre, en réalité c'était elle qu'elle blâmait depuis toujours.

— Pourquoi a-t-il décidé de remonter sur scène après toutes ces années ?

Rose marqua une pause. Il y avait quelque chose de puissant dans ce silence. Puissant mais funeste.

— Quand j'ai appris qu'il refaisait une tournée, j'ai été très surprise. Ça m'a travaillée pendant des jours. Je me suis doutée qu'il avait une idée derrière la tête. Il était trop vieux, trop fatigué. Puis il m'a appelée et il m'a demandé de venir. Et le lendemain il était mort ! C'étaient trop de coïncidences.

Elle s'arrêta avant de reprendre. Leïla était suspendue à ses lèvres.

— Il m'a fallu quelques jours, mais tout est devenu clair. L'évidence était sous mes yeux, depuis tout ce temps. Il est remonté sur scène pour attirer l'attention de quelqu'un qu'il observait depuis des années.

La lieutenante fronça les sourcils.

— Diane Leroy… ?

— Non. Vous avez raison, je vous ai emmenés sur une fausse piste avec Diane. Une impasse, même…

Leïla était de plus en plus perdue.

— Je ne vous suis plus…

— Il y avait un détail que je n'avais pas pris en compte dans mon plan. J'étais persuadée d'avoir pensé à tout, mais c'était compter sans Marcus. Et son besoin de vérité.

— De vérité ?

— Oui. Il y a encore quelques jours, j'étais dans le doute. Puis j'ai rencontré Gabrielle.

Rose vit un trouble agiter la policière. Le visage de Leïla changea d'expression.

— Cela ne vous a pas surprise que je demande que Gabrielle soit présente lors de mon interrogatoire ? Je voulais la voir de près, confirmer ou infirmer mes doutes. Et là, elle s'est effondrée…

— Quel rapport avec…

— La petite Diane Scali avait des crises similaires. Virginie m'avait prévenue. Puis j'avais été témoin de l'une d'elles, particulièrement impressionnante, en l'emmenant à l'orphelinat.

Rose marqua une pause, expira longuement et poursuivit :

— Alors que vous étiez en train de vous agiter autour d'elle, j'ai pris son passeport dans son sac pour voir sa date de naissance et sa nationalité. J'ai alors compris pourquoi Marcus avait demandé que je vienne. Il a retrouvé la petite Diane, et elle est devenue Gabrielle. Et je suis ici pour lui dire la vérité sur ses origines.

Partie III

Rose

58

Virginie rêvait de la disparition de Diane presque tous les soirs. Ce moment de bascule où elle lui avait dit de rentrer chez elle. Elle l'avait retrouvée pour la perdre aussitôt. De ses années d'insouciance, il ne restait plus que la nostalgie et la mélancolie. Souvent, elle se demandait à quoi ressemblait la fille d'Esther. Était-elle heureuse, là où elle était ? Mais Virginie s'interdisait de penser à une quelconque confrontation. Les plaies ne méritaient pas d'être rouvertes.

C'était pour ça qu'elle avait raccroché au nez du policier. Puis qu'elle avait refusé de lui parler à la boutique. La peur l'avait envahie quand elle avait imaginé la gosse devenue femme. L'idée qu'on l'identifie et qu'elle découvre la vérité la terrifiait. Et si elle était comme son père ? Que la même rage l'agitait ? Non, elle ne voulait plus la retrouver. Elle était loin. C'était mieux pour tout le monde.

Face à Virginie, le policier tentait tant bien que mal de cacher son trouble depuis qu'elle avait évoqué les crises d'épilepsie de la petite.

— Vous savez quelque chose au sujet de cette enfant.

— Je ne veux pas m'avancer…

— Et c'est lié à Marcus ?

— Peut-être…

— Il a retrouvé la fille d'Esther ?

Ronan hésita avant de répondre. Il n'était encore sûr de rien.

— Si ça avait été le cas, il vous aurait prévenue, non ?

— Pourquoi aurait-il fait ça ? Nous ne sommes pas restés en contact.

— Et vous ne voudriez pas la connaître ?

Le policier vit la femme peser ses mots pendant un instant avant de déclarer :

— Pour elle, je suis une étrangère. Elle ignore tout du drame qui a entouré sa petite enfance, et c'est très bien comme ça. Comment vivrait-elle avec ce poids sur la conscience ? Apprendre que sa mère est morte pour la protéger ? Que la meilleure amie de sa mère s'est sacrifiée ? Qui survit à ça ? Où qu'elle soit, il ne faut pas qu'elle apprenne la vérité. Rose lui a offert le plus précieux des cadeaux. Un nouveau départ dans la vie. Avec les années, j'ai fait la paix avec cette nuit. Rose a sauvé la petite. Avec le recul, je me dis que c'est tout ce qui compte à présent. C'est ce qu'Esther aurait voulu.

L'image de Gabrielle se présenta à Ronan. La première fois qu'il l'avait interrogée. Fière, inaccessible. Cette première impression si vite envolée quand elle s'était effondrée dans ses bras. Non, Gabrielle n'était pas heureuse.

La sonnerie du téléphone de Virginie s'éleva. Elle lut un message qu'elle venait de recevoir.

— Je n'avais pas vu l'heure, il faut que j'y aille.

Elle se leva.

— Je suis désolée, madame, mais je ne suis pas d'accord avec vous.

De nouveau, il repensa à Gabrielle.

— Tout le monde mérite de connaître la vérité, surtout quand elle a nécessité autant de sacrifices, non ?

— C'est possible, mais Tony n'a jamais été amené devant la justice.

— Les temps changent. Les policiers aussi.

Virginie esquissa un demi-sourire. Le premier depuis qu'ils s'étaient croisés. Un bref instant, l'adolescente maladroite refit surface. Mais son sourire se dissipa très rapidement. Elle avait cessé de se battre.

— Si vous la trouvez un jour et qu'elle apprend la vérité sur ses origines… parlez-lui du rire d'Esther. De sa joie de vivre. Elle était tout ça, et tellement plus. Je ne l'ai jamais considérée comme une victime. J'aurais peut-être dû, ça m'aurait permis d'agir plus vite. Je crois que je ne voulais pas la réduire à ça.

Elle baissa la tête vers la photographie qu'elle tenait entre les mains. Plus les années passaient, plus l'adolescente de cette photo disparaissait. Virginie oubliait sa voix, la forme de son visage. Elle hésita, puis prononça une dernière phrase d'un ton calme et doux.

— Et si vous lui parlez de Diane…

Elle sourit, ses yeux brillaient.

— Parlez de l'amitié folle qui la liait à Marcus, à Esther, à moi. Je pense qu'il y a des gens destinés à aimer d'amitié, si ça se dit. Son bonheur, elle le trouvait chez ses amis… Quelle tristesse.

Elle fit une pause avant de reprendre :

— Venez, je vous raccompagne à votre hôtel.

Ensemble, ils firent un détour par la petite plage de Carry-le-Rouet. Ronan méditait face à la mer à propos de toutes ces révélations. Il avait hâte de regagner sa chambre pour appeler Leïla. Il ne remarqua pas que Virginie contemplait la mer calme d'un regard apaisé.

Tout compte fait, les instants de bonheur survivaient presque toujours au malheur.

59

Paris, janvier 1995

Rose apprécia une dernière fois la vue imprenable sur le parc Monceau. Le soleil se promenait entre les grandes allées et éclairait la façade des immeubles haussmanniens. Elle caressa du bout des doigts le piano. L'émerveillement n'avait été que de courte durée. Elle jeta un coup d'œil au carton posé sur le canapé. Elle avait voulu venir en personne récupérer ses affaires. Son parfum, un foulard, quelques livres. Des mois de relation résumés à une boîte en carton. Elle s'était arrêtée devant la chambre de Diane. La main sur la poignée de la porte, elle n'avait pas eu le courage d'entrer.

Marcus se tenait face à elle, mains dans les poches, élégant dans un costume beige.

— Je croyais que tu ne devais pas rentrer avant 15 heures.

— Je voulais être là pour te dire au revoir.

Il s'avança vers elle et tendit la main dans sa direction. Elle l'arrêta d'un geste autoritaire.

— Ne me touche pas.

— Pardon.

— Tu aurais pu faire ça bien, tu sais. Au lieu de m'appeler de nulle part.

— Je suis désolé…

— Tais-toi !

Les premiers indices d'une fracture dans cette voix enrouée. Il vit ses yeux s'embuer. Presque au point de pleurer, mais pas encore.

— J'ai essuyé les rumeurs tous ces mois. J'ai tout encaissé. Pour quoi ? Pour que tu me traites ainsi ? Je ne méritais pas ça. J'ai fait de toi ce que tu es. Je t'ai présenté à tout le monde. À New York, ton nom résonne dans tous les salons grâce à moi ! Ce concert au Met…

Marcus la coupa dans son élan.

— Rose, je t'arrête tout de suite. Tu m'as aidé, mais je ne t'ai rien demandé. Tu as voulu tout ça. Parader à mes côtés. Être sur le devant de la scène. Ta tentative de culpabilisation ne marche pas. Tu m'as trahi.

Au prix d'un effort considérable, elle réussit à empêcher les larmes de couler et d'abîmer son maquillage.

— Pourquoi, Rose ? On aurait pu sauver Diane si on avait agi à temps.

Une larme roula néanmoins le long de sa joue. Elle eut un rictus figé, qui ne monta pas jusqu'à ses yeux. C'était tellement évident qu'elle ne pouvait le prononcer à voix haute. Elle l'aimait, d'un amour qui la détruisait et qu'elle ne savait pas contrôler.

— Je sais pourquoi tu as fait ça, reprit Marcus. Par égoïsme, comme toujours. Tu m'as éloigné de Diane parce que tu ne supportais pas l'idée que je t'échappe.

Il poussa un long soupir. Elle ne l'avait jamais vu comme ça. Si froid. Si déshumanisé par le chagrin.

— Peu importe, tout est fini maintenant.

— Elle est peut-être partie loin. Ce ne serait pas la première fois. Loin de Tony. Pour te protéger et protéger la petite. Tu as pensé à cette possibilité ? Elle va peut-être revenir quand tout sera tassé.

— Elle ne m'aurait jamais quitté comme ça, sans explication.

— Elle savait ce qu'elle risquait en faisant une telle folie, j'ai voulu sauver l'enfant de…

— Rose ! la coupa Marcus d'une voix glaciale, sans appel. Je ne veux plus en parler. Plus jamais.

Elle se tut.

L'intensité du lien entre Marcus et Diane. Plus puissant que la logique. Elle n'en avait pas saisi la réalité jusqu'à présent. Désormais, tout s'éclairait. Il l'avait tellement aimée. Et cet amour était en train de le détruire.

— C'est donc vrai ? Tu arrêtes de jouer ?

— Oui.

— Mais pourquoi ? Sacrifier ton art ne va pas la ramener.

— La musique n'a plus de sens à présent.

— Qu'est-ce que tu vas devenir ?

Il haussa les épaules, indifférent. Elle se redressa bien droite.

— Tu restes à Paris ?

— Non, j'ai déjà vendu l'appartement. Tout me rappelle Diane.

Elle hocha la tête, essayant tant bien que mal de cacher ce que ces paroles provoquaient en elle.

— Je suis désolée, vraiment. Mais pense à tout ce que tu as sacrifié pour en arriver là, tu ne peux pas arrêter, c'est impossible !

— C'est ma punition. Je n'aurais jamais dû la laisser partir. Et je n'aurais jamais dû me fiancer avec toi.

Ces derniers mots lui firent l'effet d'une gifle. Elle puisa en elle pour réussir à formuler une phrase cohérente.

— Marcus, je pensais vraiment réussir à les sauver toutes les deux, je te le promets…

— Tu t'es trompée, répondit-il froidement. En revanche, tu sais ce que tu peux faire pour moi.

Elle ne bougea pas. Cette requête qu'elle redoutait. Qu'il avait soigneusement réservée pour la fin de leur échange. Le coup final.

— Où est l'enfant ?
— Marcus, on a déjà eu cette discussion…
— Et on va l'avoir jusqu'à ce que tu me le dises.
— Elle est en sécurité, c'est tout ce qui compte.
— Rose, tu me dois bien ça.
Rose ne réagit pas à cette pique.
— Pour quoi faire ? Savoir où est l'enfant ne ramènera pas Diane.
— J'en ai besoin. C'est tout.
Elle s'approcha de la porte d'entrée, le carton rempli de ses affaires dans les bras.
— Je l'ai emmenée dans un orphelinat à Harlingen. J'ai payé très cher pour qu'elle soit acceptée sans papiers.
— Elle a été adoptée ?
— Je n'ai pas voulu le savoir. C'est fini, Marcus. La petite Diane Scali n'existe plus.

60

Harlingen, mars 1995

Marcus attendait dans un long couloir aux murs recouverts de clichés d'enfants souriants. Il agitait le pied contre le sol, ce qui provoquait un tremblement de toute sa jambe. Un vrai tic nerveux. Il scruta une nouvelle fois sa montre. Elle était en retard.

Le bâtiment était en brique, avec une toiture rouge et des fenêtres blanches. Typique de cette région. Entouré d'un jardin soigneusement entretenu. La directrice de l'institut le reçut enfin dans son bureau, une vaste pièce donnant sur le parc. Elle le jaugeait à la fois avec intérêt et méfiance, étonnée d'accueillir dans son orphelinat un pianiste français de renom.

Marcus promena le regard autour de lui. Sur le bureau parfaitement rangé, sur les photographies alignées aux murs, sur les diplômes accrochés au-dessus d'elle. Il harcelait le secrétaire de direction pour un entretien depuis deux mois. Ils avaient enfin accepté, sûrement par lassitude.

— Monsieur Solar, c'est un honneur de vous rencontrer. Que puis-je faire pour vous ? dit la directrice en anglais avec un fort accent, et une pointe d'agacement perceptible.

— Bonjour, madame, répondit Marcus, quant à lui, dans un anglais parfaitement maîtrisé. Je suis ici pour une requête un peu particulière.

— Si vous souhaitez donner à notre fondation des orphelins…

— Je ne suis pas ici dans le cadre d'une donation.

— Ah ? s'étonna-t-elle.

— Je souhaite discuter avec vous d'une enfant qui a rejoint votre centre il y a plusieurs mois. Une enfant née sous X. Elle avait tout juste deux ans quand elle est arrivée et…

La directrice l'arrêta d'un geste de la main.

— Comment savez-vous que nous avons l'enfant que vous recherchez ?

Marcus croisa les jambes. Le ton de cette femme était insupportable. Professoral. Impatient.

— Je sais qu'une femme vous a confié une enfant et un très gros chèque. Une enfant sans parents, présumée orpheline. Je suppose que vous avez accepté ce chèque et que personne n'est venu la chercher.

La directrice abandonna son sourire de fonctionnaire et crispa la mâchoire sans répondre. La poitrine de Marcus se serra pendant qu'il guettait sa réaction.

— Cette enfant est sur le point d'être adoptée. Le dossier a été validé par le juge, ce n'est plus qu'une question de jours.

L'horizon de lumière s'obscurcit de nouveau. L'accalmie n'avait été que de courte durée.

— Je veux l'adopter, dit aussitôt Marcus.

— C'est impossible. Il y a eu des mois de procédure, on ne revient pas comme ça sur une telle décision.

— J'ai beaucoup d'argent, je peux lui offrir un avenir confortable…

— Monsieur Solar, ne croyez pas que j'ignore qui vous êtes, rétorqua la directrice en soupirant.

— Vous savez donc que je peux lui offrir une très belle vie.

— Mais votre carrière vous fait beaucoup voyager…

— Je l'ai récemment mise sur pause. Je serai là pour elle, je vous le promets.

— Et je vous crois, mais la décision est irrévocable. Je suis désolée.

Elle vit cet homme élégant se tasser sur sa chaise, décomposé par la nouvelle qui venait de s'abattre sur lui. *Étrange personnage*, se dit-elle.

— Quel est le nom du couple ?

— Vous vous doutez bien que je ne peux pas délivrer cette information.

Marcus hocha la tête, prêt à tenter le tout pour le tout.

— J'ai connu sa mère, c'est pour cela que je suis ici.

— Monsieur, cette entrevue est terminée.

Elle se leva et ouvrit grand la porte. Marcus ne dit rien pendant un moment, puis la referma d'un geste sec.

— Vous avez raison, madame, je suis riche. Suffisamment pour faire parler de cet endroit et convaincre des personnes haut placées de donner beaucoup. J'ai remarqué en entrant que la toiture méritait sérieusement d'être refaite, par exemple.

— Je vois où vous voulez en venir et…

Il vit le peu de couleurs sur les joues de la directrice disparaître.

— Je connais ce genre d'établissements, vous survivez grâce à des donateurs généreux qui se vantent dans de grands salons d'œuvrer pour les petits orphelins. Et pourtant vous avez accepté cette enfant sans papiers, sans avoir aucune idée de ses origines, seulement parce qu'un chèque l'accompagnait. Si vos bienfaiteurs l'apprenaient…

Elle leva la main pour lui intimer l'ordre de se taire.

— Ils s'appellent Jansen, dit-elle d'une voix blanche. Eugénie et Niels Jansen, ils ont la trentaine. Ils ont l'air d'être des gens bien. C'est tout ce que je sais. Je ne peux rien vous dire de plus.

61

De retour à l'hôtel, Ronan commanda un double burger avec supplément fromage. Il reprendrait sa diète dès son retour à Belleville. Seul, il écouta l'enregistrement deux fois de suite et constata que cette histoire d'amitié ébranlait tous ses repères.

Il y croyait jusqu'à une certaine limite. Oui, il adorait prendre des bières et regarder des matchs entre potes. Mais la puissance du lien qui unissait Marcus et Diane le troublait. Ils s'aimaient sans désir, et ni la société ni leur entourage n'auraient pu le comprendre ni l'accepter. Mais l'amour n'avait pas suffi à Marcus, qui rêvait de gloire. À Diane, qui rêvait de sauver chaque âme tourmentée qu'elle croisait. Tôt ou tard, la vie heurtait les sentiments les plus nobles, brisait les aspirations d'éternité. Et Marcus avait survécu pendant le reste de son existence dans une prison qu'il s'était lui-même construite. Survivre, sans elle. Assumer le poids de ses erreurs. Sans elle.

Ronan pensait à la petite Diane, née d'une union qui s'était transformée en haine. Une enfant arrachée à son foyer, à qui on avait offert une nouvelle chance dans la vie. Une enfant qui, d'après lui, était devenue Gabrielle Jansen. Et s'il se trompait ? Des millions de gens ont des crises d'épilepsie dans le monde. Il fit une recherche sur son téléphone et découvrit que c'était la troisième maladie neurologique la plus courante. Selon un rapport de 2018, soixante millions de personnes en souffraient dans le monde, dont six cent mille en France.

En conclusion, ce n'était peut-être qu'une fâcheuse coïncidence. Il s'était sûrement un peu trop avancé. Il prit son téléphone et appela sa collègue. Le récit de Virginie l'avait transporté trente ans plus tôt, à Aix, siège d'un drame intime sans nom. Il fut heureux de revenir au présent, à la réalité brute de l'enquête, et de pouvoir en parler de vive voix avec Leïla.

Les policiers passèrent minutieusement en revue leurs découvertes respectives. La mort d'Esther, l'enlèvement de sa fille, l'intervention de Rose et la brutale disparition de Diane.

— T'as pas chômé ! Je n'en reviens pas que Rose se soit confiée.

— Et toi alors, Virginie Lepaire a vite craqué !

— Écoute, on est une bonne équipe.

— La fine fleur de la police française.

Il sourit, mais se crispa de nouveau.

— Et t'en penses quoi, de ma théorie sur la petite Diane ?

— Il n'y a aucun doute. Diane Scali *est* Gabrielle Jansen.

Le cœur du capitaine s'accéléra.

— T'es sûre ?

— Certaine. Rose était catégorique. Marcus l'a retrouvée. Je ne sais pas si c'est incroyable ou glauque…

— C'est surtout dingue ! Elle est la fille d'Esther et elle n'en a aucune idée. Rose a l'intention de tout lui balancer ? Comme ça ?

— Il faut croire, oui.

— Mais ça va être un choc énorme. Déjà qu'elle se remet à peine de la mort de Marcus…

Leïla souffla dans le téléphone et décapsula une nouvelle canette de Red Bull. Elle s'enfonça dans le canapé de son salon, son ordinateur portable sur les jambes.

Plusieurs sentiments l'avaient animée quand elle avait appris la véritable identité de Gabrielle. Sans que cette dernière s'en doute encore, elle devenait la pièce manquante du puzzle. Une enfant sauvée, mais pour combien de vies sacrifiées ?

En exhumant la vie d'Esther et sa mort, elle avait versé quelques larmes. Des larmes de honte et de colère. La violence de certains hommes se perpétuait parfois jusque dans la sphère la plus intime, la plus privée. Au sein de mariages heureux qui un jour basculaient dans l'horreur. Pas étonnant que les victimes se méfient des policiers, comment faire confiance quand ceux qui sont censés les protéger sont les premiers agresseurs ?

En devenant policière, elle avait rêvé de justice égalitaire. Mais elle s'était si souvent heurtée à la réalité, paperasse écrasante et lenteur administrative à vous rendre fou. Faire avancer les choses ne demandait pas seulement du courage, mais beaucoup de patience.

— J'ai parcouru de nouveau tous les articles rangés dans le tiroir de Marcus. Je crois avoir trouvé quelque chose, mais je ne sais pas si ça peut nous aider, dit-elle après un long moment de silence.

— Je t'écoute.

— C'est un article qui mentionne le démantèlement d'un trafic de drogue à Aix-en-Provence à la fin des années 1990. Les têtes pensantes étaient des flics, imagine le scandale. Je me demande si ce n'est pas lié à Tony, tout ça.

— Virginie Lepaire a dit que Tony dealait quand il était jeune et qu'il a balancé tout le monde pour ne pas faire de la prison, renchérit Ronan. C'est après qu'il est devenu flic.

— Mais, laisse-moi deviner, il n'a jamais vraiment arrêté ?

— Selon Virginie, non, approuva Ronan. Ce qui le rendait aussi intouchable.

— En tout cas, son nom ne figure nulle part. Ils ont rejeté la faute sur un type, un certain Karim Amad. Ce qui est dingue, c'est que des dizaines de flics ont été interrogés. Mais pas Tony. Il devait avoir plus de contacts qu'on ne le pensait.

— Et donc plus de leviers de pression, conclut Ronan.

— On sait ce qu'il est devenu ?

— Il a quitté Aix quelques années après la disparition de sa fille. J'ai retrouvé sa trace dans différentes villes du Sud où il a exercé des petits boulots. Plus rien depuis des années...

Un silence s'installa, que Leïla brisa.

— Attends, lui aussi il s'est évaporé dans la nature ?

Au fur et à mesure de leurs découvertes, les disparitions s'accumulaient, les questions aussi.

— Je ne retrouve ni acte de décès ni adresse récente.

— En même temps, il n'avait ni famille ni employeur...

— Il aurait pu se volatiliser sans que personne s'en aperçoive.

Malgré la distance, les deux policiers étaient animés du même état de transe. L'idée que Tony ait été rattrapé par sa lâcheté et son corps jeté dans une fosse par les amis de Karim Amad leur paraissait aussi irréel que saugrenu. Tony était un survivant. Ou il se cachait très bien, ou quelque chose d'autre lui était arrivé.

Ronan entendit Leïla pianoter à toute vitesse sur son ordinateur.

— Ronan, lança-t-elle enfin. Karim Amad est toujours en prison. Il a pris vingt-cinq ans et purge sa peine au centre pénitentiaire d'Avignon-Le Pontet... à une heure d'Aix.

62

Saint-Germain-en-Laye, septembre 2000

Gabrielle, son sac à dos rempli de cahiers neufs, leva les yeux vers la grille ouverte. Sa mère venait de la déposer. Elle sentait encore le contact de son bisou humide sur sa joue. La rentrée de sixième. Parachutée là où elle ne connaissait personne. Immobile, bousculée par le flot des enfants rieurs qui se retrouvaient après deux mois d'été. Encore une nouvelle école.

Depuis son arrivée en France, c'était la troisième en trois ans. Il y avait toujours un *incident*. Lié à sa *maladie*. La sonnerie retentit, et la surveillante hurla aux retardataires de se dépêcher. Elle baissa la tête sur l'enveloppe que lui avait donnée sa mère, à remettre au professeur principal. Toutes les indications en cas de problème. La grille commençait à se refermer quand, sans réfléchir, Gabrielle se retourna. Son cartable lourd sur les épaules, elle entra dans le parc attenant.

Il était paisible en ce début de matinée. Les enfants à l'école, les parents au travail. Une vie de banlieue parisienne dans ce qu'elle avait de plus banal.

Sur un banc, un homme de dos donnait des graines à des pigeons. Gabrielle fit quelques pas pour déposer son sac derrière lui. Sortit sa trousse, qui sentait le neuf. Pleine de stylos et de surligneurs. Ses cahiers recouverts de plastique avec son nom inscrit au marqueur noir. Elle fit une grosse pile, puis s'assit à côté. À l'autre extrémité du banc, toujours dos à elle, l'homme continuait de nourrir les pigeons sans se soucier de sa présence.

Elle prit son Walkman et mit le casque sur ses oreilles. La mélodie l'apaisa immédiatement. Ses parents ne comprenaient pas cette soudaine passion pour la musique classique. Sans succès, ils tentaient de l'éveiller à des styles de musique différents. Dans ses précédentes écoles primaires, les autres enfants s'étaient moqués de ses goûts. Mais Gabrielle n'écoutait pas les médisances. Pas sur ce sujet, en tout cas. Le morceau terminé, elle entendit une voix s'adresser à elle et retira son casque. L'homme qui nourrissait les pigeons venait de lui parler.

— Qu'écoutes-tu ?

Elle fit glisser son CD le long du banc.

— Debussy ! C'est étonnant à ton âge.

Gabrielle s'apprêtait à poser une question quand elle stoppa net. Sa mère l'avait mise en garde contre les hommes qui parlent aux enfants, avec interdiction de leur répondre. Mais l'homme reprit d'un ton doux :

— Tu ne devrais pas être à l'école ?

Elle lui jeta un coup d'œil. Relativement mince, il portait un long manteau qui lui tombait jusqu'aux pieds. Ses mains lui apparurent particulièrement grandes. Elle se leva, rangea ses affaires et remit son cartable sur son dos. Mais elle ne partit pas. Il était peut-être dangereux, pourtant elle lui répondit. C'était plus fort qu'elle.

— J'ai pas envie d'y retourner.

— Pourquoi cela ?

Elle baissa les yeux sur les sandales que sa maman lui avait achetées pour la rentrée. Ses orteils débordaient de la semelle. Il y avait des petites fleurs au bout des scratchs. Elles étaient roses, rose bonbon, rose fillette. Gabrielle ne les avait pas trouvées jolies dans la boutique, mais sa maman avait insisté. « Il faut être féminine, Gabrielle, fais un petit effort ! » Elle entendait encore sa voix dans sa tête.

— Les enfants sont méchants.

— Ils sont rarement gentils, c'est vrai. C'est l'âge. Après ça passera, tu verras.

Elle devint toute rouge.

— Oui, mais moi… les autres se moquent de moi. Maman dit que c'est parce que je suis malade. Que c'est pour ça qu'on fait tous ces tests. Qu'on va voir tous ces médecins.

L'homme se redressa et posa son sachet de graines à côté de lui. Il tourna légèrement la tête mais pas assez pour que Gabrielle discerne son visage.

— Qu'est-ce que tu as ?

— Parfois je tombe sans m'en rendre compte. Les médecins appellent ça des crises d'épilepsie. Je ne sais pas trop ce que c'est. Mais ça fait peur aux autres enfants, ils me donnent des surnoms pas sympas. C'est pour ça que je change souvent d'école.

— Tu sais, personne n'est parfait. Et il existe des traitements pour tes crises.

— Mais si ça marche pas ? Si je continue à tomber toute ma vie ?

— Alors tu apprendras à vivre avec. À mieux te relever à chaque fois. À en faire une force.

Il devinait qu'elle voulait le voir, sa curiosité mise rudement à l'épreuve, mais il resta bien dos à elle.

— Je dois m'en aller, et tu dois retourner à l'école. Bonne journée, petite.

Il se leva et fit quelques pas. Les pigeons s'envolèrent tout autour de lui. Les mains dans les poches, il marchait d'un pas calme. Sa silhouette longiligne se fondit dans les arbres du parc.

Le lendemain, en fin de journée, Gabrielle retraversa le parc et s'arrêta devant le banc. Autour, un attroupement de pigeons grignotait des restes de sandwichs. Mais l'homme n'était pas là. Elle s'apprêtait à repartir quand quelque chose attira son regard. Une pile de CD était posée à l'endroit exact où l'homme s'était assis la veille. Gabrielle les découvrit. C'étaient des albums similaires à celui qu'elle écoutait hier. Le même nom figurait sur tous. *Marcus Solar.* Elle regarda dans toutes les directions. Mais il n'y avait qu'elle. Elle rangea les CD dans son cartable et sortit du parc en trottinant, très heureuse de ce cadeau.

Et du fond du parc Marcus la regarda partir, un sourire sur ses traits fatigués.

63

Paris, février 2018

Gabrielle leva la tête et fit signe à la personne qui venait d'entrer de la rejoindre. Les murs du café étaient recouverts de photos délavées. Au plafond, des lustres disparates, chinés en brocante, s'harmonisaient avec les petits napperons en dentelle des tables de bistrot. Le style hétéroclite du lieu était à l'image de la carte, composée essentiellement de produits de saison. Gabrielle referma son ordinateur et but une gorgée de son cappuccino.

Les années étaient passées depuis qu'elle fuyait la rentrée des classes. Et son physique portait les stigmates de l'anxiété. Mince, elle entretenait un rapport compliqué avec son corps qu'elle dissimulait dans des tenues asexuées. Son angoisse existentielle était d'être démasquée. Que son état prenne le dessus sur elle. N'importe où, n'importe quand.

Ses relations en souffraient. Elle ne faisait durer aucune histoire sentimentale, convaincue qu'elle ne trouverait jamais chez l'autre ce qu'elle désirait. Elle réduisait sa vie sociale à la superficialité des relations de travail, qui ne débordaient jamais sur l'intime. Parfois, elle cherchait un homme sur une application de rencontres. Elle s'offrait le temps d'une nuit, jouissait et partait avant le lever du soleil sans dire au revoir.

Gabrielle n'était pas vraiment heureuse ni en droit d'être malheureuse. Elle déambulait dans la vie sans se projeter, ni rêver trop haut. Sa seule passion, c'était la musique classique. Elle se ruinait en concerts et accumulait dans son petit appartement plus de CD et vinyles qu'elle n'avait de place pour les ranger. Une petite blonde aux joues rosies par le froid lui fit la bise en s'asseyant face à elle. Sous ses airs de poupée, elle possédait le meilleur carnet d'adresses de Paris et avait décroché les plus gros contrats de l'agence Petit.

Le serveur arriva et dévisagea Gabrielle, qui ne remarqua rien. Sa collègue commanda une part de tarte aux pommes.

— Pas mal le serveur, lâcha sa collègue pour attirer son attention sur lui.

Gabrielle ne réagit pas à son commentaire, concentrée sur un mail qu'elle venait de recevoir et qui, visiblement, la préoccupait.

— On est samedi, hein.

— C'est un mail d'Antoine... Il a encore refusé mes talents.

— En même temps, vu ce que tu lui proposes...

Gabrielle lui lança un regard noir.

— On ne va pas encore avoir cette discussion. Il y a un marché pour la musique classique, je le sais.

— Gabrielle, je ne dis pas que tu as tort. Mais tu méprises tout ce qui n'appartient pas à ton précieux répertoire. Tu as écouté la bande démo que je t'ai envoyée ?

— Oui, j'ai écouté. C'est pas mal...

— Pas mal ? Le mec est une star de TikTok ! Il revisite tous les grands morceaux de classique et fait des millions de vues. Si tu ne le contactes pas, je le fais.

Gabrielle souffla pendant que le serveur apportait le café et la part de tarte. Sa collègue enfonça sa fourchette dans un gros morceau de pommes caramélisées.

— Si tu faisais un tout petit effort...

— Chut ! murmura brusquement Gabrielle.

Sa collègue s'arrêta de mâcher, outrée de se faire rembarrer de la sorte.

Gabrielle recula dans son fauteuil. Quelques minutes plus tard, deux hommes sortirent du café et refermèrent la porte derrière eux.

— Tu peux m'expliquer ?

— Attends... je *booke* d'abord des billets de train.

— De train ? Pour où ?

— Un endroit qui s'appelle Belleville..., répondit Gabrielle en pianotant sur son téléphone.

Sa collègue croisa les bras. Elle attendit que Gabrielle termine. Un éclat animait son regard. Elle ne l'avait jamais vue aussi excitée.

— Les deux personnes qui parlaient derrière moi, c'étaient des journalistes. Ils viennent de balancer du lourd.

Sa collègue se pencha vers elle, soudain très intéressée.

— Apparemment, personne n'est encore au courant, mais Marcus Solar va faire une nouvelle tournée...

Les épaules de sa collègue s'abaissèrent.

— Qui ça ?

— T'es sérieuse ? C'est le plus grand pianiste de tous les temps !

— Et moi qui m'attendais à un vrai scoop...

— Tu rigoles ? C'est génial ! Ce mec est mon idole ! Ça fait plus de vingt ans qu'il a arrêté de jouer ! Il vit dans un manoir à la Dracula à Belleville, en Picardie.

— Un manoir à la Dracula ? Ça donne envie.

— On s'en fout. Il veut revenir. C'est ça, l'information importante ! C'est ma chance !

— Comment ça, ta « chance » ?

— Ma chance de le rencontrer ! Et de lui proposer de devenir son agente ! Ça clouerait bien le bec d'Antoine, ça !

Sa collègue émit un petit rire moqueur, mais Gabrielle était très enthousiaste.

— Et tu comptes faire quoi ? Débarquer chez lui et le convaincre de t'engager ?

— T'as tout compris.

— En voilà un bon plan !

64

Gabrielle avait essayé d'entrer en contact avec l'attachée de presse du pianiste, puis sa maison de disques. Personne ne lui avait donné l'adresse de Marcus. Et encore moins son numéro de téléphone. Elle n'avait pu ni le joindre ni lui envoyer la moindre lettre. Elle avait passé la matinée à arpenter Belleville et ses alentours jusqu'à échouer au bar-tabac du centre. Le patron, qui prit en pitié sa quête désespérée, finit par lui donner la précieuse information.

Quinze minutes plus tard, elle débouchait sur une allée bordée de cèdres où se devinait une architecture atypique et imposante. C'était ici. La maison de Dracula. La demeure de Marcus Solar.

Tout au fond, elle découvrit un manoir encadré de longs murs en pierre. À première vue, tout accès semblait impossible. Un cadenas fermait le portail, et il n'y avait aucune sonnette. Elle recula et s'assit face à la grille en attendant que quelqu'un se présente. Au bout d'une heure, Gabrielle s'impatienta. Elle se hissa sur la pointe des pieds et jura qu'elle avait vu un rideau bouger de la plus haute fenêtre.

Elle réfléchit en scrutant le manoir. Personne n'allait lui ouvrir. Elle devait trouver un moyen d'entrer. Elle fixa le cadenas. Il était rouillé et très abîmé. Comme s'il avait été posé là seulement pour dissuader les curieux. Elle prit une pierre sur le bas-côté et donna plusieurs coups énergiques sur la chaîne. Celle-ci céda presque instantanément. Gabrielle sourit en ouvrant le portail.

De sa fenêtre, Marcus, mains dans les poches, observait Gabrielle.

— Vous n'auriez pas pu lui ouvrir, tout simplement ? demanda Elizabeth.

— Non. Elle doit venir par elle-même. Si ça avait été facile, elle ne serait pas restée. Elle est là seulement parce que tout le monde lui a répété que c'était une folie.

— Si vous le dites…

Gabrielle avança rapidement jusqu'au perron et chercha la sonnette. Elizabeth apparut sur le seuil. Droite, le visage impassible. L'agente, qui ne s'attendait visiblement pas à trouver une femme, recula.

— Bonjour. Je m'appelle Gabrielle Jansen, et…

— C'est illégal de s'introduire de la sorte chez les gens, madame, dit la gouvernante en voulant lui claquer la porte au nez.

Gabrielle bloqua le battant avec le pied et lança dans l'embrasure :

— Je sais que Marcus Solar habite ici et je ne partirai pas tant que je ne l'aurai pas rencontré.

À quelques mètres de là, Marcus écoutait leur conversation, une satisfaction impossible à dissimuler anima ses traits.

— Qu'elle entre ! dit-il.

Le silence suivit cette injonction. Et Elizabeth s'effaça devant Gabrielle.

À sa droite, un escalier en bois menait à l'étage. Plusieurs étages, semblait-il. Avec de beaux volumes et une décoration chargée digne d'un antiquaire ou de la réserve d'un musée. Marcus se tenait sur la première marche dans une robe de chambre pourpre. Ses cheveux blancs coiffés en arrière encadraient son visage ridé. Ses yeux gris se posèrent sur Gabrielle.

C'était lui. L'artiste qui avait bercé son enfance. L'orphelin qui s'était construit le plus beau des destins avant de disparaître comme il avait vécu. Dans une révérence à la foule, lointaine, tout en effacement. Il descendit l'escalier et avança jusqu'à elle, les mains toujours dans les poches. Elle devina un costume élégant sous sa robe de chambre et se demanda s'il attendait sa visite ou s'il s'habillait ainsi tous les jours de l'année.

Celle que Marcus couvait d'une ombre protectrice se présentait à lui après trente ans d'attente.

65

Rose entra dans l'hôtel aux rideaux rouges. Le hall était encore calme à cette heure du matin. Avec l'annonce de la mort de Marcus, les chambres s'étaient vidées. L'excitation des jours passés avait laissé place à la quiétude d'un mois d'octobre.

Elle monta au premier étage et s'arrêta devant une porte.

Elle se souvenait du jour où elle avait emmené la petite à l'orphelinat. Elle avait voulu le faire elle-même, prenant le risque d'être reconnue, pour s'assurer que la fillette serait en sécurité. Diane gesticulait dans ses bras. Cette petite lui faisait un effet tout particulier. Pendant les longues heures de route, elle s'était endormie dans ses bras, ses petits doigts enserrant le sien. L'idée de la garder pour elle, de l'élever, lui avait même traversé l'esprit. Elle avait échafaudé le plan parfait. Mais, dès leur arrivée à l'orphelinat, la réalité avait pris le dessus sur le fantasme. Pour être à l'abri du danger, Diane Scali devait devenir quelqu'un d'autre.

L'échange avait été plus compliqué que prévu. Rose avait doublé la somme initiale pour achever de convaincre la directrice. La petite fut enregistrée comme « née sous X, de parents inconnus ». C'était la condition. Rose resta quelques jours dans la région à guetter qu'aucun policier ne vienne fouiner à l'orphelinat.

Puis elle était rentrée à New York. Elle s'était séparée de Marcus et s'était interdit de repenser à l'enfant. Celle-ci vivait sûrement aux Pays-Bas, loin du drame qui avait provoqué son enlèvement. Rose ne chercherait jamais à savoir ce qu'elle était devenue. Elle ne la reverrait pas.

Mais, quand Gabrielle avait fait sa crise quelques jours plus tôt, elle avait été renvoyée vingt-cinq ans en arrière. Elle était là, à Belleville. Non seulement Marcus l'avait retrouvée, mais il l'avait aussi prise sous son aile. Depuis, Rose ne dormait plus.

Elle repassait en boucle les deux dernières décennies. Se demandait comment Marcus l'avait approchée, ce qu'elle savait de son histoire. Pas grand-chose, à en juger par son mutisme et ses accès de colère. Elle poussa une longue expiration et frappa à la porte. Personne ne répondit. Elle réitéra ce geste, plusieurs fois et à chaque fois plus fort.

Excédée, elle redescendit l'escalier et demanda à l'accueil d'appeler la chambre de Gabrielle Jansen. Elle ne répondit pas non plus.

— Vous savez si votre cliente a payé la note ? demanda-t-elle au standardiste.

— Je ne sais pas, je viens de démarrer ma journée…

— Vérifiez, ordonna-t-elle.

Le réceptionniste s'exécuta sans un mot et pianota sur son ordinateur.

— Elle est censée nous quitter ce soir.

Rose fronça les sourcils et leva les yeux vers l'horloge au-dessus d'elle. Il n'était pas 9 heures du matin. Où pouvait-elle bien être ?

66

Ronan arriva au centre pénitentiaire d'Avignon-Le Pontet à 9 heures du matin. Il s'entretint avec le directeur, puis lui demanda la permission d'échanger avec le détenu. Tout en discutant, ils longèrent des couloirs tous identiques.

— Vous savez, cela fait très longtemps que Karim est enfermé, je doute qu'il puisse vous aider dans votre enquête… Comment s'appelle le dealer que vous cherchez à appréhender ?

— Toute aide sera bienvenue. Quel dédale, dites donc ! Nous sommes arrivés ? demanda-t-il pour esquiver sa question.

Ils venaient de s'arrêter devant une porte.

— Merci, je prends le relais, s'empressa de dire Ronan.

Le directeur lui jeta un regard en biais, puis s'éloigna sans ajouter un mot.

Karim était assis dans le fond de la cellule. Ses cheveux blancs coiffés en tresse. Il caressait sa barbe parfaitement taillée. Des murs recouverts de photos d'animaux comme unique décoration. Des léopards, des pumas, des lynx qu'il n'aurait probablement plus jamais l'occasion de voir en vrai. La soixantaine. Il avait une musculature assez développée pour un homme de son âge. Il considéra Ronan avec méfiance.

— Bonjour, monsieur, je suis capitaine au commissariat de Belleville et…

— Vous voulez quoi ? Je croyais avoir été clair, j'veux plus parler aux flics.

— J'aimerais vous poser des questions sur un homme que vous avez connu, Tony Scali.

— Je veux plus entendre parler de ce connard, répondit-il sans quitter des yeux l'écran de télévision.

— Nous pensons qu'il est impliqué dans un féminicide…

— Ah ça, il a tué. Et ce fils de pute court toujours ! Et dire que personne ne m'a jamais cru.

— Moi je vous crois, monsieur. C'est pour ça que je suis ici.

Karim tourna la tête vers Ronan, toujours prudent, mais maintenant intrigué.

— Vous voulez quoi ?

— Je suis ici parce que je pense qu'il a tué sa femme.

Le regard de Karim changea du tout au tout.

— Esther ?

Rose entra en trombe dans le commissariat sous les regards interloqués des policiers. Elle se dirigea d'un pas décidé vers le bureau de la lieutenante en faisant fi d'un fonctionnaire qui l'interpellait. Leïla, qui était en pleine conversation téléphonique, écourta son appel en voyant l'Américaine.

— Madame Ravensberg, qu'est-ce qui vous arrive ? Qui vous a laissée entrer comme ça ?

Rose balaya ces questions d'un revers de la main.

— On n'a pas le temps pour ça. J'ai besoin de votre aide.

— Je suis en plein travail…

— Je ne sais pas où est Gabrielle.

Leïla soupira.

— Comment ça ?

— Je suis allée à son hôtel ce matin. Elle n'a pas répondu. J'ai sonné à sa chambre, sans succès.

La lieutenante bâilla. L'angoisse de Rose sembla tout de suite moins urgente.

— Elle m'a dit qu'elle rentrait à Paris aujourd'hui...

— Non, elle n'a pas encore payé sa note.

— Elle dort peut-être encore, tout simplement.

Rose la coupa de nouveau.

— J'imagine que vous avez son numéro de téléphone. Est-ce que vous pouvez essayer de l'appeler ?

— Si ça peut vous faire quitter mon bureau.

Leïla effectua une recherche rapide dans le dossier de l'enquête pour retrouver les coordonnées de Gabrielle. Ça sonna dans le vide.

— Elle doit encore dormir, conclut la lieutenante.

Elle vit dans le regard de Rose que cette réponse ne la satisfaisait pas.

— Accompagnez-moi à l'hôtel.

— Je n'ai pas le temps pour ça, madame Ravensberg !

— Je vous en prie.

Et Leïla se demanda si ce n'était pas la première fois de sa vie que l'Américaine demandait quelque chose à quelqu'un.

Elles arrivèrent à l'hôtel quelques minutes plus tard. Leïla se procura un double de la clé de la chambre de Gabrielle. Elles entrèrent et constatèrent que les rideaux étaient tirés. Le jour irradiait dans toute la pièce. Le lit était fait, les draps parfaitement pliés de la veille. Visiblement, personne n'y avait passé la nuit. Leïla inspecta rapidement la chambre quand son regard s'arrêta sur le sac à main de la jeune femme. À l'intérieur se trouvaient son téléphone portable et sa trousse de médicaments.

— Où est-elle ? murmura Rose.

67

Karim se souvenait du patio de sa maison. Des fins de journées ensoleillées. De lui, moulé dans un marcel blanc qui redessinait ses muscles. Adepte des salles de sport depuis ses dix-sept ans. Plus qu'un kiff, un mode de vie. Repousser ses limites jusqu'à franchir ce seuil où le danger devenait excitant.

Ce jour-là, il l'avait vue sortir, deux bières à la main. Tout lui avait plu. Son sourire, la couleur de ses cheveux, son rire. Son short un peu trop court, le chemisier noué autour de son ventre. Elle maîtrisait l'environnement autour d'elle. Rendait tout plus doux, plus beau.

Esther, elle s'appelait. La femme de Tony. Mais on ne touchait pas aux femmes des autres. Et puis elle avait l'air heureuse, dans les bras de son connard aux yeux noirs. Il avait remarqué au fil de ses visites qu'elle avait cessé d'apporter des bières, de sortir, d'enlacer Tony. Il ne s'était pas posé plus de questions, ça l'arrangeait, lui permettait de l'oublier. Elle avait eu une gosse, elle devait être occupée. Il avait fini par arrêter de penser à elle. Depuis qu'il était au trou, il avait passé plus de temps à haïr Tony qu'à fantasmer sur Esther. La rage avait englouti toute idée de désir il y avait bien longtemps.

Des années qu'il n'avait pas entendu son prénom. Esther. C'était chantant. Là, assis dans sa cellule, il se sentit comme un con que le temps n'avait pas épargné.

— Vous pouvez me parler de votre relation avec Tony ?

— On dealait dans notre jeunesse et, un jour, Tony s'est fait pincer. Il a écopé d'une peine avec sursis. Moi, j'ai continué, lui, il s'est rangé, soi-disant. Bien plus tard, il m'a recontacté. Il était lieutenant et allait passer capitaine dans l'année. Il voulait qu'on reprenne nos combines, mais avec les stocks de la police. Une folie, mais qui pouvait rapporter gros.

— Vous avez accepté ?

— Bien sûr, sinon je serais pas ici.

— Tony n'a pas été arrêté après votre incarcération ?

— Quand son chef s'est rendu compte qu'il manquait beaucoup de stocks de drogue, il a interrogé tout le commissariat. Mais ce chien avait déjà supprimé toutes les traces qui remontaient jusqu'à lui. Il s'est débrouillé pour que je prenne tout. Il a même planqué des kilos de coke dans mon appart, à mon insu. Sa fille venait d'être enlevée, tout le monde le plaignait. Ça a joué en sa faveur, et moi, ça a fait qu'augmenter ma peine.

— J'imagine que, même de votre prison, vous l'avez cherché ?

— Ouais. Je voulais que ce fils de pute paie. J'ai dit à mes gars dehors de sillonner tout le pays pour le retrouver. Mais ce connard s'est bien caché. Mes gars revenaient toujours bredouilles ou avec des infos bidon. Des pseudo-types qui lui ressemblaient, mais ce n'était jamais lui. J'ai fini par abandonner. Il avait dû quitter le pays. Jusqu'à récemment.

— Récemment ?

Karim réfléchit en se grattant la barbe.

— L'un de mes gars dans le Nord a cru l'apercevoir. Il se faisait embarquer dans une berline aux vitres teintées conduite par une nana… Mais ça m'a semblé improbable… Je lui ai dit qu'il racontait des craques. Qu'est-ce qu'aurait foutu Tony dans une berline noire ?

Ronan déglutit avant de demander :

— C'était où et quand, à peu près ?

— Y a un mois environ, près d'Amiens.

Le capitaine sortit du centre pénitentiaire et appela Leïla. Il réussissait mal à contenir son affolement.

— Leïla, je crois que Marcus a retrouvé Tony, lâcha-t-il, le souffle court d'avoir parlé trop vite.

— Putain ! s'écria Leïla. Il l'a fait parler, tu penses ? Pour savoir ce qui est arrivé à Diane Leroy ?

— Sûrement, je ne sais pas. En tout cas, la coïncidence est un peu grosse. Il met la main sur Tony et, un mois après, Elizabeth et lui sont morts ?

Dans le combiné, il entendit un bruit de clignotant et fronça les sourcils.

— T'es en voiture ?

— Oui, Gabrielle Jansen est introuvable depuis ce matin, donc on va au manoir de Marcus, elle est peut-être fourrée là-bas…

— « On » ?

Leïla pâlit. Les mots étaient sortis tout seuls. Elle jeta un regard en biais à Rose, assise à côté d'elle dans sa voiture.

— Je suis avec Rose Ravensberg…

— Leïla ! Tu déconnes, là !

— Tu m'engueuleras plus tard. Elle veut aider. À quelle heure est ton train ? Il faut qu'on éclaircisse cette histoire au plus vite.

— J'ai un train dans une heure, je serai à Belleville dans l'après-midi. Et, Leïla, fais gaffe !

68

Belleville, février 2018

Dans le salon, Gabrielle admirait la collection de vinyles face à elle. Marcus esquissa un petit sourire.

— Vous ne parlez plus, madame ?

— Appelez-moi Gabrielle, je vous en prie.

— Très bien, Gabrielle. Vous vouliez me rencontrer. Que puis-je faire pour vous ?

Il devinait son émotion. Elle était sans doute proportionnelle à ce qu'il ressentait tout au fond de lui.

— Vous avez une maison magnifique, dit Gabrielle en éludant la question de Marcus.

Dans la cheminée, un feu mourant diffusait une chaleur faiblarde. Il sourit de nouveau, sans répondre, et les rides de son visage s'étirèrent.

— Je suis désolée de venir à l'improviste, je suis passionnée de musique classique et…

— Gabrielle, je vous préviens tout de suite. Si vous êtes ici pour rencontrer Marcus Solar, le pianiste, vous allez être très déçue, cet homme n'existe plus depuis longtemps. Je suis un vieux monsieur qui vit seul avec ses souvenirs.

Elizabeth entra au même moment avec un plateau sur lequel étaient posées deux tasses et une théière. Elle s'apprêtait à les servir quand Gabrielle se leva.

— Je m'en occupe, dit-elle.

— Très bien, répondit Elizabeth en sortant d'un pas militaire.

Gabrielle trouva cette femme particulièrement froide et s'interrogea sur son métier de domestique. À première vue, elle effectuait les tâches de manière méthodique, mais sans la moindre envie ni passion. Peut-être n'avait-elle pas toujours été au service du pianiste.

Elle remplit les deux tasses. Il lui fit signe de la poser juste à côté de lui, sur la petite table recouverte de livres. Elle se délecta de sa première gorgée. Elle aimait quand le thé était brûlant.

— Si Marcus Solar n'existe plus, dit-elle en reposant sa tasse, comment expliquez-vous que des rumeurs sur votre retour se propagent ? C'est la raison de ma venue.

— Ces rumeurs, c'est une idée de ma maison de disques. De temps à autre, quand les ventes baissent, ou que les investisseurs menacent de me retirer de leur catalogue, ils font courir le bruit d'une dernière tournée… et les ventes repartent. Comme par magie.

Gabrielle fut incapable de masquer son mécontentement. Cette réaction fit sourire le vieil homme.

— J'imagine que ce n'est pas ce que vous vouliez entendre.

— Non, confessa-t-elle, mais j'ai la chance de vous rencontrer, donc mon voyage n'aura pas été inutile.

— Et je suis ravi que vous preniez le thé avec moi.

— Je suis agente artistique, lâcha-t-elle brutalement, avec une maladresse évidente.

— C'est une belle profession…

— Et je ne suis pas ici par hasard.

*

Il reposa sa tasse, amusé et flatté par son approche.

— Vous vouliez me convaincre de vous engager ?

— Disons que… j'en ai rêvé.

— C'est gentil.

— J'imagine que beaucoup de gens vous l'ont déjà dit, que les éloges ne vous font plus grand-chose, mais votre musique est très importante pour moi. Regardez, je l'ai toujours sur moi, dit-elle en sortant fièrement de son sac un exemplaire d'un de ses premiers enregistrements.

Marcus reconnut un des CD qu'il lui avait lui-même donné des années plus tôt, sur le banc.

— Une édition rare, commenta-t-il, la voix enrouée par l'émotion en effleurant du bout des doigts l'image de lui plus jeune, assis à un piano. Où l'avez-vous trouvée ?

— Quelqu'un l'avait laissée sur un banc dans un square ! Je l'ai récupérée.

Le vieux pianiste détourna le regard et fit mine de contempler le square.

— Je vous remercie pour vos mots. Mais vous vous trompez. Vous parlez de « ma musique », or je n'ai jamais rien créé. J'aurais aimé, mais je ne suis qu'un interprète. La création, c'est une autre affaire…

Elle jeta un œil aux flammes mourantes, vit plusieurs bûches alignées sur le côté et se leva. Elle les prit et les plaça dans la cheminée. Elle attrapa ensuite le tisonnier et redonna vie au feu. Marcus la laissait faire. Quand elle eut fini, elle remit la grille en place et reposa le soufflet.

— Vous dites que vous n'avez jamais rien créé, c'est faux. Ce que vous faisiez, à chaque concert, personne d'autre n'en était capable. C'était une expérience unique. Vous n'avez peut-être pas inventé de sonates, mais vous donniez vie aux morceaux.

— Vous êtes gentille, Gabrielle.

Elle se tourna vers lui. Gentille, voilà un compliment qu'on lui faisait rarement. On disait qu'il ne fallait jamais rencontrer ses idoles. Cet artiste reclus, vivant avec ses souvenirs de gloire, n'était pas l'être imbu de lui-même décrit par les tabloïds. Mais un vieil homme seul sous le charme duquel elle venait de tomber.

Une heure plus tard, Elizabeth referma la porte derrière elle.

— Je l'ai invitée à passer le week-end prochain ici, expliqua-t-il.

— Monsieur, c'est dangereux ! Imaginez qu'elle découvre que…

— Elle ne va rien découvrir du tout. Pas pour le moment, du moins. Est-ce clair, Elizabeth ?

69

Belleville, avril 2018

C'était un début de soirée aux allures printanières. Les oiseaux avaient recommencé à chanter depuis quelques jours. Le pianiste dégustait une bouteille de pouilly aux côtés de la jeune femme. Ils contemplaient le parc. Depuis leur première rencontre, Gabrielle passait deux week-ends par mois chez Marcus. Une improbable amitié s'était nouée entre la jeune femme et le vieux pianiste.

Ce soir, il parlait peu, son regard était lointain. Que cherchait-il à atteindre tout là-bas ? Gabrielle ne le quittait pas des yeux. Le vin lui montait à la tête, juste un peu. Et c'était agréable. Désinhibée, elle posa enfin la question qui lui brûlait les lèvres.

— Marcus, pourquoi avez-vous arrêté de jouer ?

Il sourit. Il avait attendu et redouté cette question depuis leur premier échange.

— J'ai perdu quelqu'un qui m'était très cher il y a des années. Après ça, tout est devenu futile. La musique, la scène, les autres. Plus rien n'avait de sens. Alors j'ai disparu.

— Je suis désolée, je n'en avais aucune idée… Vous avez continué à jouer, pour vous ?

— Un peu. Mais ça n'a plus jamais été pareil.

Gabrielle se tut, gênée. Elle se demanda s'il évoquait un ami ou une relation amoureuse, préféra ne pas se perdre en conjectures.

— Et vous ? Pourquoi passez-vous votre week-end ici plutôt qu'avec des gens de votre âge ?

Elle prit la bouteille de pouilly et se resservit copieusement.

— Je n'aime pas Paris le week-end, dit-elle d'un air maussade.

— Tout va bien, Gabrielle ?

— Très bien.

— Ce n'est pas la vérité, n'est-ce pas ?

Elle fit semblant de ne pas comprendre. Il reposa son verre.

— Quand vous pensez que je ne vous vois pas, vous avalez de petites pilules que je soupçonne être des anxiolytiques. Dès que je me retourne, vous regardez attentivement vos mains, comme si vous guettiez quelque chose, tout le temps. Est-ce pour ça que votre sac n'est jamais bien loin de vous ? Parce que vous avez peur ?

— J'ai un… problème de santé.

Marcus ne répondit pas, guettant la suite.

— Je fais des crises d'épilepsie, dit-elle enfin.

Il devina combien cette confession lui coûtait.

— Et cela ne se soigne pas ? Il n'existe pas de traitements ?

— Si, mais je n'en prends plus depuis longtemps. Je ne les supportais pas.

Il la vit se tendre immédiatement.

— Nous ne sommes pas obligés d'en parler…

— Merci, lâcha immédiatement Gabrielle.

Marcus posa une main sur la sienne.

— On ne se connaît que très peu, mais quelque chose me dit que si vous préférez passer votre samedi soir avec moi c'est qu'il y a une raison, non ?

— Je ne suis pas douée avec les autres.

— C'est vague, les autres. Vous avez bien des amis ?

— À force de leur poser des lapins, plus beaucoup.

— Je vois. Vous ne partagez pas votre vie avec quelqu'un ?

— Non.

— Et votre famille ?

— Je n'ai pas de frères et sœurs. Et je ne m'entends pas avec mes parents.

Elle cessa de contempler le parc.

— Le jour de mes dix ans, ils m'ont annoncé que j'avais été adoptée.

Marcus feignit un air surpris.

— Et que cela vous a-t-il fait ? demanda-t-il au prix d'un effort important.

— Au début, rien. Je crois que je ne comprenais pas vraiment ce que cela signifiait. Ils restaient papa et maman pour moi, ça ne changeait pas grand-chose. Puis, en grandissant, j'ai commencé à les haïr.

— Pourquoi ça ?

— Je ne sais pas vraiment. Le sang force l'amour, non ? Alors, il ne me restait plus que la haine. Nous étions en conflit permanent. Je les punissais de m'avoir choisie comme fille adoptive. J'étais en colère. Et je la déversais sur les seules personnes à ma portée.

— En colère contre qui ? Contre quoi ?

— Contre mes parents biologiques. Je ne connais même pas leurs noms. Mon nom. Je suis née sous X.

Elle leva des yeux brillants vers Marcus.

— Vous me demandez pourquoi je n'ai personne dans ma vie, aucun ami. C'est parce que je n'arrive pas à accepter cette… chose qui se déclenche à n'importe quel moment et que je n'arrive pas à contrôler.

— Tout le monde a des problèmes de santé et…

— J'ai entendu ce discours pendant toute mon enfance… Voilà pourquoi je ne parle plus à mes parents. Ni à la plupart de mes amis.

Elle finit son verre cul sec et le posa sur la table à côté d'elle. Il la regarda avec une immense tristesse. Il y avait tellement de choses qu'il aurait aimé lui dire.

Le lendemain, Gabrielle fut réveillée par le vibreur de son téléphone. Un violent mal de crâne la força à plisser les yeux pour s'habituer à la lumière. Elle avait oublié de fermer les rideaux. Elle vit la bouteille de pouilly sur sa table de nuit. L'emporter dans sa chambre pour la finir n'avait peut-être pas été une si bonne idée que ça. Elle décrocha d'une voix pâteuse en buvant de grandes gorgées d'eau.

— Gabrielle ? Vous m'entendez ?

— Oui, je vous entends, monsieur Petit. Que puis-je faire pour vous ? On est samedi matin…

— Il y avait la soirée de l'agence hier soir, vous n'êtes jamais venue.

Cette soirée était complètement sortie de son esprit. Pourtant, Antoine lui en avait parlé à de nombreuses reprises. Elle avait sauté dans un train en fin d'après-midi pour la Picardie sans même y penser.

— Je suis désolée, j'ai eu un empêchement de…

— J'ai été patient, Gabrielle, très patient. Mais entre vos absences aux réunions et vos clients qui ne rapportent rien… Je sais que vous avez vos problèmes de… santé…

Cette remarque faisait référence à une crise survenue lors d'une des plus importantes réunions annuelles avec tous les clients et tous les agents. Gabrielle s'était effondrée dans les bras d'Antoine. Depuis, son patron l'évitait telle une pestiférée.

— Lundi matin, rendez-vous dans mon bureau à 10 heures. Et hors de question d'être en retard.

Il lui raccrocha au nez. Elle se leva et examina le parc. De sa fenêtre, elle vit Marcus entrer dans le manoir et descendit pour le rejoindre.

Dans le salon, le petit déjeuner était dressé. Café, toasts beurrés et jus d'oranges pressées. Elizabeth sortait d'une pièce dans le fond du salon, qu'elle ferma à clé. Elle vint jusqu'à elle, le visage figé. Gabrielle jeta un regard curieux à l'endroit qu'elle venait de quitter.

— Qu'y a-t-il là-bas ?

Des pas résonnèrent dans le hall. Marcus entra, les traits détendus.

— Mon piano, répondit-il en souriant à Gabrielle.

Il se tourna vers Elizabeth, qui sortit du salon sans un mot. D'un geste de la main, Marcus invita Gabrielle à s'asseoir.

— J'imagine que vous jouez sur un Steinway ? À queue ?

— Pas du tout. C'est un Bechstein, droit.

Il se sentit obligé de se justifier.

— Ce piano a une grande valeur sentimentale. Je préfère jouer dessus.

Au regard triste du pianiste, elle ne rebondit pas à cette réponse et enchaîna sur autre chose :

— Est-ce vrai que vous pouvez déchiffrer un morceau rien qu'en le lisant ?

Il sourit de nouveau et prit sa tasse de café entre les mains. La lecture à vue avait longtemps fasciné les gens. À l'époque, on lui brandissait des partitions en espérant qu'il les déchiffre instantanément. Des morceaux les plus connus à des interprétations d'amateurs.

— Oui, c'est vrai. Mais ça fait juste gagner du temps.

Il remarqua que les mains de Gabrielle tremblaient. Quelque chose la préoccupait. Elle n'avait pas touché à ses toasts ni à son jus d'orange. En revanche, elle tenait sa tasse de café serrée entre les mains.

— Tout va bien, Gabrielle ? Vous semblez nerveuse.

— J'ai reçu un appel de mon patron. Il y a de grandes chances que je me fasse virer lundi.

— Mais pourquoi ça ?

— Mes artistes coulent l'agence, selon lui. Et je n'ai pas été très disciplinée, j'ai manqué des réunions importantes et des événements mondains…

Marcus croisa les mains.

— Et il irait jusqu'à vous licencier ?

Il tourna la tête vers le parc. Son beau parc qu'il n'entretenait même plus.

— Qu'est-ce qui le ferait changer d'avis ?

Elle haussa les épaules.

— Que j'accepte de me diversifier, et encore…

— Ce que vous n'avez pas envie de faire.

Il se leva et s'approcha de sa collection de vinyles.

— J'ai toujours refusé d'avoir mes enregistrements, je trouve ça prétentieux. Comme les gens qui accrochent des photos d'eux jeunes. Ils ont peur d'oublier à quoi ils ressemblaient ? Moi je me souviens de tous les morceaux que j'ai joués.

Gabrielle suivait les déambulations du pianiste avec curiosité. Elle se demandait où il voulait en venir.

— Je dois vous avouer quelque chose, Gabrielle, je vous ai menti, dit-il enfin. Mes albums se vendent toujours aussi bien. Je n'ai jamais connu de baisse depuis ma retraite, ma maison de disques n'a jamais pu l'expliquer. Ce n'est pas que je m'en plaigne…

Il erra dans le salon de son pas bien à lui, tranquille, tout en retenue.

— Ça fait un moment que j'y pense… pour remercier ceux qui m'écoutent encore après toutes ces années, et par nostalgie de la scène, pour être honnête… J'aimerais faire une dernière tournée.

— Donc ces deux journalistes que j'ai entendus dans le café…

— Si je veux revenir, il me faut un agent. Le monde a changé depuis mon départ. Tous ces réseaux sociaux, je n'y comprends rien. Mais je ne veux pas n'importe qui. Pas quelqu'un qui a déjà des dizaines de clients et qui me traitera comme un énième vieux sur le retour. Je me suis renseigné sur vous. Votre nom m'a été soufflé plus d'une fois. Votre passion m'inspire.

Gabrielle comprit qu'elle avait été dupée.

— Notre rencontre était préméditée ? J'ai réussi le test ? conclut-elle, abasourdie.

— Au-delà de mes espérances. Gabrielle, j'aimerais qu'on travaille ensemble.

Elle retint son souffle. Elle prit la main du pianiste dans la sienne, puis le serra dans ses bras.

70

Rose sortit de la voiture de Leïla, emmitouflée dans un manteau matelassé à l'épais col en fourrure, un petit sac Chanel en bandoulière. Elle admira le manoir de Marcus. Cette imposante demeure où il s'était terré pendant toutes ces années. Il y avait quelque chose de profondément romantique dans cette construction perdue dans la brume de la nature avoisinante.

— Sa voiture n'est pas là, constata la lieutenante.

— Je veux quand même entrer.

Rose vit la policière se crisper. Depuis son échange téléphonique avec son supérieur, elle était très silencieuse.

— Nous ne devrions pas être ici. Je ne sais plus ce que je fais.

— Je veux juste voir si Gabrielle est à l'intérieur. Après nous partirons.

— Bien, mais vous m'obéissez. Et vous enfilez ces gants.

Après s'être équipées, elles pénétrèrent dans la bâtisse. À mesure que Rose découvrait la demeure, l'étonnement la saisissait. On aurait dit la maison secondaire d'un bâtard Windsor. Pas celle d'un homme endeuillé. Cet excès de luxe, cette culture exhibée pour appâter les visiteurs, ça avait quelque chose de grotesque. Fascinant tout en étant à la limite du ridicule. Le Marcus qu'elle avait connu n'aimait pas cette débauche de kitsch.

Elle déambulait sur la pointe des pieds, comme une enfant dans un parc d'attractions. Elle monta l'escalier et comprit assez vite qu'elle venait de tomber sur la chambre de Marcus. Elle resta un instant sur le palier. Quand elle entra, une forte odeur de renfermé lui coupa la respiration. Elle alluma le plafonnier, reconnut les exemplaires de la Pléiade qu'elle lui avait offerts en 1995. Les œuvres complètes de Proust, Dostoïevski et Victor Hugo. Des draps de soie, bien évidemment. Un lit en bois incrusté. Tout était Marcus, en fin de compte. Ce luxe désuet, c'était sa façon à lui de suspendre le temps. De maintenir les vingt-six dernières années dans un écrin protégé.

La lieutenante entra à son tour dans la chambre et grimaça.

— Toujours cette même odeur...

Rose s'approcha du mur. Parcourant du regard l'imposante bibliothèque de Marcus, elle remarqua un exemplaire de *L'Homme qui rit* de Victor Hugo. Il faisait partie de la collection qu'elle lui avait offerte pour son anniversaire, il y a bien des années. Elle le prit et caressa sa reliure dorée. Elle s'apprêtait à le remettre à sa place quand elle aperçut une petite serrure, à l'emplacement exact où elle venait de retirer le roman.

— Lieutenante... regardez. On dirait une serrure.

Leïla effleura la forme dans le bois. Elle fouilla dans les poches de sa veste et sortit le trousseau de clés qu'elle avait utilisé pour pénétrer dans le manoir. Elle s'apprêtait à essayer une clé quand elle vit Rose attraper le rebord et tirer la bibliothèque vers elle.

— C'était déjà ouvert...

Une porte très lourde se découpa dans la bibliothèque. Une odeur putride s'éleva brutalement de l'ouverture.

— Qu'est-ce que c'est que ça...

Sans plus attendre, Rose pénétra dans la pièce.

71

Paris, avril 2018

Gabrielle était en retard. C'était la fois de trop. Il avait été patient, mais personne ne lui avait jamais autant manqué de respect. Debout face à son bureau surplombant la Défense, Antoine Petit ruminait tout seul. Dommage, il aimait bien Gabrielle. Mais son obsession pathologique pour la musique classique avait tout gâché. Tant pis.

On frappa, et il rajusta sa veste de costume. Gabrielle entra, rayonnante pour un lundi matin.

— Vous êtes en retard, constata-t-il dès que la porte fut refermée.

— De cinq minutes !

— Ça reste du retard.

Gabrielle attendit sagement qu'il l'invite à s'asseoir. Ce qu'il ne fit pas.

— Gabrielle, vous savez très bien pourquoi je vous ai conviée ce matin…

— Vous me virez, lâcha-t-elle tranquillement.

— Et c'est comme ça que vous le prenez ? Après tout ce que j'ai fait pour vous ? Ne me dites pas que vous allez chez la concurrence !

Elle vit son regard vriller et s'en amusa.

— Je ne vais nulle part, monsieur Petit. En fait, je suis même venue avec un cadeau.

— Un cadeau ?

— Oui. Un nouveau client m'accompagne. Il patiente dans le couloir.

— Vous rigolez, j'espère ?

— Pas du tout. Celui-là va vous plaire, croyez-moi.

— Je vous licencie, Gabrielle, et vous me ramenez un vieux saltimbanque ?

— Attendez au moins de découvrir de qui il s'agit…

Les mains sur les hanches, Antoine Petit vit quelques instants plus tard un homme très élégant, de plus de soixante-dix ans, pénétrer dans son bureau. Son visage d'une extrême minceur était strié de rides. Il posa un regard vif sur le directeur de l'agence. Et, quand Antoine Petit reconnut Marcus Solar, il ne parvint pas à prononcer le moindre mot. Les bras lui en tombèrent, littéralement.

Ce soir-là, l'agence fêtait la Saint-Sylvestre. À l'orée de 2020, Antoine Petit était convaincu que cette nouvelle année serait exceptionnelle. Gabrielle lui avait apporté la réponse à toutes ses interrogations sur l'avenir. Les affiches avaient été placardées dans Paris la veille. Les yeux du pianiste à chaque coin de rue déstabilisant les Parisiens dès le réveil. Dessous, une phrase énigmatique : « *Le grand retour de Marcus Solar* ». Antoine était très fier de lui. Ce coup de marketing était la meilleure idée de sa carrière.

Quand il avait eu le directeur de la maison de disques au téléphone, le pauvre type avait manqué de s'effondrer. Quoi ? Marcus Solar en tournée ? Le pianiste qui n'avait pas produit d'album depuis trois décennies ? Il s'était vite remis de ses émotions à la mention des chiffres astronomiques que rapporterait la tournée. Trois mois. Douze pays. Trente dates. Deux jours de repos entre chaque concert. Ils décidèrent de ressortir les meilleurs albums de Marcus avec une nouvelle pochette. Une séance photo fut programmée quelques jours plus tard.

Le soir, il avait demandé au photographe un Photoshop de l'extrême, qui rajeunissait Marcus de dix ans. Ils envoyèrent ces portraits à la presse. Le lendemain, le patron du *New York Times*, dans un accent américain à couper au couteau, l'appela pour exiger une interview exclusive avec le pianiste. Antoine sentit son cœur faire un bond dans sa poitrine. Si la nouvelle de la tournée de Marcus arrivait aux oreilles des Américains, son plan marketing était un succès.

L'éditeur publia une édition augmentée de sa biographie, avec une annexe comprenant un entretien sur les « raisons de son départ de la scène vingt-six ans plus tôt ». La couverture fut également changée – Marcus posait désormais devant un Steinway. En trois semaines, l'ouvrage atteignit des sommets de vente et se classa comme l'un des meilleurs succès de l'année.

Alors que la fête battait son plein, Antoine chercha Gabrielle. Il sortit sur le balcon et la trouva dans un coin, une coupe de champagne à la main, un cendrier plein face à elle. Elle observait la vue. La Défense, ses immeubles brillant de mille feux pour la Saint-Sylvestre. Elle tourna la tête vers son patron, qui lui trouva un air bien triste. Pourtant, il n'avait d'yeux que pour elle depuis qu'elle lui avait amené Marcus et lui avait même promis un large bonus après la tournée.

— Ce que vous avez accompli cette année, Gabrielle, c'est remarquable. Je suis désolé d'avoir autant douté de vous.

— Merci. Mais je ne peux m'empêcher de me demander…

Elle savait très bien que l'intérêt que lui portait Antoine Petit se tasserait dès la tournée terminée. Pourtant elle devait saisir cet instant.

— Je ne comprends toujours pas pourquoi Marcus veut faire cette tournée. Il n'a pas besoin d'argent, il n'a pas besoin des autres, que cherche-t-il ? Tout ce tapage médiatique doit l'épuiser. Vous savez aussi bien que moi qu'il est fatigué, qu'il ment probablement sur son âge...

— Tout le monde ment sur son âge dans ce milieu. Et peut-être que nous n'avons pas à chercher de raison ? Que ça le regarde et que c'est ça qui est beau. Que c'est son dernier grand acte avant son départ de scène.

— Oui, mais...

Il posa une main sur son épaule.

— Gabrielle, c'est votre client, n'oubliez jamais ça. Pas votre ami, ni votre père. Ne cherchez pas trop loin. Laissez-le vivre sa dernière lubie et permettez-nous d'en tirer profit.

Antoine écrasa sa cigarette sur la rambarde et la lança par-dessus bord. Il souhaita une bonne année à Gabrielle. Elle pensa à toutes les soirées de nouvel an qu'elle avait déclinées pour être à celle de l'agence. Elle n'avait eu aucune envie de répondre aux questions que tous lui poseraient. Sur son travail. Sur son salaire. Sur Marcus. Elle pensait à lui, seul dans son grand manoir. Elle salua ses collègues et descendit l'escalier. Elle se retrouva dans la rue. Des hurlements s'échappaient des balcons. Des noctambules couraient dans la rue, des confettis dans les cheveux. Gabrielle commanda un Uber. Un premier annula sa course. Le deuxième n'arriva jamais. À la troisième tentative, elle laissa tomber et chercha un taxi. Une voiture la klaxonna, et elle vit la fenêtre arrière se baisser.

— Besoin d'une voiture ?

Marcus apparut, un petit sourire sur ses traits fatigués, très chic dans son beau costume gris. À l'avant, un chauffeur qu'elle ne connaissait pas conduisait.

— J'ai donné à Elizabeth sa soirée, expliqua-t-il. Je vous ramène chez vous ?

Gabrielle monta dans la voiture.

— Qu'est-ce que vous faites ici ? Vous avez décliné l'invitation !

— Je sais que la nouvelle année vous rend nostalgique. Il se trouve que, moi non plus, je n'aime pas cette soirée. Elizabeth n'est pas là, je me suis dit qu'on pouvait se tenir compagnie.

Il tapa sur la vitre du chauffeur pour lui faire signe de démarrer. Elle vit Paris défiler et fronça les sourcils.

— Où va-t-on ? J'habite de l'autre côté…, dit-elle.

— C'est une surprise. Un petit détour avant de vous ramener chez vous.

Vingt minutes plus tard, ils s'arrêtèrent devant un bâtiment géométrique : la Philharmonie de Paris.

— C'est là qu'on descend, déclara-t-il tandis que le chauffeur ouvrait la portière de sa voiture.

Ils entrèrent peu après dans l'auditorium Pierre Boulez. Toutes les lumières étaient allumées, mais le bâtiment semblait vide. Elle comprit qu'il l'avait réservé et se demanda comment il avait réussi un tel coup.

Marcus descendit les marches et s'arrêta au centre de la pièce. Un piano à queue était installé. Il caressa l'instrument, puis leva les yeux. Tous les ans, ils l'invitaient. Et il déclinait systématiquement l'invitation. Ce soir, alors qu'il déambulait dans l'auditorium, un souvenir l'anima. Les veilles de concert, il venait toujours se familiariser avec la salle. Il inspirait l'odeur si particulière qu'elle dégageait. Il testait l'acoustique pendant des heures jusqu'à ce qu'il ressente l'alchimie parfaite avec le piano. Tant d'années étaient passées depuis cette époque.

Du haut des marches, Gabrielle n'osait pas le déranger. Elle vit Marcus prendre place sur le tabouret. Dès les premières notes de l'*Étude révolutionnaire* de Frédéric Chopin, Marcus sentit la douleur se réveiller dans son corps. C'était incisif, comme des aiguilles transperçant sa peau. Mais il ne s'y attarda pas un instant. Ne pensa plus qu'à la musique, au contact de ses doigts contre les touches, à Gabrielle qui l'écoutait. De tous les compositeurs, Chopin restait son préféré. En jouant, il se concentrait sur les instants de bonheur. Sa rencontre avec Diane, leurs années de cohabitation. Sa relation quasi filiale avec Gabrielle. La joie dans son regard quand il lui avait proposé de travailler avec elle. Mais les peines le rattrapaient, essoufflaient son jeu. La disparition de Diane. Les décennies à vivre reclus dans le passé. Les douleurs qui n'étaient jamais parties. Sa respiration s'accéléra. Il acheva l'étude dans une sorte de transe. Ses mains tremblaient. Dès le morceau terminé, Gabrielle descendit pour le rejoindre. Elle s'essuya discrètement le coin des yeux et s'assit à ses côtés. Il cacha ses mains sous ses cuisses. Ce mouvement ne lui échappa pas. Ils fixèrent l'auditorium désert et tous les sièges vides.

— Depuis combien de temps avez-vous deviné ? demanda-t-il.

— La séance photo, même si j'avais déjà des doutes. Vous n'êtes pas en état de jouer. Vous avez mal. Vous souffrez. Marcus, on va annuler la tournée.

— Je veux jouer, Gabrielle.

— Si on va au bout de cette tournée, elle te tuera !

Gabrielle venait de le tutoyer sans s'en rendre compte. Marcus sourit.

— Je m'entraîne depuis des jours pour jouer l'*Étude révolutionnaire*. Et je l'ai enfin maîtrisée ce soir.

— Et c'était magnifique, mais…

— Je sais que mon jeu n'est plus ce qu'il était. J'en ai bien conscience. Mais je veux jouer une dernière fois. Pour la douleur, on trouvera un moyen. Je t'en prie, Gabrielle.

Elle contempla le vieil homme assis devant ce piano à queue, dans cette immense salle de concert, et elle rêva d'une foule debout qui l'acclamerait avant son départ ultime. Et elle sourit. Non, elle ne pouvait pas lui refuser ça. Peu importait le prix à payer.

72

Gabrielle ouvrit les yeux, la vue trouble. Les souvenirs s'emmêlaient dans son esprit. Elle se souvenait vaguement d'avoir voulu commander un room service. On lui avait dit que les cuisines étaient fermées. Elle était sortie de l'hôtel en râlant à la recherche d'une supérette encore ouverte. Elle était montée dans sa voiture. Là, elle s'était rendu compte qu'elle avait oublié son sac à main. Elle avait voulu remonter. Ça, elle s'en souvenait. Et ensuite, plus rien.

L'angoisse la saisit quand elle découvrit qu'elle était attachée à une chaise, les chevilles et les poignets liés.

La pièce, étroite et peu lumineuse, ne bénéficiait d'aucune décoration. Face à elle, un lit une place au sommier rigide prenait tout l'espace disponible. Une table à sa gauche et la chaise sur laquelle elle était assise composaient le reste du mobilier. Elle ne comprenait plus rien à ce qui se passait. Se figura un mauvais rêve, guetta le réveil brutal.

La porte s'ouvrit, et un homme entra, un plateau-repas à la main. Il s'assit sur le lit et fixa le contenu. Une pomme, un café soluble encore fumant, un morceau de pain. Un petit-beurre et de la confiture posés à côté.

Gabrielle distinguait mal son visage. Un rideau de cheveux blancs cachait ses traits. Ses mains, aux ongles coupés très court, portaient des traces de coups et des cicatrices anciennes. Ses vêtements flottaient sur lui. Un gros pull en maille épaisse, un jean noir, déchiré aux genoux, et des bottes de chantier. Une odeur désagréable émanait de sa peau. L'odeur de la rue, de la crasse.

Il reposa son plateau et replaça ses cheveux derrière ses oreilles. Gabrielle découvrit son visage. La faim avait creusé ses joues. Ses lèvres fines, gercées, saignaient par endroits. Et ses yeux, deux fentes noires en amande, étaient surmontés d'épais sourcils broussailleux. Il l'observa longuement, s'attardant sur ses yeux verts, ses cheveux en bataille, la forme saillante de son menton, et plissa frénétiquement les paupières.

— Je suis désolé de t'avoir attachée, j'voulais pas que tu t'en ailles le temps que je prenne ma bouffe. Je crève la dalle.

Gabrielle était ahurie. Il se mit à tartiner son pain.

— Vous... vous m'avez assommée !

— Désolé pour ça aussi. J'voulais pas, mais j'avais peur que tu cries.

Il croqua dans sa tartine et étala du beurre sur sa barbe.

— Je suis où ? Vous me voulez quoi ?

— Dans un centre d'accueil. On t'accepte sans te demander d'où tu viens, au moins pour quelques jours... et je te veux rien de mal. Ne t'inquiète pas. Je veux juste te parler.

Malgré son allure misérable et l'incongruité de la situation, l'homme parlait d'un ton très calme. Calme mais intimidant.

— Mais vous êtes qui ?

Il but une gorgée de café, grimaça, puis reposa sa tasse.

— C'est une longue histoire, ça.

— Détachez-moi !

Il sortit de son dos un journal accroché à sa ceinture. La presse locale. Il pointa du doigt le visage de Marcus, photographié quelques jours avant sa mort devant son manoir. Gabrielle poussa un râle guttural et s'exprima d'une voix tremblante.

— Vous... vous connaissez Marcus ?

— Ça aussi, c'est une longue histoire. Mais avant ça il faut que je t'explique un peu, Gabrielle, car t'en fais partie.

— Comment est-ce que vous connaissez mon prénom ?

Alors qu'elle commençait à paniquer, les yeux noirs de Tony se posèrent sur sa fille.

73

Belleville, août 2020

Il lui avait fallu le temps nécessaire, mais Marcus l'avait retrouvé. Il était là, endormi sur le canapé du salon. Vieux, sale. Tony Scali. Exposé dans toute son inélégance.

Marcus avait passé deux décennies à le chercher. Mais Tony s'était bien caché, errant de ville en ville, cumulant les petits boulots payés au black. L'ancien flic avait rangé ses ambitions. Tout ce qui lui importait, désormais, c'était de survivre.

Le vieux pianiste attendait ce moment depuis tant d'années. Il prit le temps de l'examiner sous toutes les coutures. Ses cheveux blancs trop longs, sa peau tannée par le soleil, la crasse sous ses ongles. Il transpirait la galère. Derrière lui, Elizabeth scrutait chacun de ses gestes. L'entreprise périlleuse dans laquelle ils s'étaient lancés les avait tous deux épuisés avant l'heure. Plusieurs fois, elle avait reculé, fatiguée d'arpenter la France pour le retrouver. Mais Marcus était déterminé, obsédé. Il voulait se confronter à lui.

Marcus prit le verre d'eau posé sur la table et le jeta à la figure de Tony. Celui-ci ouvrit les yeux en sursautant et découvrit un décor pittoresque. Deux inconnus se tenaient face à lui. Un homme et une femme âgés. Il s'essuya le visage avec sa manche sale.

— Vous êtes qui ?

— Tu es bien Tony Scali ?

— Ça dépend qui le demande.

Marcus s'assit face à lui.

— Je m'appelle Marcus Solar, mon nom te dit peut-être quelque chose.

Tony resta imperturbable.

— J'étais un ami de Diane Leroy.

Le visage de Tony changea d'expression.

— Diane… Des années que j'ai pas entendu ce nom.

— En effet, elle a disparu il y a bien longtemps. Sais-tu ce qui lui est arrivé ?

— Et pourquoi j'saurais ça, moi ?

— Parce qu'elle a disparu le soir où ta fille a été enlevée.

Tony contracta les muscles de ses mâchoires.

— Et qu'une personne logique aurait fait le lien entre l'enlèvement de ta fille et sa disparition. Tu l'as forcément fait, toi qui étais flic avant de tout perdre en magouilles foireuses.

— J'sais pas pour qui vous vous prenez mais…

— Quand tu as découvert que ta fille avait été enlevée, tu as pensé à quelqu'un proche de toi, n'est-ce pas ?

Tony fixa Marcus de ses petits yeux noirs, rapetissés par les années et les rides.

— J'vois pas où vous voulez en venir.

— Diane était une des meilleures amies de ta femme. Elle a quitté le Sud quand vous vous êtes mariés. Elle ne pouvait pas te supporter. Tu étais toxique, violent…

— C'est faux !

— Elle est revenue dans le Sud à la mort de ta femme. Elle m'a dit que tu l'avais tuée.

— Elle mentait ! hurla Tony d'un cri qui ébranla les murs.

Marcus parlait d'un ton calme, le visage impassible. Au fond de lui, la tempête faisait rage.

— Diane avait peur pour ta fille, peur que tu la violentes aussi.

— J'aurais jamais fait ça.

— Pourtant elle a disparu.

— J'y suis pour rien, répéta Tony.

— Et comment veux-tu que je te croie ?

Les yeux du pianiste brillaient. On n'aurait su dire si c'était de colère ou d'émotion. Un mélange des deux, sûrement, qui le rendait très intimidant.

— Tu l'as tuée, n'est-ce pas ? Comme tu as tué ta femme.

Tony recula sous cette accusation.

— J'vous dis que non ! J'me casse d'ici tout de suite !

Il s'apprêtait à se lever quand Elizabeth passa derrière lui. Tony sentit une piqûre dans le cou.

— Aïe !

— Elizabeth vient de t'administrer un tranquillisant. Dans quelques instants, tu seras de nouveau dans les vapes. On reparlera de tout ça à ton réveil.

— Mais vous êtes un grand malade ! J'ai rien fait, j'vous dis… j'ai rien…

Il s'évanouit sous le regard indifférent de Marcus.

— Qu'allons-nous faire de lui, maintenant ?

— Le garder jusqu'à ce qu'il admette avoir tué Diane.

Elizabeth dévisagea le pianiste.

— Je vous demande pardon ? Vous voulez qu'on le séquestre ?

Marcus se leva et jeta un regard au piano dans la pièce adjacente.

— Je veux la vérité. J'ai besoin de la vérité.

— C'est dangereux. Mme Jansen revient ce week-end, où allons-nous le cacher ?

Il réfléchit un instant avant de se tourner vers Elizabeth.

— Dans la pièce derrière la bibliothèque de ma chambre.

— Mais c'est un réduit infesté de rats !

— Parfait, il sera à son aise.

Il remonta lentement l'escalier. Elizabeth resta suspendue à cette image. Comme un ultime départ de scène pour les coulisses. Elle tenta de préserver ce Marcus-là encore un peu dans sa mémoire. Mais elle venait de comprendre que la douleur avait définitivement englouti tout ce qui restait de lui.

74

Leïla comprit avec dégoût l'origine de l'odeur. Un pot de chambre rempli à ras bord gisait au milieu de la pièce étroite. Rose manqua de vomir en le découvrant à son tour et se retint de faire demi-tour.

Pièce était un bien grand mot. À leur droite se trouvaient un matelas au sol et une bassine d'eau croupie. Leïla remarqua juste à côté de la couche une chaîne clouée dans le mur et son lien métallique. Où avaient-ils bien pu dénicher un pareil système ? Ces méthodes d'emprisonnement n'étaient plus en pratique depuis bien longtemps.

— La porte était ouverte, si Tony était enfermé dedans, il s'est échappé depuis plusieurs jours…

— Gabrielle ! s'écria Rose en regardant la lieutenante d'un air épouvanté.

Les deux femmes sortirent du manoir au pas de course. Elles étaient sous le choc de leur découverte. Marcus devenait un spécialiste de la dissimulation. Des pièces en cachaient d'autres, des lieux d'ombre où il masquait la raison de son départ de scène. Et une question, au bord de leurs lèvres. La coïncidence était trop forte pour qu'elles n'en voient pas la portée tragique.

— Elle est en danger.

Pour la première fois de la matinée, Leïla ne contredit pas Rose.

— Où peut-il être allé ? continua-t-elle.

Leïla avait une irrésistible envie d'appeler Ronan, mais il était dans le train, impuissant. Et elle refusait de montrer à l'Américaine cette faiblesse.

— Où pourrait aller un type comme Tony, sans se faire attraper ? Il doit avoir une allure misérable…

— Il y a un centre d'accueil près de la forêt, qui héberge des SDF. Il a ouvert il y a quelques années.

— C'est loin d'ici ?

— En voiture, je dirais à vingt minutes.

Tout en parlant, la lieutenante composa le numéro du centre.

— Ah, ils ne répondent jamais ! lâcha-t-elle en raccrochant, énervée.

— Allons-y, exigea Rose.

— Si Tony est là, il est dangereux. Surtout s'il a enlevé sa fille. Je ne peux pas prendre le risque de vous emmener avec moi.

— Vous plaisantez, j'espère ?

— Pas du tout, vous êtes une civile, trancha Leïla d'un ton sans appel.

— Si vous croyez vraiment que je vais rester ici…

— Je ne vous demande pas votre avis, madame Ravensberg. Je vous appelle dès que j'en sais plus.

Et Leïla monta dans la voiture en la plantant là.

75

Gabrielle n'avait jamais été particulièrement proche de son père. Elle l'aimait comme on aime par obligation, sans se demander *pourquoi.*

Niels Jansen avait grandi dans le rêve d'une famille nombreuse, comme ses parents et leurs parents avant eux. Mais, pour Eugénie et lui, ça n'avait pas marché. La faute à qui, ils n'avaient pas voulu le savoir. Après des années de larmes et de colère, ils s'étaient tournés vers l'adoption.

Il se souvenait de la première fois où il avait pris dans ses bras cette petite aux yeux verts, et à quel point il avait succombé à son charme. Tout comme sa femme. Pourtant, malgré tous leurs efforts, elle convulsait dans leurs bras, et rien ne la calmait. Elle était trop jeune pour prendre des médicaments, il avait donc fallu attendre. Et, lorsqu'elle avait eu l'âge, les traitements n'avaient fait qu'empirer son état avec des effets secondaires d'une violence inouïe. Amaigrissement, vomissements, taches sur le corps. Et l'enfant aux yeux rieurs s'était muée en une fille pleine de rage.

Niels avait décidé de lui révéler d'où elle venait. Un moyen de se décharger d'un poids, peut-être. Pas dans leur sang, cette maladie-là. À l'annonce de son adoption, Gabrielle avait répondu par son seul silence. Elle avait pris conscience de la solitude au sein de sa famille. Elle ne leur appartenait pas vraiment. Son départ dès sa majorité ne surprit pas Niels. Il ne tenta pas de l'en dissuader.

Peut-être n'avaient-ils pas assez essayé de la comprendre. Peut-être avaient-ils *mal* essayé.

Gabrielle avait voulu retrouver ses parents biologiques. Elle était née sous X, en Hollande. C'est tout ce qu'elle avait pu apprendre lors de sa quête. Puis il y avait eu la rencontre avec Marcus. Cette idole à portée de main. Presque un ami, ou un père de substitution. Et sa mort brutale. Comme un coup de pied du destin qui lui disait de ne pas s'attacher. Jamais trop. Jamais trop longtemps.

Aujourd'hui, cet homme face à elle. Créature sortie d'un songe. Et son récit, aussi lunaire qu'irréel. À mesure que l'homme parlait, des sentiments contradictoires l'assaillaient. La peur, la stupéfaction. Mais le choc, surtout. Tous ses repères renversés. Le père inconnu était là, devant elle. Vagabond errant. À sa recherche pour lui redonner son nom. Diane Scali.

C'est en tout cas ce qu'il clamait. Comment le croire ? Là, caché à quelques minutes de la propriété de Marcus, dans un centre accueillant ceux qui avaient tout perdu. Assis sur le lit, il ne la quittait pas des yeux. Imprimait dans son esprit chacun de ses traits. Pour plus tard. Pour tout de suite.

— Comment êtes-vous sorti du manoir ? C'était fermé à clé quand j'ai trouvé les corps…

— J'étais toujours à l'intérieur quand j'ai vu les phares d'une voiture, ta voiture, rectifia-t-il, et je suis remonté me cacher.

Avec effroi, Gabrielle comprit qu'au moment où elle découvrait le corps de Marcus, puis quand les policiers et toute l'équipe scientifique avaient inspecté la chambre, Tony était là, tapi dans l'ombre. Cette pensée lui donna la nausée.

— Et ensuite ? reprit-elle.

— Ensuite, j'ai patienté plusieurs jours. J'entendais des voix, des bruits. Je savais pas quoi faire. Je voulais pas me faire arrêter. J'ai cru mourir dans ce trou à rat. Et un jour j'ai décidé de sortir. Pas de chance y avait deux flics dans le salon. Mais ils discutaient dans une petite pièce et m'ont pas entendu descendre. J'ai vu que la porte d'entrée était ouverte. J'ai tenté ma chance et j'suis sorti. À partir de là, mes vieux réflexes de flic sont revenus. Je voulais comprendre pourquoi j'avais été enfermé et vérifier si ce que cette folle m'avait dit sur toi était vrai. J'ai réussi à choper l'accès à un ordinateur du centre d'hébergement. Il m'a suffi de taper « Marcus Solar, Gabrielle » pour trouver une photo de toi. Je t'ai tout de suite reconnue. C'était le destin, il fallait que je te parle.

— Et vous n'avez pas trouvé d'autres moyens que de m'assommer et de m'amener ici ?

— Tu ne m'aurais jamais écouté.

Gabrielle était abasourdie. Tout se tenait. Il avait préparé cette rencontre jusque dans les moindres détails.

— Si ce que vous dites est vrai et que vous vouliez vraiment me rencontrer, qu'attendez-vous de moi ?

— Te dire la vérité. Que je suis ton père. Que je t'ai toujours aimée.

Cette déclaration d'amour ébranlait sa réalité. Elle lui ressemblait. C'était troublant. Presque… dérangeant. Gabrielle s'était toujours demandé comment étaient ses parents biologiques. Ce qu'elle avait hérité d'eux. À cet instant précis, ligotée sur sa chaise, elle ne savait plus si elle devait rire ou pleurer de la situation.

— Alors pourquoi ai-je été adoptée ? Emmenée dans un autre pays ? Où étiez-vous pendant toutes ces années ?

— C'est compliqué…

— C'est à cause de Diane Leroy ?

Elle vit le regard de l'homme changer. Ses pupilles se dilater. La colère et la rage prendre possession de lui.

— Que sais-tu de Diane Leroy ?

— Pas grand-chose. Qu'elle a disparu…

— Disparu, mon cul ! Cette folle t'a enlevée à moi, puis elle a « disparu » ! Elle s'est surtout cachée pour que je ne la retrouve pas. Si tu savais les années que j'ai passées à te chercher…

C'était trop d'informations d'un coup. Et la nausée montait définitivement jusqu'à sa bouche. Diane Leroy l'avait enlevée ? Elle ne comprenait plus rien.

— Libérez-moi.

Elle vit l'homme se tendre. Il s'approcha d'elle, hésita, puis défit ses liens. Elle inspira son odeur. Chercha quelque chose de familier, de rassurant. Mais rien ne vint. Elle massa sa peau endolorie et se leva pour se dégourdir les jambes. Mauvaise idée, c'était comme si le sol se dérobait sous ses pieds. Elle pensa à Marcus et fixa son père biologique.

— Marcus était l'homme le plus gentil que je connaisse. Pourquoi vous a-t-il traité ainsi ?

— Il était cinglé, voilà pourquoi !

— Non, Marcus était tout sauf cinglé. Seul et fatigué. Mais il avait toute sa tête. Pourquoi vous a-t-il enfermé ?

Tony se gratta le crâne.

— Il pensait que c'était ma faute si Diane Leroy avait disparu. Il était convaincu que je l'avais tuée.

L'étonnement se lut sur le visage de Gabrielle.

— Et pourquoi pensait-il une chose pareille ?

L'homme serra les poings.

— Elle ne m'aimait pas beaucoup.

— Pourquoi ? répéta Gabrielle d'un ton plus rapide.

— À cause de ta mère… et de ce qui lui est arrivé…

Le sujet qui lui brûlait les lèvres. Sa mère. Elle sentit son corps entier l'abandonner et lutta pour ne pas s'effondrer. Raz-de-marée émotionnel, comme une bourrasque qui emporte tout et ne laisse rien sur son passage. Face à elle, l'homme redevint tout petit, comme un enfant s'apprêtant à être grondé. Elle baissa la tête et sentit de légères convulsions agiter son corps. Elle se mordit la bouche. *Non. Pas maintenant.* Tony fronça les sourcils.

— Diane ! T'as toujours des crises ?

La fébrilité gagna sa gorge et s'invita jusqu'à sa bouche. Ce trouble identitaire manqua de la faire tomber.

— Je… m'appelle… Gabrielle !

Il se leva et la prit de force dans ses bras. L'obligea à poser sa tête sur son épaule, caressa ses cheveux. Elle le repoussa tant bien que mal.

— Ma mère, que lui est-il arrivé ?

Tony retomba sur le lit. Un vieil homme sans attaches. Un être pathétique, repoussant.

— J'ai pas voulu… Il faut me croire…

— De quoi vous parlez ? Que s'est-il passé ?

— Je… On s'est disputés, elle voulait me quitter, t'emmener loin de moi… Ça a dérapé dans l'escalier…

— L'escalier ? Qu'est-ce que vous lui avez fait ? lança Gabrielle au prix d'un effort insurmontable.

Tony ouvrit la bouche, mais les mots ne sortirent pas. Depuis vingt-six ans, Esther hantait chacune de ses nuits. Il revoyait tout en boucle. Ses propres mains qui attrapaient son visage. L'escalier maculé de sang. Ses yeux révulsés. Tous les autres souvenirs d'elle – ses fossettes, la forme de ses hanches, son sourire –, effacés. Il était coincé pour l'éternité avec cette image. C'était sa punition.

— Je l'ai cognée contre les marches, avoua-t-il enfin dans un murmure.

Une larme coula. Gabrielle ferma les yeux. Des marches. Un hurlement au loin, une femme qui court pour échapper à un homme. Des coups et des cris.

Les mains de Gabrielle cessèrent de s'agiter. Poings serrés face à son géniteur, elle sentit que quelque chose venait de s'éveiller en elle. Un souvenir irréel, appartenant à une mémoire refoulée. Ancestrale. Tony releva la tête. Affronta du regard sa fille devenue femme. Il l'avait retrouvée pour la perdre.

— Je voulais pas…

Gabrielle laissa les pleurs inonder ses joues. Elle ne pensa plus à rien. Ni au passé ni au présent. Ni à la mort de Marcus ni aux convulsions. Une seule image s'imposait dans son esprit. Des yeux verts qu'elle ne connaîtrait jamais. Sa mère sacrifiée. La femme à l'origine du manque qui creusait son cœur.

— Tu l'as tuée…, dit-elle d'une voix aiguë, sans émotion.

— Non, c'était un accident… un accès de rage, de folie…

— Tu n'es pas allé te dénoncer après, hein ? Qu'est-ce que tu as dit aux pompiers ?

Tout en déroulant sa terrible confession, Tony geignait. C'était aussi insupportable à regarder qu'à écouter.

— Je… Que c'était un accident…

Gabrielle retint un haut-le-cœur. La nausée au bord des lèvres.

— Elizabeth ! Elle aussi est morte d'un accident, dans l'escalier !

L'homme cessa de gémir.

— Ils m'avaient séquestré ! J'ai voulu m'échapper, elle est tombée. Je n'y suis pour rien !

Gabrielle recula.

— Mais tu mens comme tu respires ! Tu l'as poussée, elle aussi ? Avoue !

— Je… Peut-être, tout est allé si vite…

La jeune femme manqua de crier et se retint. C'était trop.

— Mais j'ai pas tué Diane ! Je le jure !

— Je vais te dénoncer, tu vas payer pour tes crimes. Tu me dégoûtes ! hurla-t-elle.

Elle le repoussa d'un coup de pied. Tony baissa la tête, méprisé en un mot et une phrase. Son souffle s'amenuisa. Il se redressa et chercha à accrocher le regard de Gabrielle. Mais elle l'évitait. Alors, il l'attrapa d'un geste sec. Sans réfléchir. Instinctivement. Pour la ramener à lui.

Elle se renversa en arrière dans un cri de surprise, et sa tête heurta le rebord du lit. Tony rugit et agrippa ses cheveux. Les traits de Gabrielle se crispèrent sous la douleur du coup.

— Je te dégoûte ? Moi ? postillonna-t-il sur le visage ensanglanté de Gabrielle. Ton propre père ? Tu sais ce que j'ai enduré ?

Gabrielle essaya de se défaire de sa poigne, mais il la tenait fermement.

— Lâche-moi…

— Tu sais comment j'ai tenu pendant toutes ces années ? En pensant à toi, à te retrouver, à…

— Tu ne seras… jamais… mon père !

Tony poussa un rugissement de rage et empoigna la tête de sa fille, qu'il frappa contre le sol. Gabrielle hurla. La douleur la transperçait. Elle sentit la chaleur du sang sur ses tempes. Ouvrit les yeux pour le regarder. Et, malgré la sensation de vertige qui l'envahissait, elle trouva la force de riposter. Elle mordit de toutes ses forces la main qui la blessait et lui enfonça son genou dans l'entrejambe. Une fois. Deux fois. Il beugla et la relâcha. Elle s'élança dehors.

76

En un seul regard, Leïla comprit pourquoi ils ne répondaient jamais au téléphone. À 10 heures du matin, le centre était déjà rempli de monde. Il y flottait une odeur de fin d'humanité. Dans le hall d'accueil, des adolescents maigres, sûrement expulsés de leur foyer, attendaient qu'on leur donne un lit pour la nuit prochaine. Un peu plus loin, quelques familles essayaient de se faire entendre dans une langue que personne ne comprenait.

Au milieu de tout ce tumulte, une femme épuisée vint trouver la lieutenante, un bulletin d'informations en main. À en juger par son air pressé, elle n'avait qu'un temps très limité à lui accorder. Leïla lui décrivit succinctement l'homme qu'elle cherchait.

— Vous plaisantez, j'espère ? C'est ça, votre description ? Depuis la fermeture de l'usine, il n'y a que ça, lieutenante. Des types qui zonent, sans argent, sans famille. On prend même plus la peine de retenir les noms et les visages, et ils viennent sans papiers d'identité. Ce formulaire, ils sont même plus obligés de le remplir…

— Vous n'avez pas de caméra de surveillance ?

— Elle est en panne, le type de la maintenance doit la réparer depuis des jours…

Leïla se passa la main sur le visage, puis pensa à Gabrielle, sortit son téléphone et montra une photo trouvée sur Internet.

— Cette femme, elle est venue ici ?

— Elle ne me dit rien. Mais je viens juste de démarrer ma journée.

La lieutenante la remercia du regard, puis s'éloigna pour séparer deux hommes qui se battaient. Elle s'apprêtait à rebrousser chemin quand un gamin d'une dizaine d'années à peine frôla son épaule. Il portait un pull déchiré et des baskets trop grandes. Ses yeux clairs brillaient. Elle se demandait si c'était dû à la fatigue ou à une substance illicite récemment ingérée. Peut-être les deux. Il jeta un coup d'œil à la photographie de Gabrielle sur son téléphone.

— Je l'ai vue passer, moi, cette dame.

— Elle ? demanda Leïla, le cœur battant.

— Ouais. Elle saignait du crâne. Elle a couru dans le couloir à toute vitesse. Y avait que moi et les migrants là-bas.

— C'était y a combien de temps ?

— J'sais pas, vingt minutes, à peine…

— Elle était seule ?

Le gamin réfléchit en se curant les ongles.

— Ouais… Mais après un type est sorti en courant, aussi. Lui, il faisait bien clodo, pour le coup…

— Tu ne sais pas par où ils sont allés ?

— Nan, aucune idée…

Elle aurait dû appeler du renfort, prévenir ses collègues, informer sa commissaire. Mais le temps était compté. Gabrielle était en danger à cause de Tony. Une sensation désagréable s'insinua en elle, une de celles qui vous prennent la bouche et vous donnent la nausée pour ne plus vous lâcher.

77

Gabrielle titubait. Elle se sentait groggy comme après une anesthésie générale. Le sang avait cessé de couler sur son front, mais la douleur brouillait sa vue. Elle s'enfonçait dans la forêt sans avoir la moindre idée d'où son pas l'emmenait.

Elle sentait ses bottes piétiner les feuilles encore humides. Le vent fouetter son visage. Elle effleura sa tête endolorie en suffoquant. Elle s'arrêta un instant pour reprendre son souffle. Tout tournait autour d'elle.

Un craquement de feuilles la fit se retourner. Tony était là. À quelques mètres d'elle, le dos courbé par la course. Elle ne savait s'il allait l'étreindre ou l'étouffer.

Leïla monta dans sa voiture et réfléchit à toute vitesse. Ils n'avaient pas pu aller bien loin. Il y avait une forêt juste à côté, idéale pour fuir ou se cacher. Elle roula quelques minutes, puis descendit dès qu'elle aperçut les premiers arbres. Sortit son arme de service. Elle marcha en silence jusqu'à apercevoir une tache rouge sur le bitume. Elle se baissa. C'était du sang frais. Le cœur battant, elle s'enfonça dans la forêt.

Tony continuait d'avancer vers sa fille. Quelque chose avait changé dans le regard de Gabrielle. Le vert de ses iris semblait cerclé de rouge. C'était peut-être la faute aux coups qu'il venait de lui donner. Ce regard se superposa à celui d'Esther le soir de sa mort. La même détermination transparaissait. Elles n'avaient plus peur de lui. Il avait perdu ce pouvoir sur elles. Peut-être les coups étaient-ils le seul moyen de déverser des années de rancœur sur le seul être à sa portée. Peut-être ressemblait-elle trop à Esther. Peut-être ne connaissait-il que ce langage.

— J'suis désolé, je sais pas ce qui m'a pris… pardonne-moi, Diane…

— Je m'appelle Gabrielle ! hurla-t-elle.

Leïla tendit l'oreille en percevant des éclats de voix. Elle progressa dans la forêt en direction des cris. Elle les vit enfin, quelques mètres plus loin. Gabrielle, le front ensanglanté, face à un homme à la chevelure blanche. La lieutenante s'approcha en essayant de ne pas se faire remarquer et reconnut Tony, malgré sa crasse et son âge. Quand elle fut suffisamment près, elle se redressa et pointa son arme sur lui.

— Monsieur, reculez !

Gabrielle sursauta sous le coup de la surprise, regarda Leïla avec soulagement et espoir. Tony s'exécuta en ricanant. Le rire d'un fou oublié dans un asile.

— Vous pensez que je vais tuer ma propre fille ? Flic de merde !

Et, alors que Leïla sortait les menottes de sa ceinture, Tony attrapa une pierre à ses pieds et la lança sur elle. Le projectile heurta sa main. La lieutenante lâcha son pistolet, et Tony fonça. Il s'écrasa de tout son poids sur elle et l'étrangla. Leïla se débattait, mais la poigne de l'homme était forte. Il savait ce qu'il faisait.

Gabrielle sortit de sa léthargie et rampa sur le sol pour récupérer l'arme de service tombée entre les feuilles. Elle la saisit et la pointa sur Tony. Son cœur s'accéléra. Ils bougeaient tellement vite. Elle avait peur de blesser Leïla.

Une détonation retentit. Et un corps s'effondra sur le sol. Au loin, les oiseaux s'envolèrent. Ils avaient cessé de roucouler. Le silence s'installa. Une sorte de longue lamentation des âmes. Gabrielle se retourna.

Derrière elle, Rose tenait dans sa main un revolver encore chaud. Elle abaissa son arme et lança un regard à Gabrielle. Bref, intense, qui conjurait le malheur. Diane Scali n'existait plus.

PARTIE IV

Elizabeth

78

Paris, novembre 2020

Me Octave De Varoi était dans son bureau. Une petite pièce où la lumière filtrait difficilement. Il méditait d'un œil las sur l'amoncellement de documents qui encombraient son armoire en se demandant quand il les rangerait. Il fallait se rendre à l'évidence. Probablement jamais.

L'homme approchait des soixante-dix ans. Il portait une veste de costume tous les jours de l'année et l'agrémentait très souvent d'une pochette en soie. Pour éviter de le traiter de ringard, on lui disait gentiment que ça faisait un peu dépassé. Lui trouvait ça terriblement chic. Son père en avait utilisé, et son père avant lui. Les derniers vestiges d'un temps où le nom De Varoi voulait dire quelque chose.

On frappa à sa porte. Il ferma son armoire à la hâte.

Gabrielle Jansen se tenait dans l'encadrement. Visiblement un peu stressée, elle mordillait sa lèvre supérieure. Elle prit place face au notaire.

— Merci de vous être déplacée. J'ai essayé de vous joindre plusieurs fois depuis la mort de M. Solar…

— Je n'étais pas disponible.

Il hocha la tête, comprenant qu'elle ne s'excuserait pas d'avoir filtré ses dizaines d'appels. Elle était là aujourd'hui, c'était l'essentiel. Il n'attendit pas plus longtemps et ouvrit le dossier qui trônait devant lui.

— Très bien, commençons tout de suite, alors. Nous sommes le 25 novembre 2020. Au cabinet De Varoi et associés, dans le 8e arrondissement de Paris, en présence de Gabrielle Jansen. Et je m'apprête à faire l'ouverture du testament de Marcus Solar.

Il vit Gabrielle plisser les yeux, concentrée.

— Comme vous le savez très certainement, Marcus Solar n'avait aucune famille, même éloignée. En tout cas, aucune connue à ce jour. Tout ce qu'il possédait se trouve dans le manoir de Belleville dont il était le seul propriétaire. Ses revenus étaient uniquement générés par la vente de ses disques.

Il tendit à Gabrielle un document.

— Voici les derniers relevés de compte de M. Solar. Ils comprennent également ses assurances-vie.

— Mais… pourquoi me donnez-vous ça à lire ?

— Pour que vous sachiez de combien vous allez hériter légalement. Il ne faudra bien évidemment pas oublier les droits de succession, mais nous parlerons de cela plus tard…

Elle baissa la tête vers la feuille.

— De quoi parlez-vous ? Quel héritage ?

— Marcus ne vous a rien expliqué ?

Il lut dans son regard qu'elle ne comprenait pas de quoi il parlait et commença sans plus attendre la lecture du testament.

— « Moi, Marcus Solar, sain d'esprit et de corps, je lègue tout ce que je possède à Gabrielle Jansen. Libre à elle de faire ce qu'elle veut de ce patrimoine. J'aurais aimé qu'elle soit ma fille de sang mais, à défaut, elle est devenue ma fille de cœur… »

Gabrielle s'était figée sur sa chaise. Octave prit les devants pour la distraire de cette nouvelle.

— Cela inclut également ses droits d'auteur. Il vous a tout légué.

— Mais... quand a-t-il pris ces dispositions ?

— Il m'a déposé ce testament il y a un an.

Un an. Elle assimila cette information avant de reprendre d'un ton assuré :

— Il est dans mon droit de refuser cet héritage ?

— Tout à fait.

— Bien. Je ne veux pas de cet argent.

Le notaire croisa les bras. Marcus Solar l'avait prévenu que, le jour où cette conversation aurait lieu, Gabrielle réagirait de cette manière. Qu'elle refuserait cet argent en bloc. Il poursuivit :

— Il voulait vous le donner.

— La seule chose que j'aurais aimé avoir de lui, c'est son piano. Mais il est introuvable.

— J'en ai eu vent en effet.

Il devinait que la jeune femme se trouvait au plus mal et ajouta :

— Puis-je suggérer quelque chose ?

— Je vous écoute.

— Laissez passer quelques jours, le temps d'assimiler cette... nouvelle. Et tout ce que cela implique. Si vous ne souhaitez toujours pas de cet héritage, nous prendrons les dispositions nécessaires. Cela vous convient ?

— Si vous voulez, mais je n'aurai pas changé d'avis.

79

Dehors, Gabrielle respira l'air frais de l'hiver à venir. Paris connaissait le fourmillement habituel d'avant les fêtes de fin d'année. Dans les rues, les décorations de Noël avaient été accrochées depuis le début du mois de novembre. Les vendeurs de sapins étaient arrivés dans la foulée. Et Gabrielle se sentait plus seule que jamais.

La nuit, elle revoyait Tony lui écrasant le crâne contre le sol. Elle l'entendait lui hurler des « je t'aime » qui se perdaient dans le vent. Elle redessinait son corps immobile dans la forêt. Elle repensait à la suite. Aux explications données à la police. À ces paroles qui avaient fusé. « *Légitime défense. Tueur de femmes.* » Et une interrogation survivait au milieu de tout ce chaos. Deux petites phrases, prononcées par Tony. « *Mais j'ai pas tué Diane ! Je le jure !* » Ces simples mots l'empêchaient de passer à autre chose.

Leïla était assise à l'abri d'une terrasse chauffée et sirotait un Coca Zéro. Gabrielle rêva un instant qu'elle retrouvait une copine pour échanger sur des trivialités de l'existence. Boulot, vie sentimentale, prochain film à aller voir au cinéma.

— Bonjour, Leïla.

— Gabrielle !

— Alors, Paris va te manquer ?

— Il y a plus de bars qu'à Belleville, ça, c'est certain. Mais je ne pense pas que je voudrais m'y installer non plus... Trop de monde, de bruits...

Gabrielle sourit et commanda un thé au jasmin en retirant son manteau. Sous les chauffages électriques, on mourait de chaud.

À son retour, Ronan avait forcé Leïla à poser quelques jours de congé et à s'éloigner de Belleville. Elle avait peut-être permis l'arrestation de Tony, mais avec la collaboration de deux civils. La commissaire était en colère ; le juge, dépassé par les événements. C'était un joyeux bordel. Ronan avait pris la défense de Leïla, mais il n'était pas présent lors de la mort de Tony, et son escapade secrète à Aix jouait en sa défaveur. Ils risquaient tous les deux la radiation.

Leïla attendait une commission d'enquête et avait rejoint son petit ami à Paris pour quelques jours. Yvan était en transit dans la base militaire de Vincennes avant de partir pour sa prochaine mission. Leurs retrouvailles avaient été de courte durée mais passionnelles. Il avait écouté son récit avec fascination, fier de son courage et de sa détermination. Elle rentrait à Belleville le soir même pour affronter les conséquences de ses actes.

— Ton train part à quelle heure ?

— 19 heures, j'ai encore un peu de temps. Qu'est-ce que je peux faire pour toi ?

Depuis cette affaire, les deux femmes étaient restées en contact, elles s'appelaient tard le soir, se racontaient leurs cauchemars respectifs. Un serveur apporta le thé de Gabrielle. Elle lança :

— Je ne pense pas que Tony ait tué Diane.

Leïla manqua de s'étouffer avec son Coca. Les bulles lui montèrent au nez. Gabrielle avait cherché une façon d'aborder ce sujet avec plus de tact, mais il n'y avait aucune bonne manière de démarrer pareille conversation.

— Je te demande pardon ?

— Depuis un mois, je me repasse en boucle notre discussion. Et je me souviens de ce que Tony a dit quand je lui ai parlé de Diane. « Mais j'ai pas tué Diane ! J'le jure ! »

— Il a menti. Ou alors il l'a fait assassiner. Il a avoué avoir tué ta mère et avoir poussé Elizabeth dans l'escalier. Comment peux-tu croire encore sa parole ?

Gabrielle frémit à l'évocation de sa mère.

— On n'a jamais retrouvé son corps, continua Gabrielle.

— Comme beaucoup de disparus. Crois-moi, cela ne veut pas dire qu'il ne l'a pas tuée.

Gabrielle but une gorgée de thé pour choisir ses mots. Elle avait échafaudé une théorie au cours de ces dernières semaines. Plus le temps passait, plus elle lui semblait crédible. Oui, vraiment, tout se tenait.

— La nuit de sa mort, Marcus venait d'apprendre quelque chose au sujet d'Elizabeth, c'est ce qu'il a dit à Rose, n'est-ce pas ?

— Oui.

— Quelques heures plus tard, il se suicide, et Elizabeth est assassinée par Tony…

— Je sais tout ça, rétorqua Leïla, impatiente.

— Tony, c'était le coupable idéal. Tout le monde savait que Diane et lui se détestaient. Mais ce n'est pas lui, j'en suis convaincue. Il n'aurait pas pris ce risque. Je pense plutôt que quelqu'un d'autre l'a fait disparaître. Quelqu'un qui n'a jamais aimé Diane. Quelqu'un qui était au courant de tout et qui aurait pu agir sans se faire démasquer.

Leïla commençait à voir où Gabrielle voulait en venir.

— Elizabeth. C'est elle qui a dit à Rose que Diane prévoyait mon enlèvement, donnant l'opportunité à cette dernière de me sauver. Ça laissait à Elizabeth le temps de se débarrasser du vrai problème, d'agir dans l'ombre comme elle l'a toujours fait. Marcus était en tournée. Il n'a jamais rien su. Elle s'est débarrassée de sa rivale en faisant porter le chapeau à Tony. Le mois dernier, Marcus a dû le découvrir, je ne sais pas comment. Il ne l'a pas supporté et s'est donné la mort. D'où l'appel avec Rose. C'était trop pour lui.

La voix de Gabrielle se brisa sur ces mots. Leïla expira, comme si elle contenait son souffle depuis le début de cet échange. Cette explication résolvait tous les mystères, mais il n'y avait aucune preuve nulle part.

— C'est une hypothèse qui se tient, je te l'accorde. Mais Tony est mort, Marcus est mort, Elizabeth est morte… La vérité avec eux. Laisse le passé où il est et reprends le cours de ta vie.

Au regard éteint de Gabrielle, la lieutenante comprit qu'elle ne le pourrait qu'une fois la vérité révélée.

80

Inès contempla la photographie de Marcus accrochée au-dessus de son bureau. Depuis son retour de Belleville, ce portrait la dérangeait. Elle n'arrivait plus à l'apprécier comme avant.

Elle connaissait maintenant l'histoire derrière cet ultime concert. La disparition de Diane Leroy. Le début d'une quête de vengeance, si proche de la folie, qui avait fait de l'homme passionnant un reclus prisonnier de son deuil. Et toutes ces questions auxquelles les défunts ne répondent pas. On savait comment Marcus était décédé, mais n'était-il pas finalement mort petit à petit, d'année en année, enfermé chez lui à ruminer sa colère ? Et, surtout, pourquoi avait-il caché son homosexualité toute sa vie ?

Elle s'approcha du cadre, le retira du mur et sortit de son bureau.

— Amélie, vous pouvez me donner l'adresse de Gabrielle Jansen, s'il vous plaît ?

— Bien sûr, docteure… Qu'est-ce que vous faites avec cette photographie ?

— Je vais la donner à qui de droit.

— Mais… vous l'adorez !

— Plus autant qu'avant.

Inès descendit du taxi, son lourd cadre sous le bras, et sonna à l'interphone. Le jour déclinait doucement. Gabrielle habitait au dernier étage d'un immeuble à l'angle de la rue de la Roquette.

Il y avait une intimité retrouvée dans ce petit appartement. Cet endroit, c'était un refuge où le monde s'effaçait et où les angoisses devenaient moins pesantes. Un tapis clair au sol, seul éclat lumineux au milieu d'un mobilier de bois foncés, ébène pour la table basse et les armoires. Merisier pour la bibliothèque. Aux murs, des reproductions de tableaux d'art moderne, quelques affiches de films américains des années 1950. *Soudain l'été dernier* de Mankiewicz et *Les Enchaînés* de Hitchcock. Et des centaines d'albums de musique rangés consciencieusement sur plusieurs pans de mur. Face à elle, une magnifique platine vinyle était posée juste à côté d'un gramophone. Celui que Gabrielle avait offert à Marcus et qui maintenant lui appartenait.

Si l'endroit donnait l'image d'un désordre organisé, la première impression balayait la seconde. C'était le repaire d'une passionnée d'art.

Inès déposa la photographie devant Gabrielle. Celle-ci arrêta le regard sur Marcus en train de jouer.

— Elle a été prise le soir de septembre 1994. Maintenant que je sais ce que représente ce dernier concert… je ne peux plus l'avoir chez moi. Elle vous appartient, Gabrielle.

En guise de réponse, la jeune femme sourit. C'était si rare sur les traits de Gabrielle. Et ça lui allait si bien.

Pour cacher son émoi, elle alla chercher une bouteille de vin et deux verres. Elle leur versa du chablis.

— Gabrielle, j'ai bien réfléchi et je ne peux pas être votre psychiatre.

— Je vous demande pardon ?

— Je ne débarque pas chez mes patients à l'improviste pour déguster une bouteille de vin… Mais je peux vous conseiller un confrère, qui sera excellent. Et je peux aussi vous proposer autre chose.

Gabrielle attendit que la psychiatre aille au bout de sa déclaration.

— Mon amitié. Surtout si elle est accompagnée de chablis.

Gabrielle lui sourit de nouveau, un sourire qui illuminait son visage et montait jusqu'à ses grands yeux verts.

Elle repensa ensuite à sa conversation avec Leïla et décida de confier à sa nouvelle amie ce qu'elle avait sur le cœur. Inès l'écouta attentivement, très concentrée, sans toucher à son verre de vin.

— Donc si je résume bien, pour vous… pour toi, dit Inès, Marcus s'est suicidé parce qu'il a découvert qu'Elizabeth avait fait disparaître Diane ?

— Oui.

— Tu penses qu'elle est encore en vie ?

Gabrielle se mordit la lèvre et but plusieurs gorgées de vin pour se donner le courage d'aller au bout de son intuition un peu folle.

— Je pense que oui. Elle s'est volatilisée dans la nature, on n'a jamais retrouvé son corps. Et si elle avait recommencé à zéro, très loin ?

— Elle aimait tellement Marcus, pourquoi aurait-elle agi ainsi ? Se faire passer pour morte et le forcer à vivre dans le deuil pendant trente ans ? C'est horrible !

Gabrielle se leva et ouvrit une de ses commodes. Elle fouilla dedans jusqu'à en sortir un cliché.

— Regarde, dit-elle.

La photographie représentait plusieurs personnes en train de tirer un piano d'une boutique de musique. D'une qualité médiocre, elle était abîmée sur les côtés. Un homme au corps massif donnait des instructions aux transporteurs. Au-dessus de lui était encore bien lisible *Leroy père & fille*.

— C'est le piano de Marcus, expliqua Gabrielle.

— Celui qui a disparu après sa mort ?

— Oui. Il appartenait à Diane Leroy, enfin à sa mère plus précisément. J'ai appelé Rose, qui me l'a confirmé. Ils se sont rencontrés comme ça. Marcus est entré dans la boutique de son père pour acheter un piano.

— Et le piano a disparu.

— Oui.

— Ça ne veut rien dire…

Elle tapa du doigt sur la table.

— Ce piano, c'est la clé de la disparition de Diane, j'en suis certaine.

— Et si on ne retrouve jamais sa trace ? Qu'est-ce que tu vas faire ?

Gabrielle s'enfonça dans le canapé sans dire un mot, puis poussa un long soupir. Elle n'avait visiblement pas la réponse à cette interrogation.

— J'avais rendez-vous avec le notaire ce matin. Marcus m'a légué tout ce qu'il possédait. Beaucoup d'argent.

— C'est beau de sa part. Mais ça ne m'étonne pas vraiment.

— Je ne peux pas accepter cet héritage tant que je ne sais pas ce qui est arrivé à Diane. Ne me demande pas pourquoi, c'est comme ça.

— Je comprends…

Elle vit Gabrielle fixer sa main qui tenait son verre de vin.

— Tout va bien ?

— Étonnamment, oui. Je n'ai pas eu de crises depuis celle que j'ai faite au commissariat. Et après tout ce qui s'est passé je me serais attendue au contraire…

— C'est plutôt une bonne chose, non ?

Elle acquiesça.

— Avant que tu arrives, j'étais en train de raccrocher avec la neurologue que tu m'as conseillée. J'ai pris rendez-vous avec elle.

Inès ne put masquer son enthousiasme.

— Tu vas voir, elle est super ! Très humaine, et très douce !

Gabrielle rougit, gênée.

— Il était temps. Merci, Inès.

La psychiatre trinqua avec sa nouvelle amie et jeta un coup d'œil au portrait de Marcus, posé derrière elles. Il avait trouvé sa place. Et Gabrielle, bientôt, trouverait la sienne.

Leïla arriva à Belleville en début de soirée, et son premier arrêt fut pour le commissariat. Seul le bureau de la commissaire était encore éclairé, ce qui ne laissait rien présager de bon. Annie ne finissait aussi tard que quand une enquête, un dossier ou une affaire urgente nécessitait son attention particulière. Leïla hésita, puis frappa à sa porte. Elle fut reçue exactement comme elle s'y attendait.

— Lieutenante, vous n'êtes pas censée être à Paris ?

— Je suis rentrée plus tôt et je voulais passer vous voir…

— Très mauvaise idée. Vous aurez très vite de mes nouvelles de toute façon. Rentrez chez vous et faites-vous toute petite pour le moment.

La lieutenante resta la main sur la poignée, sans bouger.

— La bêtise vous a rendue sourde ?

— Je ne comprends pas votre colère.

La commissaire se leva et croisa les bras.

— Vous êtes si jeune, Leïla… Vous pensez que ce que vous avez fait est courageux. Vous vous trompez, vous avez seulement eu de la chance.

— Nous avons résolu l'enquête…

— En agissant de manière complètement impulsive ! Et vos méthodes… On n'est pas dans un film ! Vous avez mis en danger beaucoup trop de monde. Mais qu'est-ce qui vous a pris ? Vous seriez peut-être morte si Rose Ravensberg ne vous avait pas sauvé la vie !

Leïla déglutit.

— Je voulais comprendre… le temps était compté…

— Non, vous êtes partie en croisade en ressortant une obscure affaire vieille de trente ans, qui impliquait des femmes. Vous avez le cerveau tellement farci de toutes ces conneries féministes que vous en avez oublié votre devoir. Je ne vais même pas parler du capitaine, qui n'a fait que vous protéger et qui risque gros maintenant…

— Et l'arrestation de Tony Scali ?

— Vous voulez dire la mort ?

La lieutenante était à court d'arguments.

— Je suis très déçue, Leïla.

L'appeler par son prénom, c'était la pire des insultes. C'était la rabaisser bien en dessous de son grade et creuser encore plus le fossé qui les séparait. Elle redevenait une jeune fille, une adolescente sermonnée par sa professeure. On frappa à la porte, et un policier bouscula Leïla pour s'entretenir avec la commissaire.

— Vous pouvez disposer.

Leïla sortit du bureau et s'approcha du sien pour prendre ses affaires. Récupéra sa tasse, ses dossiers et son ordinateur. Parcourut du regard l'*open space* en se demandant si elle y remettrait un jour les pieds. Elle vit au fond du couloir Ronan éteindre les lumières de son bureau et refermer la porte, les bras chargés. Il avait donc lui aussi été suspendu. Ils se regardèrent comme deux idiots, leurs affaires à la main. Et malgré la situation se sourirent.

— Je suis désolée…

— Pourquoi tu t'excuses ? Tu étais sous mes ordres, on travaillait ensemble. Et, entre nous, je ne regrette rien.

— Moi non plus.

— Allez, viens, je paie ma tournée, dit-il en la poussant de l'épaule.

Alors qu'ils s'en allaient, le téléphone du bureau de Leïla sonna. Elle hésita une seconde à peine, puis décrocha. Dans le combiné se devinait la voix d'un homme pressé.

— Attendez, monsieur, je mets le haut-parleur. Vous pouvez répéter ?

Ronan lança un regard circonspect à Leïla.

— Ah ben, enfin ! J'ai déjà essayé d'appeler plusieurs fois votre commissariat, mais personne ne prend mon appel au sérieux !

— C'est à quel sujet, monsieur ?

— Je viens de rentrer d'un mois de rando. J'avais pas pris mon téléphone. Je viens d'apprendre que le pianiste est mort !

— En effet, M. Solar est mort. Mais l'enquête est close. Qui êtes-vous, monsieur ?

— Je suis jardinier. Je devais venir m'occuper du parc avec mon collègue la veille de son concert…

Leïla se remémora le premier interrogatoire de Gabrielle. Celle-ci avait engagé deux jardiniers qui, visiblement, n'avaient pas fait leur travail.

— En effet. Vous n'êtes pas venus, c'est bien ça ?

— Bien sûr qu'on est venus, à 16 heures, comme prévu. On manque jamais un boulot, nous ! Mais il a pas voulu qu'on le fasse.

— C'est-à-dire ?

— Il a dit que c'était plus la peine. Il avait l'air déprimé, le type. Mais en début de soirée sa domestique nous a appelés pour un autre boulot.

— C'est-à-dire, en début de soirée ?

— Elle nous a rappelés vers 18 h 30. Parce que j'avais un gros camion, elle a dit.

Elizabeth avait été déclarée morte à 20 heures. Marcus 18 heures. Le cœur de la lieutenante s'accéléra.

— Mme Storm, vous dites ?

— Ouais, c'est ça.

— Quel boulot ?

— Déplacer un piano. J'avoue, ça m'a surpris, mais elle proposait de bien payer.

Les deux policiers se regardèrent sans comprendre.

— Un piano, vous dites ?

— Elle nous a payé cinq cents balles pour qu'on le monte dans le camion. Ça n'a pas été une mince affaire, heureusement qu'on avait un chariot et des sangles ! Elle nous a donné cinq cents balles de plus pour qu'on l'emmène à Dieppe. Tout ça sans qu'on pose de questions. On est arrivés au port vers 22 heures, je pense. Là-bas, un type nous attendait. On a déchargé le piano et après on est repartis.

— Vous avez le nom de l'homme à qui vous avez confié le piano ?

Le type était un marchand d'art plus que louche qui avait embarqué le piano dans un cargo. Après quelques recherches et coups de fil, Leïla et Ronan apprirent qu'il avait été livré au Mexique quelques jours plus tôt. Une adresse de destination était indiquée. Un magasin de musique en plein cœur de Mexico City. Dès qu'ils furent certains de l'adresse, Leïla prit son téléphone portable. Elle allait peut-être être radiée de la police, elle n'eut donc aucun remords.

— Gabrielle ? On a retrouvé le piano.

81

Mexico City, novembre 2020

L'adresse se situait sur Avenida Álvaro Obregón, le boulevard principal d'un des quartiers les plus branchés de Mexico. Les bars et les cafés y côtoyaient les galeries d'art. Gabrielle s'arrêta devant une vitrine nichée à l'angle de la rue Dr H. Gastón Salazar et laissa le soleil de l'après-midi lui caresser la peau.

Tout s'était accéléré depuis l'appel de Leïla. Le billet d'avion réservé, l'atterrissage à l'aéroport. Une chaleur étouffante mais pas désagréable. Un paysage nouveau se présentait à elle. Une terre aride, fourmillant de vie.

Le carillon retentit dans un tintement aigu, et Gabrielle pénétra dans la boutique. À sa droite, l'espace salon de thé sentait le pain d'épice. Sur des tables de bistrot à la parisienne, les clients dégustaient des scones à la crème. Un lieu hors du temps, totalement détaché de l'ambiance effervescente de Mexico.

De l'autre côté, l'endroit ressemblait à un musée romantique. Des partitions accrochées aux murs côtoyaient des photographies d'artistes célèbres. Toutes sortes d'instruments à vent et à cordes étaient à vendre. Et Gabrielle s'étonna de trouver autant de monde à cette heure de l'après-midi. Mais il fallait avouer que le lieu ne manquait pas de charme. Elle s'approcha d'un gramophone qui tournait et prit le vinyle posé à côté. Les *Préludes* de Chopin interprétés par Samson François. Une édition de 1959, très rare. *Le compositeur préféré de Marcus,* se dit-elle avec émotion.

— Je peux vous aider ? demanda une femme en espagnol.

Elle tenait entre les mains un chiffon humide. Ses boucles grises aux reflets dorés encadraient un visage plein de grâce. Des rides couraient le long de sa bouche, s'étiraient jusqu'aux coins de ses yeux. Son physique était longiligne, sa peau hâlée par le soleil. Une liberté se dégageait de chacun de ses mouvements. Le regard qu'elle portait autour d'elle brillait de fierté. Cette boutique, c'était la sienne. Et, alors qu'elle lui souriait poliment, Gabrielle reconnut Diane Leroy. La fille de l'été 1981. Celle qui enlaçait ses copines sur la plage. Celle qui posait main dans la main aux côtés de Marcus. Celle qui l'avait protégée de son père.

Gabrielle reposa le vinyle et fit semblant d'en chercher un autre pour masquer son trouble.

— Merci, je... je regarde seulement..., répondit-elle dans un espagnol approximatif.

Diane sourit.

— Vous êtes française ?

— C'est si évident que ça ?

— L'accent, c'est ce qu'il y a de plus difficile à perdre. Croyez-moi, et j'habite ici depuis longtemps.

Gabrielle scruta le décor autour d'elle.

— Vous avez une boutique magnifique, vraiment...

— C'est gentil ! Mon père en avait une similaire en France. Mais il a fait faillite. J'ai décidé de lui rendre hommage en en ouvrant une moi-même. Ça m'a pris du temps, mais j'en ai fait un petit écrin pour les aficionados de classique ! Alors, si je peux vous aider, dites-moi.

Gabrielle scrutait avec intérêt sa façon de se mouvoir, de s'exprimer, de sourire. Se souvenait de tout ce qu'elle avait entendu sur elle. Sur son impulsivité, son intensité. Aujourd'hui, cette femme respirait l'apaisement. Elle était en paix.

Diane regarda le vinyle qu'elle venait de reposer.

— Vous aimez Chopin ?

— Beaucoup.

— Vous cherchez quelque chose en particulier ?

Brusquement, Gabrielle fut renvoyée quarante ans plus tôt. Imagina sa première rencontre avec Marcus. Dans une boutique comme la sienne, sous un soleil estival cru. Celle qui scellerait tellement de destins, dont le sien.

— Un piano.

Diane eut l'air surprise.

— Je suis désolée, on n'en vend pas ici…

— Pas n'importe quel piano, continua Gabrielle. Un piano d'occasion, qui raconte une histoire.

— Nous ne vendons pas d'instruments d'occasion…, répondit-elle lentement en fronçant les sourcils.

Au fond de la boutique, un client lui fit signe.

— Excusez-moi, on m'appelle !

Gabrielle aperçut un portrait de Marcus, accroché au mur derrière elle. Une photographie datant du début des années 1990, l'époque de sa vie où il avait été le plus heureux. Gabrielle s'approcha de Diane, à nouveau seule.

— Diane.

Celle-ci se retourna, surprise.

— Comment connaissez-vous mon prénom ?

Gabrielle sentit ses mains trembler. Ce n'étaient pas des spasmes, synonymes d'une crise imminente. Mais de l'émotion, tout simplement.

— Je sais que vous avez réceptionné un piano il y a environ un mois. Un piano qui appartenait à votre mère et que vous avez offert à quelqu'un qui vous était très cher il y a bien longtemps.

Diane lâcha le chiffon.

— Qui êtes-vous ?

Mais elle posait une question dont elle connaissait déjà la réponse.

Les dernières notes d'un prélude accompagnèrent cette phrase. Le soleil illuminait les instruments dans la boutique, les clients dégustant les pâtisseries et ces deux femmes debout l'une en face de l'autre.

82

Diane prit sa pause en avance et emmena Gabrielle dans son bureau situé dans l'arrière-boutique. Une pièce donnant sur la rue, bruyante, aux murs recouverts de photographies de voyage. Diane avait parcouru le monde, découvert les plus beaux paysages, les contrées les plus sauvages. Seule.

Elle avait tout quitté une première fois à vingt et un ans. Fait ses bagages et dit adieu à son père pour courir vers un autre destin. La suite n'avait été que la conséquence de ce choix. Cette folie de jeunesse avait déterminé son existence. Il y aurait toujours mieux ailleurs. Elle était devenue une experte des départs précipités, et ceux qu'elle aimait devaient vivre avec sa capacité à se réinventer sans cesse.

Mais sa jeunesse était loin derrière elle. Les grandes promesses d'amitié appartenaient à une époque où elle expérimentait sa vie comme une fiction ininterrompue. Tout avait changé en une seule nuit. Tout était devenu clair. Disparaître. Cesser de causer autant de dégâts. S'effacer pour mieux recommencer.

Elle avait suivi chaque étape du retour médiatique de Marcus. L'annonce de la tournée, les communiqués de presse, jusqu'à sa mort annoncée un matin lumineux d'octobre. Elle était en train de nettoyer une table, un chiffon en main, quand la voix du présentateur avait résonné dans la boutique encore déserte.

Elle avait coupé le son et était sortie. Elle avait marché longtemps, des heures peut-être, jusqu'à ce qu'elle s'oublie dans le monde.

Et, aujourd'hui, Gabrielle se présentait à elle. Une visite inattendue, incroyable, qu'elle n'avait envisagée que dans ses rêves les plus extravagants. Elle avait les yeux d'Esther. Ce fut la première chose qu'elle remarqua.

Elles ne parlèrent pas pendant un long moment, deux étrangères reliées par le même destin dont elles s'étaient chacune affranchies. Gabrielle admira les clichés accrochés aux murs.

— Vous avez beaucoup voyagé.

— Je ne me suis pas mariée, je n'ai jamais eu d'enfants. Ça laisse le temps de découvrir le monde.

Il y avait une forme de résignation dans cette confession.

Pendant que Diane faisait bouillir de l'eau pour un thé, elle ne put s'empêcher de contempler Gabrielle. De chercher chez elle ce qui rappelait Esther et ce qu'elle avait malheureusement hérité de son père. Les cheveux bruns, la mâchoire saillante, le menton pointu. Tout était Tony. Mais ses yeux verts, puissants, étirés, son élégance naturelle quand elle entrait dans une pièce. Tout ça, c'était Esther. Une présence magnétique qui la fit sourire.

— Tu ressembles beaucoup à ta mère, tu sais.

— Comment était-elle ?

Diane s'assit en face d'elle et soupira, le regard vague, perdue dans les souvenirs d'un passé lointain, enterré depuis des années.

— Libre, fidèle… la tête pleine de rêves. Elle aimait le cinéma américain, vouait un culte à Elizabeth Taylor. Elle dansait merveilleusement bien, pouvait tenir une piste de danse jusqu'au petit matin. Ce monde ne la méritait pas.

Le cœur de Gabrielle se serra.

— Et Marcus ?

Son regard vague, nostalgique, changea brusquement. Un voile recouvrit ses yeux, et elle s'affaira à sortir des sachets de thé.

— Votre départ l'a tué, continua Gabrielle. Il vous a cru morte. Alors que vous étiez ici, depuis tout ce temps…

La bouilloire fumait. Diane se leva et servit deux tasses d'eau chaude avec lesquelles elle revint auprès de Gabrielle.

— J'ai pensé à Marcus tous les jours. Pas une nuit ne se passe sans que je me réveille en sursaut en hurlant son nom. J'ai conscience du mal que je lui ai fait. J'en ai conscience depuis vingt-six ans.

— Mais… pourquoi ne pas avoir donné signe de vie, pas un seul en vingt-six ans ?

Diane baissa la tête, et Gabrielle comprit qu'elle pleurait.

— Pour le protéger, dit-elle enfin.

83

Diane entama le récit de l'été 1994. Remonta le temps. Suspendit ce moment précis de bascule pour offrir la vérité à celle qui l'avait cherchée ardemment.

— Après t'avoir confiée à Rose, commença Diane, je suis allée retrouver Virginie. J'ai pleuré dans ses bras, longtemps. Il était tard quand je suis partie de chez elle. Je me suis garée à l'angle de la rue de mon père. J'ai à peine eu le temps de refermer ma portière que j'ai été plaquée au sol. Tony m'attendait, depuis un bon moment je pense. Tout s'est ensuite déroulé très vite. Je me souviens qu'il hurlait dans mon oreille. Il voulait savoir où tu étais. Je ne l'avais jamais vu dans cet état. J'ai menti, j'ai dit que je ne voyais pas de quoi il parlait. Il a commencé à me donner des coups. Les premiers au ventre, puis au visage. J'ai manqué de m'évanouir sous la douleur. Mais il m'a relevée et a continué. Il a fini par me dire que si je ne parlais pas il allait remuer ciel et terre, me faire vivre un enfer, toucher à mes proches… J'ai essayé de riposter. De me défendre. Ça a été encore pire.

Diane fit une pause dans sa confession pour boire une gorgée de thé.

— Et tout d'un coup j'ai vu une ombre dans le noir. Une silhouette imposante qui a surgi derrière Tony et qui l'a assommé. J'étais tellement sonnée que j'ai d'abord cru que c'était mon père !

Je me suis évanouie juste après. Et je me suis réveillée dans une voiture qui filait sur l'autoroute.

— Qui vous a sauvée ?

— Tu as déjà ta petite idée, n'est-ce pas ?

— Elizabeth ?

Diane acquiesça.

— Oui. Comme Rose, elle me surveillait depuis plusieurs jours. Chacune de son côté. Chacune pour des raisons différentes. Le réveil a été pénible. Je ne comprenais pas où j'étais. Ni ce qui venait de se produire. Je voulais faire demi-tour ! Prévenir mon père, Virginie, Marcus. Je savais qu'ils s'inquiéteraient de ne pas me voir rentrer.

— Mais vous n'êtes jamais rentrée.

— Elizabeth. La femme de l'ombre… Elle avait un plan bien plus élaboré en tête.

Diane passa la main dans ses boucles grises. Elle avait toujours gardé ses cheveux courts depuis ce jour où elle les avait coupés dans la cuisine de son père.

— Me faire disparaître et accuser Tony de ma mort. Elle m'a dit que si je restais en France je mettrais tout le monde en danger. À commencer par toi et Marcus. J'étais l'élément perturbateur dont elle rêvait de se débarrasser depuis des années. Et ce soir-là je venais de lui en donner l'occasion rêvée.

— Mais vous auriez pu refuser ! Retourner en France, rejoindre Marcus.

— J'aurais pu, mais Tony m'aurait traquée. Il était flic. Il aurait menacé Marcus pour m'obliger à avouer où tu étais. C'était mon pire cauchemar. De devoir choisir entre lui et toi. J'ai alors compris que pour vous protéger tous les deux, pour qu'il ne remonte jamais jusqu'à Marcus, il fallait que je disparaisse. Elizabeth n'a fait que pointer l'évidence.

L'évidence. Gabrielle repensait à ses échanges avec Marcus au coin du feu. À son départ de scène vingt-six ans plus tôt. La perte d'un être aimé. « Plus rien d'autre n'avait eu de saveur, pas même la musique. » C'étaient ses mots. Dire qu'elle avait longtemps pensé qu'il parlait d'un amour perdu…

— Elle venait de me sauver la vie, j'étais blessée, à sa merci. Malgré toute ma volonté de rester auprès de lui, je savais qu'elle avait raison.

Gabrielle était maintenant adossée contre le mur de son bureau. Si loin de sa vie à elle, à l'autre bout du seul monde qu'elle connaissait. Attentive, en alerte. Elle assimilait chaque révélation, baissait souvent les yeux, poings fermés pour contenir une émotion trop vive.

— Est-ce que vous avez regretté ?

— De t'avoir enlevée ?

Gabrielle était suspendue à sa réponse. Diane voyait à travers elle l'Esther des temps heureux. La jeune femme gaie qui cherchait l'amour à chaque coin de rue. Esther avant Tony. Son amie lui manquait tant.

— Pas un instant.

Gabrielle essuya ses yeux. Une larme s'accrocha à son doigt. Elle repensa aux albums déposés sur le banc. Aux heures solitaires passées à écouter Marcus. Puis à le chercher pour le rencontrer. À cette année et demie à ses côtés.

— Et ensuite ? Qu'avez-vous fait ? Comment êtes-vous arrivée ici ?

— Elizabeth m'a aidée à me procurer de faux papiers.

— Pourquoi le Mexique ?

— Il fallait que je parte loin, tellement loin que personne ne me retrouverait. Arrivée sur place, je me suis mariée avec un Mexicain qui avait besoin d'argent. Moi, j'avais besoin d'un nom et de la nationalité. Un mois plus tard, nous avons divorcé.

Et Diane Leroy a disparu. J'ai vécu mes premières années au Mexique dans la peur d'être rattrapée par mon passé. Puis j'ai accepté l'idée que personne n'allait venir me chercher. Et j'ai fait la paix avec moi-même. Avec ma vie d'avant. J'ai même réussi à me pardonner mes comportements puérils. Mes erreurs. Mais je ne me suis jamais pardonné le mal que j'ai fait à Marcus, à mon père, à Virginie...

Sa voix se brisa à la mention de Christophe Leroy, et Gabrielle devina qu'un drame se cachait derrière.

— Pourquoi ne pas leur avoir dit la vérité bien plus tard ?

— Parce que j'ai suivi la trace de Tony pendant toutes ces années. J'ai découvert qu'il avait démissionné, qu'il avait été impliqué dans des histoires de trafics et qu'il faisait profil bas. C'est, je pense, la seule raison pour laquelle il n'a pas traqué Virginie. Et Marcus avait tout quitté, personne ne savait où il était. Dans mon malheur de le voir se retirer de la scène, j'étais au moins rassurée, il était en sécurité.

— En sécurité, mais seul et malheureux.

— Peut-être. Mais je savais que, si je rentrais en France, il ferait tout pour me mettre la main dessus. J'avais toujours réussi à lire en lui. Il savait que je t'avais enlevée. Il n'y avait peut-être pas de preuves. Mais il *savait*. Non, je ne pouvais pas rentrer.

Diane se leva enfin. Se dégourdit les jambes après ce long discours et s'approcha de son mur de photographies. Elle s'arrêta sur un cliché de New York.

— J'ai vécu avec cette certitude, jusqu'à l'annonce du retour sur scène de Marcus. J'ai vu ça comme un signe. Qu'il avait enfin repris goût à la vie. Je me suis dit qu'il était temps que je lui raconte tout. Que je lui demande pardon. J'ai pris une place pour son dernier concert à New York. Le siège qu'il m'avait réservé vingt-six ans plus tôt. J'ai tout imaginé. Son entrée triomphale.

Moi au premier rang en train de l'applaudir. Nos retrouvailles… Je comptais les jours.

Sa voix se brisa.

— Quand j'ai appris sa mort, ça m'a détruite. C'était comme si le destin s'acharnait à nous séparer. Et quelques jours plus tard j'ai reçu le piano. Il était accompagné d'un mot d'Elizabeth. Elle y racontait sa vie, son destin, comment elle avait été amenée à rencontrer Marcus et à travailler pour lui. J'ai tout compris. Elle a essayé de le protéger, peut-être même de le sauver, à sa manière. Et ce désir de protection est devenu la folie de sa vie.

Diane sortit la lettre d'un tiroir et la donna à Gabrielle.

— Ce mot est pour toi, cette histoire est ton héritage.

84

Belleville, octobre 2020

Marcus appela Rose juste avant le retour d'Elizabeth. Tant d'années étaient passées depuis leur séparation. Il l'avait vue courir de galas en talk-shows avec son impeccable sourire aux dents blanches. Lui ne connaissait que l'envers du décor. Un besoin de perfection maladif. Même quand le scandale sur son fils exilé en Angleterre avait éclaté, elle souriait. C'était tout ce qui lui restait maintenant. Les apparences.

Quand il lui parla de l'annulation de la tournée et de la trahison des femmes de sa vie, il sentit une fébrilité la gagner. Elle ne s'était jamais pardonné ce qui s'était passé entre eux au cours de l'été 1994 et qui avait conduit à leur séparation. Il avait raccroché, la laissant en plan sur un énigmatique au revoir. Il savait ce qu'il devait faire à présent. Il s'approcha de sa commode de nuit et ouvrit le tiroir.

Quand Elizabeth rentra au manoir, Marcus était dans sa chambre, assis dans un fauteuil donnant sur le parc, un exemplaire du *Temps retrouvé* entre les mains. Le dernier tome d'*À la recherche du temps perdu* était peut-être son préféré de toute l'œuvre de Proust. Le plus crépusculaire.

La porte de sa chambre s'ouvrit, et Elizabeth apparut. Après un temps d'hésitation, elle referma derrière elle. Marcus jeta un coup d'œil à sa montre.

— Il faut que vous vous reposiez avant le concert de demain, monsieur. Mme Jansen va arriver dès 8 heures pour surveiller tous les préparatifs.

Marcus leva les yeux vers elle. Il ne l'écoutait pas.

— Le marché s'est bien passé ?

— Oui. J'ai acheté tout ce que vous vouliez pour le dîner.

Le silence plana un long moment.

— Les jardiniers ne sont pas venus, reprit-elle.

— Non, je les ai congédiés.

— C'est Mme Jansen qui ne va pas être contente.

Dans sa robe de chambre, Marcus attendait. Il était à l'affût d'une faille, quelque part, visible de l'extérieur et annonciatrice des premiers doutes chez Elizabeth.

— J'ai appelé Rose.

— Mme Ravensberg ? Cela faisait longtemps.

— Notre échange a été bref. Je lui ai dit ce que j'avais sur le cœur depuis toutes ces années. Je lui ai aussi posé une question à laquelle elle n'a pas su me répondre.

Elle guettait la suite, il le lisait dans son regard. Et s'en délectait.

— Pourquoi toutes les femmes de ma vie me trahissent ?

Elle n'eut pas le temps d'ouvrir la bouche, Marcus continua :

— Tout est parti de Tony, en réalité. Son déni n'a cessé de m'interpeller. Qu'avait-il à gagner à répéter sans cesse qu'il n'avait pas tué Diane ? Puis j'ai réfléchi. À mes yeux, Tony a toujours été coupable. Diane venait d'enlever sa fille. Il s'est forcément rendu chez elle pour la faire parler. Depuis vingt-six ans, je suis convaincu qu'il l'a tuée. Je n'ai pensé qu'à ça, nuit et jour. À Tony. À Diane. À cette maudite nuit. Sauf que…

— Sauf que ?

— Sauf que c'est faux. Ces vingt-six dernières années sont un mensonge.

Marcus referma l'exemplaire de Marcel Proust. Il se redressa et toisa Elizabeth.

— Où étais-tu, le soir de la disparition de Diane ?

— À Paris, monsieur.

— Tu supervisais les travaux de mon appartement, n'est-ce pas ?

— Oui.

Il jeta un nouveau coup d'œil à sa montre, cette fois-ci plus attentivement.

— Je suis retourné parler à Tony avant que tu arrives. Il se souvient très bien de la nuit de la disparition de sa fille. Quelques jours dans ce trou à rat ont délié sa parole. Il a attendu Diane dans une rue près de la maison de son père pour la faire parler. Mais la dernière chose dont il se souvient, c'est une masse qui s'abat sur lui. À son réveil, Diane avait disparu.

Elizabeth l'écoutait, impassible.

— Et vous croyez la parole d'un tel homme ?

— C'était toi, n'est-ce pas ? Ça a toujours été toi.

— Je ne vois pas de quoi vous parlez.

— Arrête de mentir ! vociféra Marcus.

Elle fixait Marcus, immobile et impassible. Elle ne l'avait jamais entendu hausser le ton ainsi. Il y avait quelque chose de totalement désespéré dans ce hurlement, un cri venu du fond de ses entrailles.

— Il faut que je sache. Pourquoi ?

— Pour vous, monsieur. Évidemment.

Il poussa un hoquet plein de mépris.

— C'est ta réponse à tout ? Moi.

— Je vous ai fait une promesse il y a des années. Et je l'ai tenue.

— Celle de me protéger. De me servir. Pas de me trahir.

Lentement, les masques tombèrent. Ils n'étaient plus que deux êtres fatigués de se survivre.

Marcus plissa les yeux, plusieurs fois.

— Vous avez l'air épuisé, reposez-vous.

— Où l'as-tu emmenée ?

— Nous avons roulé pendant plusieurs heures. Je l'ai déposée à l'aéroport. Nos chemins se sont séparés là. Je ne l'ai jamais revue.

Marcus se rassit, décomposé. Diane avait survécu. Cette nouvelle ébranla sa réalité. Il se mit à respirer plus lentement. Ses paupières s'alourdirent. Elizabeth, qui mit cet état sur le compte de l'émotion, reprit :

— Je lui ai sauvé la vie.

— Et tu ne m'as jamais rien dit.

— Vous étiez déjà en deuil.

— Tu as saisi cette opportunité pour te débarrasser d'elle.

— Si c'est comme ça que vous voulez voir les choses.

— Alors explique-moi comment tu vois les choses.

Elizabeth marcha jusqu'à lui et s'arrêta à sa hauteur. Il prit conscience qu'elle avait considérablement vieilli. Qu'elle n'était plus qu'une femme éreintée, obligée de se tenir droite pour masquer son âge.

— Avec elle, vous étiez perdu et en danger, déclara-t-elle doucement.

— J'ai séquestré un homme à tort à cause de toi ! Je pleure depuis vingt-six ans une personne qui est en vie !

— Vous avez enfermé un meurtrier. Il y a une grosse différence. Tony a-t-il mentionné que, quand je l'ai assommé, il était en train de rouer Diane de coups ?

Marcus grimaça, une immense tristesse l'anima.

— Non… Mais ce n'était pas à nous de faire justice.

— C'était votre idée, cet enlèvement.

— Quand je pensais encore qu'il avait tué Diane.

— N'est-ce pas lâche, comme réponse ? Vous n'aviez pas de remords à le laisser mourir de faim quand vous pensiez qu'il avait tué Diane. Tony a battu sa femme à mort. Cet homme est une ordure. Personne ne l'a jamais recherché, ça en dit long. Et maintenant vous regrettez ? C'est un peu trop tard. Diane méritérait la justice, mais pas les autres ?

Marcus recula au fond de son siège. Le sang lui monta au visage, comme s'il sortait de sa léthargie.

— Tu confonds tout ! Et je t'interdis de parler d'elle ! Pas après ce que tu m'as dit…

— Je l'ai sauvée. Diane a signé son propre arrêt de mort en enlevant cette enfant. Elle allait entraîner tout le monde dans sa folie. Tony aurait tué tous ceux qui avaient participé à cet enlèvement.

— Tu déraillles. Tu as perdu la tête.

— Si vous le dites. Et Gabrielle alors ?

Le cœur de Marcus se serra quand elle prononça son nom.

— Quoi donc ?

— Cette femme que vous aimez comme votre propre enfant. Si Diane avait été à vos côtés, vous n'auriez jamais pu tisser cette relation avec elle. Tony vous aurait retrouvé. Et il aurait retrouvé sa fille. J'ai vu comme vous aimiez cette enfant au fil des années, la protégeant sans qu'elle le sache, sans jamais intervenir directement ni la gêner. En la laissant venir à vous de son plein gré. Seulement si elle le voulait. C'est pour elle que j'ai choisi de ne rien dire.

Il jeta un regard attentif à sa bibliothèque.

— Libère Tony.

— Je vous demande pardon ?

— Tu m'as très bien entendu. Gabrielle mérite de savoir la vérité sur son père.

— Quoi donc, exactement ? Qu'il a tué sa mère ? Que vous l'avez enlevé ? Elle ne vous parlera plus quand elle l'apprendra.

— Ce n'est pas la question. Libère Tony.

Aucun des deux ne bougea. Marcus comprit qu'elle resterait campée sur sa position. Alors, il sortit sa dernière carte et regarda de nouveau sa montre. Il expirait maintenant difficilement. Elizabeth s'approcha de lui.

— Monsieur, que se passe-t-il ?

— Libère-le, fais ça pour moi. Ce sera l'ultime chose que je te demanderai.

Elizabeth jeta un coup d'œil à la commode où son traitement était soigneusement rangé. Elle ouvrit le tiroir et sortit la plaquette vide d'une main tremblante.

— Qu'avez-vous fait… ?

— J'ai tout pris juste avant que tu arrives. 500 mg. J'ai tout calculé. Ça agit en trente minutes à peine.

Elizabeth s'approcha de lui et le regarda comme pour la première fois.

— Ne jouez pas à ça. Pas avec moi.

— Je ne joue plus. Quand j'ai compris que Diane était en vie depuis tout ce temps, tout a pris du sens, d'une certaine manière. Je me suis senti très fatigué de lutter.

— J'appelle les pompiers !

Il attrapa son poignet.

— Non. Elizabeth, écoute-moi. Tu as passé ta vie à payer une dette qui n'était pas la tienne. À influer sur tous les aspects de ma vie en pensant que c'était ton devoir. Laisse-moi décider, pour une fois. Laisse-moi choisir ma mort.

Elle se mit à trembler, et ses yeux s'embuèrent de larmes.

— Tout est ma faute… je suis désolée…

— C'est trop tard pour ça, Elizabeth.

— Mais, Marcus…

— Tu m'appelles par mon prénom. Enfin ! Libère Tony, fais ça pour moi. Livre-le à la police. Et je te pardonne.

Elle acquiesça sans un mot.

— Bien. Maintenant, aide-moi à m'allonger.

C'était son dernier ordre. Sa vue commençait à se rétrécir, et il respirait difficilement. Les objets s'arrondirent. Il essaya de formuler une phrase cohérente, mais manqua de souffle. Il ne savait pas exactement d'où lui était venue cette idée. Du gâchis, du temps perdu sans Diane. De l'envie de rendre les armes peut-être. La colère était un état de jeunesse dont il n'avait plus envie de souffrir.

Dans ses derniers instants, Marcus rêva de la boutique de Christophe Leroy. De ses pianos droits, ses violons alignés, sa lumière chaude, estivale.

85

Elizabeth Storm pleura pendant de longues minutes. Quand elle se releva, elle s'approcha du grand lit où il dormait toujours seul. Caressa la matière soyeuse des draps. Son visage n'était pas figé par la douleur de ses derniers instants. Pour la première fois de sa vie, Marcus ne souffrait plus. Il était en paix. Avec ses secrets. Avec ses tourments. Et sa dette était payée.

Elle reboutonna sa chemise et déposa un baiser sur son front. Repensa au jeune garçon qui était venu vivre chez eux. À sa jalousie, à sa dénonciation auprès de son père. Elle n'avait pas pris la mesure d'un tel acte. Il avait fallu des années pour qu'elle se rende compte de ce qu'elle avait malgré elle provoqué. Une haine de soi, si ancrée chez Marcus qu'une existence entière ne l'en avait pas débarrassé.

Tout était ensuite allé tellement vite. Son père avait convaincu son fils adoptif que son homosexualité était une maladie. Une tare qui l'empêcherait d'accomplir son destin. Marcus, se croyant malade, passa des décennies à essayer de se soigner. Par des injections de testostérone, par des traitements en instituts spécialisés, par une consommation excessive de drogues. Le désir devint un territoire banni. L'amour, inenvisageable. Et les conséquences de ces différents traitements, des douleurs quotidiennes.

Quand son père mourut, Marcus n'avait pas trente ans. Elizabeth crut que cette folie s'éteindrait avec lui. Ce fut le contraire.

Il s'enfonça dans cette quête sans retour. Elle se mit alors à genoux et lui avoua ce qu'elle avait fait. C'était sa faute. Et elle mettrait tout en œuvre pour l'aider et gagner son pardon. Une vie de servitude, s'il le fallait.

Un besoin irrépressible de le protéger guida alors l'existence d'Elizabeth. Elle en ferait la mission de sa vie, au point de s'oublier elle-même.

Elle borda Marcus une dernière fois. Elle voulait qu'il soit beau quand les pompiers le trouveraient. Elle rangea tout autour de lui. Elle descendit passer un coup de téléphone à l'entreprise de jardinage. Elle organisa tout très vite, comme à son habitude. Le temps que les jardiniers arrivent, elle s'assit à son bureau et rédigea une courte lettre qu'elle plaça à l'intérieur de l'instrument.

Une heure plus tard, le piano était emporté. De retour dans la chambre de Marcus, elle regarda le renfoncement dans le mur à l'endroit où elle avait retiré *L'Homme qui rit*. Elle introduisit une petite clé et ouvrit la porte dissimulée.

L'odeur nauséabonde la saisit à plein nez. Tony était tapi tout au fond, recroquevillé sur son lit. Elle resta sur le palier.

— J'ai entendu des cris, dit-il d'une voix rauque.

— Marcus est mort, répondit Elizabeth.

Tony se leva avec une étonnante rapidité. Attendit. Du soulagement à la méfiance. La fin d'un calvaire, peut-être le début d'un autre ?

— Il a découvert la vérité. Et ne l'a pas supporté.

Elle vit le vieil homme reculer et se délecta de sa peur.

— Quelle vérité ?

— Sur le soir de l'enlèvement de ta fille. C'était moi, dans l'allée. C'est moi qui t'ai assommé. Je voulais venir chercher Diane quand je t'ai vu te planquer pendant que sa voiture se garait.

Dans l'ombre, comme le lâche que tu es. Et j'ai saisi l'occasion de l'emmener loin de toi et loin de Marcus. J'ai fait croire qu'elle avait disparu. Ça m'assurait qu'elle sorte définitivement de notre vie. Tout le monde y trouvait son compte. C'était parfait, jusqu'à ce que Marcus te repère.

Tony recula sans parvenir à prononcer une phrase cohérente.

— Je suis venue te dire que c'est fini. Je voulais lire sur ton visage ton désarroi. Marcus m'a fait promettre de te libérer. Il était un esprit romantique vivant dans le mauvais siècle, mais moi j'ai toujours été très pragmatique. Je tiens ça de mon père. Il était un peu comme toi, d'une masculinité toxique qui a fini par le tuer. Comme elle te tuera.

Elle examina la pièce autour d'elle une dernière fois.

— Je vais refermer cette pièce et ne plus la rouvrir. Tu ne reverras jamais ta fille. Et dire que Diane, ou plutôt Gabrielle, est si près de toi…

— Comment ça ? Elle… elle est à Belleville ? Elle s'appelle Gabrielle ?

Elizabeth ricana.

— Oui, elle travaillait même pour Marcus. Quelle ironie, il aura passé plus de temps avec elle que toi ! Allez, adieu, Tony !

En la voyant refermer la porte, Tony hurla et attrapa les chaînes qui retenaient sa cheville. Sans cesser de crier, il les tira de toutes ses forces. Ses dernières forces d'homme peut-être. Et là, Elizabeth comprit qu'il les dévissait depuis des jours pour pouvoir les faire sauter au moment opportun.

Et, avant qu'elle ait eu le temps de prendre la mesure de ce qui se passait, elles cédèrent. Elizabeth sortit en courant de la chambre de Marcus et arriva dans le couloir le souffle court. Elle sentit une main dans son dos et se retrouva propulsée en avant. Elle tomba dans l'escalier de tout son poids, et son crâne heurta le rebord en bois de la première marche. La douleur la paralysa.

L’odeur du sang embrouilla ses sens. Elle avait le corps entier brisé. Face à elle, Tony descendait d’un pas calme. Il prit le visage d’Elizabeth entre ses mains et murmura quelques mots.

— Crève, salope.

Il cogna son crâne de toutes ses forces contre l’angle du poteau, à l’endroit exact du premier impact. Elle poussa un cri. Le sang se répandit autour de son visage. Il la relâcha et quelques instants plus tard son corps fut parcouru d’un tremblement ininterrompu. Et elle perdit connaissance.

Épilogue

Après les confidences de Diane, Gabrielle marcha dans les rues de Mexico. Longtemps. Elle arpenta les allées animées, la lettre dans sa poche. Elle ressassait le récit de Diane, les révélations d'Elizabeth. Une existence sacrifiée pour réparer une erreur d'adolescente. Elizabeth Storm était morte dans l'anonymat. Toutes les vérités trouvaient écho dans cette haine de la différence. Une vie entière n'avait pas suffi à Marcus pour apprendre à s'aimer.

Elle sortit son téléphone et chercha un contact dans son répertoire.

— Gabrielle, je suis contente de vous entendre.

— Je suis désolée de ne pas vous avoir appelée avant.

— Je comprends très bien.

— Vous êtes rentrée à New York ?

— Non. Je pars pour Londres. Je vais enfin rencontrer mes petites-filles.

Pour une raison inexplicable, cette nouvelle fit plaisir à Gabrielle.

— Marcus m'a tout légué.

— Le contraire m'aurait étonnée.

— Je vais utiliser cet argent pour créer une fondation LGBTQIA+ et transformer le manoir en orphelinat.

Elle guetta la réaction de Rose. L'Américaine prit son temps avant de répondre. Gabrielle l'entendit même allumer une cigarette et expirer doucement.

— Si vous le voulez bien, j'aimerais faire un don à cette fondation.

Gabrielle leva les yeux vers le ciel clair. Alors même qu'elles étaient à des milliers de kilomètres l'une de l'autre, Rose Ravensberg devina que Gabrielle souriait, et que ce sourire ressemblait à un merci.

Je remercie ma famille. Mes parents et mes deux sœurs, Camille et Margaux. Je n'aurais pas pu y arriver sans vous. Un remerciement particulier à mon père, qui a été mon premier lecteur. Papa, je n'oublierai jamais les heures que tu as passées à relire la version initiale, un stylo à la main à dessiner de petits émojis dans la marge !

Je remercie également mon agente, Lise Arif, qui a été la première à croire en moi et en cette histoire.

Je remercie toute l'équipe d'HarperCollins pour leur confiance dans la publication de ce premier roman. Et en particulier Marie Eugène, qui m'a accompagnée avec tellement de bienveillance et de patience dans les nombreuses réécritures. Je suis très fière de ce que nous avons accompli ensemble ! Merci également au regard plein de justesse d'Alexane Lepoan.

Je remercie toutes les personnes qui ont gentiment répondu à mes questions. La policière Chloé Marcou, pour ses conseils sur l'enquête. Le pianiste Éric Artz, avec qui j'ai pu discuter du métier de concertiste. Ainsi que le psychologue Fabrice Bourlez et le chercheur Sébastien Landrieux, qui m'ont aidée à comprendre la psychologie et le cheminement d'une personne vivant une homosexualité refoulée. Nos échanges ont nourri mon œuvre et ont donné beaucoup plus de crédibilité au parcours de Marcus.

Bien que ce texte soit fictif, l'oppression des homosexuels est une réalité dont j'ai tenté de rendre compte. Une oppression qui a poussé et qui pousse encore de nombreux hommes et de nombreuses femmes à vouloir taire leur sexualité de différentes manières, parfois avec des conséquences dangereuses pour leur santé, physique et mentale.

Enfin, je remercie mes futurs lecteurs, où que vous soyez. J'espère que cette histoire vous plaira autant que j'ai aimé l'écrire !

Composé et édité par HarperCollins France.

Achevé d'imprimer en décembre 2022.

FIRMIN-DIDOT

à Mesnil-sur-l'Estrée (Eure)

Dépôt légal : janvier 2023.

Pour limiter l'empreinte environnementale de ses livres, HarperCollins France s'engage à n'utiliser que du papier fabriqué à partir de bois provenant de forêts gérées durablement et de manière responsable.

Imprimé en France